KB150440

장미와 마뜨료시카

러시아 유학생활 수기

장미와 마뜨료시카

러시아 유학생활 수기

오규원 지음

평민사

머리말

10여 년 전, 모스크바 루데엔대학에서 직장일과 병행해 어학연수를 했다. 러시아가 우리와 아주 멀리 떨어져 있어서 여행 기회가 그리 흔하지 않고, 오랜 기간 사회주의 종주국이었다는 점 등에 호기심이 일어 훗날 좋은 추억이 될까 싶어 러시아에 도착하면서부터 일기를 썼다.

처음에는 그저 흔한 이국땅 일기가 되려니 하고 적다가 생활문화가 우리와 너무나 다른 것을 보고 한편으로는 놀랍기도 하고, 다른 한편으로는 신기하기도 해서 나도 모르게 점점 일기에 빠져들었다. 그러던 중 우연히 대학 기숙사에서 러시아 여학생들을 알게 되었는데, 다른 무엇보다도 그녀들의 순수함에 반해 기꺼이 내 마음의 문을 열었다. 그러나 시간이 지나면서 그 사회에는 우리와 다른 성문화가 있음을 깨닫게 되었고, 내 정서로는 수용할 수 없는 범위라는 것도 알게 되었다. 결국 순수예찬은 무너졌고, 당혹스러움과 실망이 지속됐다. 피할 수 없으니 차라리 이해하자고 몇 번이나 나 자신을 다독거려 봤지만 그것도 생각처럼 쉽지 않았다. 이방인임을 시리게 느끼면서, 힘들 때마다 노트를 펼쳐 멍든 마음을 풀었다.

Матрёшка

    귀국 후에, 그때를 생각하는 게 힘들고 싫어서 일기를 안 보이는 곳에 치워두고 다시는 들춰 볼 일이 없을 거라고 생각했다. 그러나 세상에는 늘 내가 예상치 못한 일이 벌어진다. 어느 날 큰 아이가 외국으로 공부하러 가겠다고 고집을 피워 아내와 의논 끝에 허락하기는 했지만, 여자아이를 혼자 보낸다는 것이 몹시 마음에 걸렸다. 자연스레 옛날 일들이 떠올랐다. 힘들었던 기억이 너무나 생생해서, 서양 문화는 우리 문화와 많이 다르고 때로는 받아들이기 힘든 상황도 흔히 벌어진다는 얘기를 꼭 해주고 싶었는데 제대로 대화도 나누지 못한 상태에서 떠나보냈다. 일기를 미리 정리해 두지 못한 게 후회스러웠다.

    그로부터 또 시간이 흘렀다. 그동안 러시아도 많이 변했고, 우리나라도 많이 변했다. 당시에 내가 모스크바에서 이해하지 못했던 일들이 이제는 우리나라에도 흔히 벌어진다는 얘기도 들었다. 그러나 아무리 시간이 흐른다 해도 사람의 근간은 그리 쉽게 변할 수 있는 게 아니다. 인터넷 통신이 발달하고 여행 기회가 많아져서 서로 문화적으로 공유하는 부분이 많아졌다 해도, 피할 수 없는 생활환경이라는 게 있다는 생각에서 일기를 정리하게 됐다. 내용이 많이 부족하지만, 러시아를 가까이 경험할 기회가 없는 사람들에게 간접적으로라도 알 수 있는 기회를 주고 싶었다.

    책 제목은 '장미와 마뜨료시카' 로 했다. 러시아의 아름다운 여자들을 장미로, 끊임없이 나를 당황하게 했던 유혹을 '마뜨료시카' 라는

러시아 목각인형에 비유했다. 마뜨료시카는 러시아 목각인형으로, 겉껍데기 뚜껑을 열면 안에 작은 인형이 들어있고, 그 작은 인형 뚜껑을 열면 그 안에 더 작은 인형이 또 들어 있다. 끝도 없이 이어지던 유혹 행위가 마치 그 인형처럼 느껴졌다.

　전체 글은 날짜 표시가 없는 일기를 80개로 나눠 적었다. 사무적인 내용과 가족 얘기는 의미가 없어 모두 뺐고, 인물 이름은 모두 바꿨다. 내용에는 내가 잘 못 알고 있는 부분이 충분히 있으리라 생각한다. 지적을 듣는 데 게으르지 않겠다. 사랑하는 아내 영숙과 도움을 주신 성호, 제명, 효은 님, 현아 님께 감사한다.

오규원

차례

01

낯선 땅, 홀로 선 이방인

 내일이면 새로운 세상을 만나게 된다는 설렘과 가족과 오랫동안 떨어져 있게 된다는 불안감이 뒤섞여 오전 나절이 어떻게 지났는지 모르겠다. 서류와 가방을 챙기면서 아무렇지도 않은 것처럼 행동하려 애썼지만 복잡한 심정이 담긴 아내의 시선은 마주할 수가 없었다.

"서류는 잘 챙겼어?"

침묵을 깨고 나온 아내의 목소리에는 눈물이 묻어 있었다. 말없이 고개를 끄덕여 대답했다. 머지않아 다시 만나게 될 거라는 위로의 말을 하지 못했다. 어쩌면 그건 아내에게 해줄 위로의 말이 아니라 오히려 나 자신에게 다짐으로 해야 할 말이었다. 사실 너무 멀리 간다는 현실을 나 자신도 감당하기 어려웠다. 얼마나 바보 같은지, 약한 모습이 조금이라도 드러나기 시작하면 내 스스로가 먼저 무너져 '못가겠다'는 말이 나올 것만 같았다.

집에서 작별인사를 하고 싶었는데 아내는 굳이 공항까지 따라와 눈물을 글썽였다. 어떤 말도 위로가 될 수 없었다. 출국장으로 들어서는 한 걸음 한 걸음이 천근이었다. 출국 심사대에 여권을 보여주고 뒤돌아보니 그새 아내의 눈자위가 벌겋게 변해 있었다.

'저 사람이 제대로 집에나 갈 수 있을까… 운전은 제대로 할는지.'

오후 4시, 러시아 셰레메쩨보 행 비행기에 올랐다. 무슨 정신으로 비행기에 올랐는지 모르겠다. 가족과 헤어진다는 것은 정말 어려운 일이다. 부모든, 부부든, 자식이든 헤어진다는 그 자체만으로도 견디기 힘든 중노동에 가깝다. 자리에 앉아 잠시 눈을 감고 마음을 진정시킨다는 게 긴장이 풀렸는지 나도 모르게 잠이 들었다. 눈을 뜨면 다시 상념에 잠길 것 같아 몇 번을 자다 깨다 했다.

꽤 멀리 왔다. 안내 스크린에 나타난 비행기는 우리나라를 멀리 벗어나 있었다. 10시간. 비행기에 있는 모든 이들이 지루함을 느끼기에 충분한 시간이다. 몇 시간을 꼼짝 않고 있었어도 책을 읽는다든지 신문을 본다든지 신경 쓰는 일은 하고 싶지 않았다. 집 생각이 났다. 지금쯤은 아내도 집에 있을 시간이다. 혼자 살아가는 법을 조금씩 터득하게 되겠지… 아내를 걱정하기에는 너무 멀리 왔다.

비행시간이 길어질수록 머릿속에는 점차 러시아가 자리 잡기 시작했다. 그곳 사람들은 어떨까? 정말 음흉한 크레믈린? 여러 사람 얘기도 듣고 책도 읽어봤지만, 아마도 현실은 내 머릿속에 그리던 것과 사뭇 다르리라는 생각이 들었다. 지금까지 세상일은 늘 내 생각과 많이 달랐다.

나도 모르게 또 잠이 들었다가 기내식 제공하는 소리에 눈을 떴다. 간단히 식사를 마치고, 몇 번을 더 자다 깨다 했을까? 이젠 정말 지겹다는 생각이 들 때쯤, 안내 스크린에 비행기의 위치가 모스크바에 아주 가깝게 표시되어 있었다. 창 밖에는 끝도 없이 넓은 평원과 혈관 같이 퍼져있는 강이 보였다.

'몇 시간을 날아도 평원뿐이라니, 세상에 이렇게 넓은 땅덩어리도 있구나. 대한민국이 이랬다면….'

부러운 생각이 들었다. 마음속에 소국에서 살아 온 한이 있었나 보다.

모스크바 시각으로 밤 8시쯤, 세레메쩨보 공항에 도착해 무엇이든 빨리 보고 싶다는 생각에 서둘러 내렸다. 그러나 새로운 세계에 대한 가슴 뛰는 호기심을 맨 먼저 맞아준 것은 그 어떤 것도 아닌 초라함이었다. 말 그대로 초라함. 비행기가 이착륙하는 활주로야 넓은 공간만 필요하니까 그렇다 해도, 수도의 관문이라는 공항 건물이 너무 볼품없고, 어둡고, 우울한 분위기라서 내심 많이 놀랐다.

'왜 이렇지? 강남 고속버스터미널도 이것보다 화려하고 넓은데… 외국의 원수들도 여기로 들어오나?'

물론 VIP통로를 이용하겠지만, 지구의 반을 지배했던 대국의 관문치고는 너무 허술해 보였다. 가방을 등에 메고, 양손에도 들고 눈치껏 앞 사람을 따라갔다. 심사대로 이어지는 복도가 꼭 지하 방공호로 이어지는 절망의 통로처럼 느껴졌다. 전혀 꾸며지지 않았다. 아니, 꾸며지지 않았다기보다는 공사를 하다가 그만 둔 것 같았다. 벽은 블록벽돌 그대로, 바닥도 시멘트 바닥 그대로, 들쭉날쭉 천정에 길게 매단 흐릿한 백열등. 이 시대에 백열등이라니… 또 다른 소품 없이 이대로 2차 세계대전 시대 스파이영화를 찍어도 될 듯싶었다.

입국 심사대에 줄이 길게 늘어섰다. 복도가 너무 어두워서 맨 앞이 어떤 사정인지 알아보기가 어려웠다. 꽤나 오래 걸려 서너 사람 앞에 심사관이 보였다. 짙은 녹색 정복의 여자 로보캅. 그녀의 표정이 심상치 않았다. 심사 받는 사람들이 그녀에게 절절매는 것처럼 보였다. 뭔가 크게 잘못한 게 있는 건지.

내 차례가 되었다. 입으로만 씩 웃으며 여권을 내밀었다. 그녀는 고개는 까닥 않고 눈만 아래위로 천천히 굴려가며 내 얼굴과 여권을 번갈아 쳐다보았다. 달러를 가져 왔다고 신고할까 하다가 그녀의 표정을 보고는 이내 생각을 접었다. 신고하지 않으면 내게 손해가 될 수도 있겠지만 많이 가져온 것도 아니고, 여기서 생활비로 쓰게 될 테니까 문제 될 것도 없었다. 사실 문제가 없을 것이라기보다는 그녀에게 시비가 걸릴지도 모르겠다는 우려가 앞섰다. 앞 사람들에게 그랬던 것처럼 그녀는 나를 쉽사리 통과시켜줄 마음이 없어 보였다. 컴퓨터를 두드리고, 다시 날 쳐다보고….

'대체 뭘 더 볼 게 있어?'

쉽게 통과시켜주지 않는 것에 짜증이 나서 나도 비스듬히 째려보았다. 그녀는 몇 차례나 훑어보다가 아무 트집도 잡지 못한 것을 아쉬워하듯이 통과시켜주었다. 기분이 편치 않았다. 비행기에서 여기까지 낑낑거리며 가방을 들고 와 힘들어 죽겠는데 뭔 말 한마디 하지 않으면서 형편없는 파렴치범 쳐다보듯이 아래위로 훑어대는지. 그러나 난 절절매지는 않았다. 왜? 잘못한 게 없으니까.

툴툴거리며 수하물장에 도착하니 장난이 아니었다. 심사대를 지나 모퉁이를 돌자 바로 코앞에 수하물장이 있었는데, 짐들이 난장판으로 뒤섞여 있는데다가 아무리 둘러봐도 푸시카트가 보이지 않았다. 난감했다. 가방을 등에 메고 양손에도 든 채로, 푸시카트도 없이 네 개나 되는 가방을 제대로 다 찾을 수 있을지 걱정됐다. 가방을 찾으려고 이리저리 허둥대는 내 모습을 보고 짐꾼들이 몰려왔다.

'아니, 짐꾼들이 여길 어떻게 들어왔지? 이게 무슨 경우야? 공항 당국은 이런 사실을 모르는 건가?'

필요 없다고 손을 내 저었다. 짐꾼이 들어와도 되는 구역인지 언뜻 이해가 되지 않았다. 순간적으로 수하물장에 푸시카트가 없는 게 모두 짐꾼들이 돈을 벌기 위한 수작일지도 모른다는 생각이 들었다. 아니, 어쩌면 공항 당국과 짐꾼들의 야합일지도 몰랐다.

'내가 모르는 게 너무 많네. 많이 살았다고 생각했는데….'

한참을 헤매다가 사람들이 거의 다 빠져나갔을 즈음 가방을 모두 찾았다. 그런 아수라판에 없어진 가방이 없다는 게 오히려 신기할 정도였다. 출구가 어느 쪽인지 두리번거리는데 다시 늙수그레한 짐꾼이 다가와 다짜고짜 카트에 짐을 싣고 10불을 요구했다. 완전 강탈 수준… 기분은 좋지 않았지만 잃어버린 가방이 없다는 것만으로도 다행이라는 생각에 10불을 내줬다. 황당한 일을 당하게 될 것이라는 얘기를 미리 듣기도 했으니까.

입국장 로비 풍경도 예상 밖이었다. 좁은 통로를 따라 출구로 나가자마자 마치 엘리베이터 문 앞처럼 바로 코앞에 사람들이 몰려 있었는데, 땅도 넓은 나라에서 왜 이렇게 입국장을 좁게 만들었는지 이해가 되지 않았다. 무엇보다도 사람들이 너무 가까이 있는 게 나를 놀라게 했다.

'어디로 갈래?'

짐꾼은 내 얼굴을 빤히 쳐다보며 어디로든 갈 준비가 끝났다는 표정을 지었다. 난 안내자의 얼굴을 몰랐다. 마치 공연무대에 처음 선 사람처럼, 대기선 앞에 몰려있는 사람들의 얼굴이 제대로 보이지 않았다.

'어떻게 안내자를 찾지? 이런 경우 한국에서는 종이에 이름을 써서 들고 있는데, 여기는 그런 사람도 없네.'

아무리 눈을 똑바로 뜨고 봐도 내 이름자를 들고 있는 사람이 없었고, 사람들이 너무 바싹 다가와 있어서 그들 뒤로 누가 있는지도 알아볼 수가 없었다. 안 나온 건 아닌가 걱정하고 있는데 사람들 사이로 순하게 생긴 20대 중반의 동양 청년이 나를 보고 웃었다. 나도 한눈에 알아보고 반갑게 인사했다. 그는 표정 없는 사람들 속에서 유일하게 입가에 미소를 띠고 있었다.

한국인 한동수. 비행기에서 내려 불과 몇백 미터를 걸어오면서 겪은 소감을 얘기했다.

"앞으로 희한한 경우를 많이 당하게 될 테니 단단히 준비하세요. 여기는 한국과 다른 게 정말 많아요."

그가 재미있다는 투로 웃으며 말했다. 미소가 맑은 청년이었다.

크고 작은 가방이 일곱 개. 나도 미쳤지. 대절해 온 택시에 가방을 싣고 이젠 살았다고 한숨을 돌리는데 차 안에서 딱히 표현하기 어려운, 묘하게 시큼한 냄새가 났다. 꼭 요구르트가 상하면 이런 냄새가 될 수 있겠다 싶었다. 잠시 후 택시가 거의 박물관 진열품 수준이라는 것도 알았다. 이런 차를 본 적이 없다. 마치 회전축이 맞지 않은 것처럼 차가 덜덜거려 머지않아 곧 분해될 것 같았다.

'이게 대절해 온 택시야? 혹시 택시비로 골동품 값을 줘야하는 거 아냐?'

입국장에서는 푸시카트가 없어서 그걸 빌리느라고 10불을 썼는데, 택시 요금은 얼마를 줘야하는 건지. 불과 한 시간여 동안 경험한 이 세계는 이전의 내 세계와는 정말 달랐다. 어쩌면 지구를 반 바퀴나 돌아왔으니 거리가 먼 만큼이나 다른 게 당연한 건지도 모르겠다. 도로는 우리네 인천공항 길과 마찬가지로 도시고속도로 같았다. 어두워서 잘 보이지 않았지만 길가에는 키 큰 나무와 이따금 옥외 광고판이 보였고, 저 멀리 어두운 숲이 보였다. 한 시간쯤 달리니 멀리 아파트와 거리의 사람들이 보이기 시작했다. 자세히 살펴보고 싶었지만 그러기에는 밖이 너무 어두웠다.

대학 기숙사에 수속이 안돼서 센트럴호텔로 왔다. 한동수가 프런트에서 숙박 수속을 밟는데 입국 심사대에서 보았던 것처럼 대화가 편치 않다는 느낌이 들었다.

'돈을 낼 테니 제발 하룻밤만 자게 해 주세요.'

30분도 넘게 대화하고 나서야 17층에 방이 잡혔다. 호텔방을 잡는데 무슨 질문과 답이 그렇게 오래 오간 것인지, 게다가 대화하는 모습은 마치 한쪽에서는 캐내려 하고 한 쪽에서는 숨기려는 경찰조사 같았다. 모두들 KGB 흉내를 내는 건가? 무슨 얘기를 그리 오래 했냐고 물으니 그들은 항상 그렇게 까다롭게 군다는 대답뿐이었다. 그리 중요한 건 아니었나보다. 공항에서부터 보았던 러시아 특유의 서비스 정서에 일관성을 이루는 것 같았다.

엘리베이터가 몹시 덜컹거렸다. 그렇게 덜컹거리는 엘리베이터를 타 본 기억이 없다. 조만간에 줄 끊어지는 거 아냐? 속도는 엄청 빨랐다. 아마도 속도가 너무 빨랐기 때문에 덜컹거림을 심하게 느낀 건지도 모르겠다. 프런트에서 까먹은 시간을 엘리베이터에서 만회시켜 주나보다. 순식간에 17층을 올라왔다. 앨리스의 나라에 온 느낌이다.

엘리베이터 바로 앞에는 중년 아줌마가 작은 책상 앞에 앉아 있었다. 그녀는 분명 경비처럼 보였는데 우리를 전혀 의식하지 않고 뭔가를 읽는데 몰두해 있었다. 한동수에게 뭐 하는 아줌마냐고 물었더니 잘 모르겠단다. 내 방이 어느 쪽인지 몰라 두리번거리자 그녀가 우리를 불렀다. 아주 딱딱한 태도로 신분증을 보여 달라고 하면서 호텔 수속 여부를 확인하고 방 위치를 가르쳐 주었다. 그녀의 임무는 손님이 우물쭈물 할 때만 불러서 신분을 확인하고 방을 가르쳐 주는 건가보다. 그녀의 태도 또한 입국 때부터 보아온 러시아 특유의 서비스 행태로 여겨졌다.

방 크기가 장난이 아니다. 현관 대기실, 응접실, 회의실, 침실, 화장실, 목욕실, 사우나실… 나 혼자 다 쓴다. 우리나라 아파트로 따진다면 60평도 넘을 것 같다.

'이런 경우가 있나. 이게 100불짜리 방인가? 도대체 100불의 가치가 어떠하기에?'

고관대작이라도 된 기분으로 여기저기 둘러봤다. 가구며 집기들이 아주 낡았다. 아마도 오래전 공산주의 시절에 큰맘 먹고 만들었다가 다시는 보수를 하지 않은 듯싶었다. 상관없다. 그러면 어떤가, 잠만 잘 자면 되지. 창밖을 내다보니 변두리라 그런지 거리가 너무 어두웠다. 이국의 첫 밤이라는 생각에 어둠조차도 인상 깊었지만 피곤해서 오래 볼 수가 없다. 한동수는 아내가 기다린다며 바로 돌아갔다.

02

차이 일리 코페?

밝은 아침햇살이 침대로 몰려와 눈을 떴다. 8월 초순인데, 한국의 9월 중순 하늘이 높은 가을아침처럼 적당히 따뜻해서 기분이 아주 좋았다. 첫날을 맞아보자는 생각에 창문을 여니 어제 택시 안에서 났던 요구르트 상한 것 같은 묘한 냄새가 또 났다. 아래층에서 방안 열기를 타고 빠져나온 냄새가 내 방 창문으로 밀려들어오는 것 같았다. 화장실에서 나는 생리적인 냄새 같기도 했다. 하지만 내 방과 같은 구조라면 내 발밑 아래층은 화장실이 아니라 침실이다. 침실 안쪽에 있는 화장실 냄새가 창문 쪽까지 나오려면 문을 몇 개나 통과해야 하기 때문에 어렵다. 구조상 화장실 냄새는 아닐 텐데, 무슨 냄새인지 이 나이가 되도록 맡아 본 적이 없는 묘한 냄새였다.

9시. 아침을 해결해야겠다는 생각에 로비로 내려갔다. 모스크바에서의 첫 아침식사. 프런트에는 50대로 보이는 여직원 세 명이 있었다. 그 중 한 명에게 레스토랑이 어디에 있냐고 영어로 물었더니 그녀는 러시아말로 레스토랑 위치를 말해 주었다. 눈치로 알아들으면서 그들

이 왜 영어를 사용하지 않는지 이상하다는 생각이 들었다. 프랑스 사람들처럼 자기네 말을 너무 사랑해서 그런가? 그러나 러시아 사람들이 자국어를 사랑해서 영어를 안 쓴다는 얘기는 들어 본 적이 없다. 게다가 아무리 자국어를 사랑한다 해도 관광객이 투숙하는 호텔에서 영어를 안 쓴다는 건 말이 안 된다. 프랑스에서도 호텔에서는 영어를 쓴다.

두리번거리며 식당에 들어서니 4인용 식탁이 60~70개쯤, 하얀 식탁보가 깔린 채 가지런히 놓여 있었다. 입구에서 여자 안내원이 뭐라고 했지만 영어가 아니라 무슨 뜻인지 알 수가 없었다. 뭐라 하든, 영어로 아침식사를 하겠다고 말하고 호텔 식권을 보여주자 고개를 끄덕이며 안으로 들어가라고 했다. 역시 눈치로 알아들었다.

그 넓은 식당에 한 팀만이 주방 바로 앞 테이블에서 식사하고 있었다. 그들과 마주치고 싶지 않아서 멀리 떨어져 앉았다. 의자에 앉자마자 홀 안쪽에 있던 나이 든 여종업원이 뭐라고 소리치며 내 쪽을 향해 오라고 손짓을 했다.

'누구를 오라는 거지?'

날 부르는 게 분명한 것 같은데, 혹시나 해서 뒤를 돌아보았다. 아무도 없었다. 사오정. 그 여자는 내가 사오정이라는 걸 알아챘는지 다시 크게 소리쳤다.

"야, 이 미친놈아! 밥 처먹으려면 이리로 와!"

식당이 쩡쩡 울렸다. 큰소리와 억양으로 봐서 욕하면서 오라는 게 분명했다. 어쩌면 그게 무슨 말인지 알지 못했기 때문에 아침을 먹었는지도 모른다.

'말 못하니까 사람 취급 못 받는구나….'

방어할 방법이 없다. 어제 입국장 심사관은 이 여자에 비하면 양반이라는 생각이 들었다. 어정쩡한 태도로 다가가니, 그녀는 여럿이 앉아 있는 식탁에서 하필 가운데 한자리 빈 곳을 가리키며 그곳에 끼어 앉으라고 했다. 그녀의 태도로 보아 영어가 아니더라도 말을 잘 알아들어야 할 것만 같았다. 무슨 말을 하는지 잘 모르겠다는 태도를 계속 보였다간 아침은커녕 쫓겨날지도 모르겠다는 생각이 들었다.

'아… 이런 상황에 몰리다가 입국 심사대 앞에 주눅 든 사람들처럼 바보가 되는 거구나.'

식탁 중간에 끼어 앉았다. 좌우 눈치를 보니 그 사람들도 일행은 아닌 것으로 보였다. 그들도 나처럼 욕을 한 차례씩 먹었나보다. 엄마에게 몹시 혼난 아이처럼 모두들 고개를 똑바로 들지 못하고 빵 조각을 입에 문 채 곁눈질로 찔끔찔끔 나를 보았다. 내가 그런 분위기를 알아차리려 할 때 그녀의 두 번째 고함이 시작됐다.

"차이 일리 코페?"

"홧?"

어리둥절해서 고개를 치켜들었다.

"차이 일리 코페?"

그녀는 같은 말을 한 번 더 했다. 무슨 말이냐고 영어로 되물었지만 내 말에는 아랑곳하지 않고 이전보다 더 크게 소리쳤다.

"차이~ 일리~ 코페!!!"

나는 미간을 찌푸리며 뭔 말이냐는 듯이 그녀를 빤히 쳐다보았다.

"코페!!!"

그녀는 잠시 노려보더니 100kg쯤 되어 보이는 자신의 체중을 목소리에 전부 얹은 듯 힘주어 느낌표를 찍었다. 그 여자는 일상이 그럴 것 같다. 에너지가 빨리 소모되겠다.

그렇게 해서 난 영문도 모른 채 아침 식사로 커피와 빵을 먹었다. 낮에 한동수에게 물어보니 그건 '차(茶) 마실래? 아니면 커피 마실래?' 하는 뜻이었는데, '차이'는 차(茶), '코페'는 커피였다. 말하자면, 빵을 '커피하고 먹을래, 차하고 먹을래?' 하고 묻는 것이었는데 내가 영어로 말하니까 커피 마실 놈으로 보였나 보다.

식사를 마치고 햇살 들이치는 로비에 들어서자 기분이 좋아졌다. 방금 전에 욕먹은 건 다 잊고, 입에 맞지도 않는 빵 한 조각에 희멀건 커피 한 잔으로 아침식사를 때우고도 그렇게 기분이 상쾌하기는 난생처음이었다. 호텔 밖으로 나가 모스크바의 첫 아침햇살을 맞았다. 그러나 상쾌한 기분도 잠깐, 몇 발자국도 안가서 도로 전체에 어제부터 맡았던 그 요상한 요구르트 상한 것 같은 냄새가 은은히 퍼져 있다는 걸 알았다. 자동차 배기가스 냄새라는 생각이 들었다. 휘발유에 먹다 남은 요구르트를 섞어 만들었는지.

한동수가 모레 기숙사에 등록하자고 연락을 해왔다. 어차피 나도 하루 이틀은 여유를 갖고 싶다. 서류도 챙기고, 대학 주변도 돌아보고, 환전도 하고….

03

이반 데니소비치의 식탁

오늘 아침엔 어제처럼 식사하고 싶지
않았다. 프런트에 내려가 다른 식당은
없냐고 물으니 돈만 내면 그 식당에서
다른 메뉴를 먹을 수 있다고 했다. 영어
를 아는 사람이 있어서 다행이었다. 당당하게 식당으로 들어가 다른
사람들과 떨어져 앉았다. 오늘도 그 아줌마가 가까이 오라고 소리치
면 당신이 오라고 할 참이었다. 서비스 정신을 확실히 가르쳐 주리라
생각하고 있는데 어라? 이번에는 풍채 좋아 보이는 중년남자가 왔다.
어제 아줌마는 아예 보이지 않았다.

"리바, 빠잘스타. (생선 주세요)"

그는 공손했다. 생선을 달라고 하자 러시아어 필기체로 된 메뉴판
을 가져왔다. 메뉴판 오른쪽에 숫자가 적혀있었지만 아무리 봐도 요
리 가격은 아닌 것처럼 보였고, 음식 용량으로 보기에도 얼핏 환산할
수 있는 단위가 떠오르지 않았다. 무엇인지 몰라 머뭇거리고 있는데,
그가 눈치를 챈 듯 그중 한 가지를 가리키며 러시아 말로 설명했다.
천천히 살펴봤지만 모르긴 마찬가지라, 그러라고 했다. 죽기 아니면

까무러치기. 추가로 수프도 시켰다.

　잠시 후, 빵 좀 보태서 세숫대야 반 만 한 유리그릇에 노란 기름이 1cm는 덮인 맑은 국이 나왔는데, 얼핏 보면 감잣국에 올리브기름 듬뿍 넣고 고등어 살점 몇 조각 넣은 것처럼 보였다. 내가 이 두꺼운 기름을 견뎌낼 수 있을까? 의아해 하면서 한 숟가락 떠먹었다가 느글느글한 기름 맛과 참기 어려운 비린내에 속이 뒤집혀 한쪽으로 치웠다. 이어서 철갑상어알과 연어 등 모듬회 大자 같은 생선을 내왔는데, 먹긴 잘 먹었지만 1,075루블이 나왔다. 비싸게 낸 것 같았다. 틀림없이 바가지라는 생각이 들었다.

　점심 때 한동수가 와서 다시 그 레스토랑에서 그놈 보라는 듯이 생선요리를 배부르게 시켜 먹었는데, 이번에는 둘이서 먹고도 700루블을 냈다. 이반 데니소비치가 수용소 식당에서 '어디에나 나쁜 놈은 있다' 라고 혼자 중얼거렸던 말이 생각났다. 여기는 러시아다.

　한동수가 돌아가고, 서류를 정리하고 있는데 누군가 노크를 했다. '찾아 올 사람이 없는데 누굴까?' 문 앞에는 30쯤 되어 보이는 젊은 아줌마가 손걸레를 들고 서 있었다. 그녀는 청소 흉내를 내며 수줍은 듯 들어와 응접실에서부터 청소를 시작했다. 응접실이 바라보이는 책상에서 기숙사에 제출할 서류와 회사 서류 등을 정리하다가 우연히 그녀가 내 눈치를 보고 있다는 사실을 알았다. 동양인이어서 신기하게 생각하는 건지, 아니면 수줍어서 그러는 건지. 청소하러 왔으면 빨리 하고 나가면 되지 내 눈치는 왜 보나, 불편한 생각이 들었다.

　그녀는 방 전면의 긴 창문틀을 닦아 가면서 나를 지나쳐 뒤쪽 어딘가를 잠시 청소하는가 싶었는데, 이내 내 앞쪽으로 다시 와서 같은 곳을 또 걸레질했다. 더러운 것이 별로 없어 보였는데도 계속 창문틀만

닦았다. 쓰레기통을 비운다든가 침대를 정리한다든가, 화장실이나 사우나실은 근처에도 가지도 않았다. 일상적인 청소를 하는 게 아닌 것 같다고 느끼는 순간, 그 아줌마 옷이 아주 야하다는 걸 알았다. 반투명한 흰색과 옅은 푸른색이 섞인 원피스 옷감이 너무 얇아서 속이 다 비치듯 했다. 자세히 살펴보면 속이 보일 것도 같았다. 불현듯 다른 생각이 있어서 들어온 거라는 생각이 머리를 스쳤다. 청소를 하려면 청소 도구를 제대로 챙겨 왔어야 했는데 청소 도구라는 게 달랑 손걸레 하나, 물도 안 묻어 있었다.

그녀는 내가 자신을 보고 있다는 것을 알았는지 조금 있으려니 노골적으로 힐끔힐끔 돌아보면서 과하다 싶게 엉덩이를 흔들어댔다. 하는 행태가 너무 속이 보이고 우스웠다. 걸레질을 하는 건지 뭘 하는 건지. 어쨌거나 그녀는 자기가 하고 싶은 말을 한 거였다. 청소하러 온 게 아니라고, 그것도 엉덩이로. 답을 해줘야지 더 놔두면 안 될 것 같았다.

"스톱, 땡큐."

그리고는 문 쪽을 향해 손을 내밀었다. 그녀는 자신이 기대했던 것과 다른 반응이 나와서 그랬는지 어쩔 줄 몰라 했다. 확실한 의사를 표시할 생각에서 다시 문 쪽을 향해 손을 들어보이자 잠시 머뭇거리다 멋쩍게 인사하고 나갔다.

'도대체 이 과도한 서비스는 또 뭔가? 이제까지 보였던 서비스의 일관성에서 벗어나기로 한 건가?'

서울에서 들은 말이 생각났다. 모스크바 호텔에서 여자를 잘못 건드리면 마피아가 쫓아와 협박하고 돈을 뺏는다고. 그 아줌마가 바로 그 경우가 아닌가 생각됐다. 조심해야겠다.

04

고려인 친구

어젯밤에 TV를 보다가 늦게 잠자리에
들었는데 자정이 훌쩍 넘어 전화벨이
울렸다. 호텔 방 번호를 아무에게도 알
려주지 않았는데, 누가 전화한 건지 궁
금해서 수화기를 드니 예상 밖에 젊은 여자의 가느다란 목소리가 들
렸다. 영어도 아니고 러시아어도 아니고, 발음이 낯설어 순간적으로
무슨 말인지 이해할 수가 없었다. 영어로 누구냐고 되물었다.

"고 려 인 입 니 다… 여 자 친 구 가… 필 요 하 지 않 으 세 요?"

떠듬떠듬 이어진 목소리의 주인공은 고려인이었다. 그녀의 말이 한
국말이었다는 걸 깨닫고 나자 나도 모르게 웃음이 나왔다. 한국말이
그렇게도 발음이 되는구나… 예상치 못한 한국말에 반갑기는 했지만,
전화 내용에 실망해 기운이 빠졌다.

'고려인 여자가 한국인인 내가 여기서 자는 걸 어찌 알았지?

프런트 근무자가 숙박 허가에 그렇게 까다롭게 굴더니 결국 이런 서
비스를 위해 그런 거였나. 비웃음이 나왔다. 낮에는 청소아줌마를 보내
주고, 밤에는 고려인 여자를 보내주고. 갑자기 서비스가 좋아졌다.

한동수가 기숙사 입주 허가를 받았다며 저녁때 살림을 옮기자고 연락을 해왔다. 낮 동안 시간이 남아 호텔 주변을 돌다가 수영장이 있는 것을 발견하고 부랴부랴 수영복을 챙겨 갔다. 건강을 지킬 셈으로 서울에서 수영복을 가져왔다. 요금은 한 시간에 150루블. 라커룸은 수영장 안에 하나 있는데 룸에 남녀 구분이 없고 출입문도 없었다. 그냥 같이 쓴단다. 그냥 안을 들여다봐서 사람이 없으면 갈아입는 건데, 출입문도 없고 남녀 구분도 안 된 라커에서 여자들이 수영복을 갈아입을 수 있는지 의문이 들었다. 희한하고 재미있는 시스템이다.

'만약 들여다봤는데 여자가 옷을 갈아입고 있으면 어떡하지?'

뭘 어떻게 하겠나. 그냥 미안하다고 정중히 사과하면 되고, 그래도 미안하면 한 번 더 사과하면 되는 거지. 다행히 수영장엔 나밖에 없었다. 그렇게 큰 수영장에 혼자 있기도 처음이었다.

물을 자주 갈아주지 않아서인지 이끼가 핀 듯 풀장 전체가 녹색으로 보였다. 예상치 못하게 수영장을 발견하고 반가운 마음으로 들어왔지만, 물 색깔을 보자 상쾌한 느낌이 들지 않았다. 물속에 머리를 넣어도 되는 건지 꺼림칙했다. 잠시 망설이다가 그래도 돈 내고 들어왔으니 그냥 갈 수 없다는 생각에 30분쯤 건성건성 수영하고 나가려는데 러시아 여자 두 명과 남자 한 명이 들어왔다.

그들은 일행이 아니었다. 일행이든 아니든, 그들이 라커를 어떻게 사용하는지 궁금해서 가만히 지켜보았다. 한 걸음 앞서 도착한 여자 둘이 라커로 들어가자 남자는 밖에서 기다렸다. 잠시 후 여자들이 나오자 남자는 머뭇거림 없이 들어가 수영복을 갈아입고 나왔다. 자연스럽네… 뭔가 엉뚱한 상황이 발생할지도 모른다는 내 생각이 완전히 틀렸다. 그렇다. 그들은 이미 오랜 기간 그 시스템 속에서 살아 온 거다. 문제가 발생했었다면 벌써 무슨 조치가 있었겠지, 지금까지 놔뒀겠나. 나의 상상과는 달리 아무 일도 발생하지 않았지만, 희한한 시스템이라는 인상은 지울 수가 없었다.

어제 바가지 쓴 레스토랑 영수증이 책상 위에 있었다. 글도 모르면서 내용을 꼼꼼히 들여다보다가 재미있는 추억이 될 것 같아 보관해야겠다는 생각이 들었다. 풀이 필요했다. 며칠간의 경험으로 봐서 말을 알아야 살 수 있을 것 같아 사전을 뒤적였지만, 별것도 아닌 풀이란 단어를 찾을 수가 없었다. '여기 사람들은 풀을 안 쓰나?' 말을 모르는 건 나였지만, 그래도 나를 탓하고 싶지는 않았다. 보디랭귀지를 머릿속에 그리면서 로비로 내려갔다.

잡지 파는 코너, 술 마시는 코너 등 이곳저곳을 기웃거리다가 잡화 파는 곳으로 갔다. 덩치 큰 아가씨가 있었다. 아니, 아가씨인지 아줌마인지 하여간 젊었다. 몸도 쓰고 영어도 쓰면서 한참을 설명했는데 뜻이 통하지 않았다. 지금 날 놀리는 거지? 손가락으로 물건을 가리키며 this, that을 했는데 그것조차 알아듣지 못했다. 호텔 상점에서 영어가 안 통한다는 이 상황을 어떻게 설명해야 할지. 레스토랑에서 이미 겪기는 했지만 그래도 이 정도일 거라고는 생각지 못했다. 일부러 영어를 모르는 척 하는 건 아닐 거고, 결국 포기하고 올라와 이 나라에는 풀이 없다는 결론을 내렸다. 영수증은 다음에 붙이기로 했다.

저녁에 한동수 부부와 만났다. 그의 처는 젊고 귀엽고, 착해 보였다. 반가운 마음에 함께 식사하자고 제의했다. 불과 며칠 되지는 않았지만 한국 음식이 먹고 싶었다. 한동수는 가까운 곳에 있는 살류트호텔에 한식당이 있다고 했다. '살류트'는 예포, 축포라는 뜻이란다.

식당 입구에서 불고기 냄새가 코를 자극했다. 한국음식 냄새는 정말 못 말리겠다. 다른 메뉴는 볼 것도 없이 불고기를 시켰다. 그러나 불고기와 냄새만 똑같았지, 질기고 맛이 없었다. 아마도 간장만 한국 간장을 쓴 것 같았다. 그래도 불고기라고 억지춘향으로 먹고, 호텔에서 짐을 챙겨 기숙사로 들어왔다.

05

기숙사 촌

대학 캠퍼스 건너편에 기숙사 촌이 있다. 얼핏 보아 기숙사 건물이 열 개 동도 넘는 것 같다. 내가 사는 기숙사동은 20층쯤 되는 고층이고, 나머지는 5층으로 저층 기숙사다. 대로변에 높은 건물이 또 있는데, 그게 기숙사인지는 모르겠다. 우리 동 1층에는 로비와 경비데스크, 레스토랑, 매점이 있고, 2~3층은 외국인 전용 기숙사, 4층부터 그 위로는 러시아 학생과 외국인 학생들이 섞여 산다.

외국인 전용 기숙사는 로비에 있는 2층 계단을 올라와 별도 출입문을 통해 출입할 수 있고, 안으로 들어오면 전용 층 경비데스크가 또 있다. 나는 3층 방을 배정받는데, 우리 경비데스크 앞 계단을 통해서만 올라올 수 있다. 4층부터 그 위로는 외국인 전용 층에 비해 월임대료가 싸다. 그래도 5층짜리 저층 기숙사보다는 많이 비싸다는데 얼마인지는 모르겠다. 4층 이상은 1층에 있는 엘리베이터를 타고 올라간다. 그래서 외국인 전용 층과 나머지 층은, 1층 로비에서 올라가는 출입구가 서로 다르다.

저층 기숙사는 1년에 30만 원 가량 낸단다. 정말 싸다. 그래서 그런지 어떤 방은 깨진 유리창을 보수하지 못해 비닐로 막아 놓기도 했고, 어떤 방은 커다란 자기 나라 국기로 창문을 가려 놓기도 했다. 어찌 생각해보면 국기는 바람막이도 되겠지만, 지나가는 자국인들에게 자신의 존재를 알릴 수 있는 수단이 될 것 같기도 하다. 그나저나 겨울이 되기 전에 깨진 유리창은 다 끼워주는 건지 모르겠다. 유리창이 온전한 내 방도 아침나절에는 다소 으스스한데….

슈퍼에 다녀오는 중에 아프리카 출신으로 보이는 흑인 학생들이 기숙사 주변에 엄청 많은 것에 놀랐다. 삼삼오오 모여 얘기를 하거나 흔들흔들 춤을 추기도 했는데, 꼭 미국의 할렘가를 지나는 느낌이었다.

러시아는 과거 소련 시절에 아프리카나 남미 등 제3세계의 종주국이었기 때문에 그 당시에 소련의 기술이 전파된 곳이 많다. 특히 무기나 기계 계통에 소련제품이 많이 퍼져 있어서 제품을 제대로 다루려면 러시아어가 반드시 필요했다. 그런 이유로 지금도 제3세계 젊은이들이 선진 문물을 배우러 미국이 아닌 러시아로 오는 건지도 모르겠다. 물론 지금은 미국도 많이 가겠지만.

06

프랑스인은 냉정하고,
이기주의자들이다?

기숙사는 긴 복도를 따라 양쪽으로 방
이 있다. 복도에서 각 호실 문을 열고
들어가면 그 안에는 큰방, 작은방으로
두 개의 방이 있고, 화장실과 샤워장이
있다. 내 룸메이트는 이탈리아 남학생 두 명이다. 그들이 큰방을 쓰
고, 나는 작은방을 혼자 쓴다. 그들은 다른 호실에 있는 이탈리아 여
학생 셋과 함께 2주 전에 입주했는데, 처음부터 대단히 소란스러웠
다. 기숙사에 함께 살고 있는 한국인 기업체 유학생 종덕이 그들의 소
란함에 대해 얘기해 주었다.

정말 그랬다. 나와 같이 어울리는 한국인 유학생 종덕과 성문, 성민
등은 오후 7시경이면 저녁식사를 마치고 간혹 모여 이것저것 얘기하
다가 늦어도 8시, 9시면 헤어지는데, 그들은 온종일 나갔다가 밤 10
시쯤 귀가해서 11시나 되면 그때부터 식사 준비한다고 시시덕거리면
서 노래를 부르고 수선을 폈다. 그렇게 저녁을 만들어 먹다가 하루를
넘긴다. 시끄럽다고 한국 학생들이 몇 번이나 항의했단다.

오늘도 밤 10시가 넘어 들어온 룸메이트 프란시스가 내 방문을 두

드렸다. 그는 일행 다섯 명 중 유일하게 영어를 할 줄 안다. 정말 놀라운 것은, 여기 와서 보니 유럽 사람들이 의외로 영어를 잘 모른다는 것이다. 그래서 유일하게 프란시스만 나와 대화했다. 그가 11시가 다 되어서 프라이팬을 빌리러 왔는데 영어로 '팬'이라 하지 않고 이상한 단어를 썼다. 분명히 내가 알아들을 수 있는 말을 했을 텐데도 이해할 수가 없었다. 결국 사전을 뒤적여 겨우 프라이팬이라는 것을 알고 빌려주었다.

한 시간 쯤 지나서 그가 다시 찾아왔다.

"같이 식사하자."

프란시스는 나를 반드시 데려가겠다는 듯이 옆 책상 의자를 끌고 와서 바싹 다가와 앉았다. 밤 12시가 다 되어 가는데 아직까지 저녁식사를 안했을 거라고 생각하는 건가?

"저녁은 벌써 먹었지…."

손사래를 치면서 아니라고 해도 막무가내였다. 그들이 너무 소란스러워 어울리기 싫었지만, 하도 살갑게 굴면서 졸라대 어쩔 수 없이 따라나섰다. 주방에는 낯익은 레스토랑 음식 냄새가 퍼져 있었다. 여자애들이 큰 목소리로 수다를 떨다가 내가 들어서자 입을 다물고 호기심에 찬 눈으로 쳐다봤다. 물론 며칠 전에 인사를 했고 수시로 프란시스 방을 찾아와 서로 안면은 있었지만, 이렇게 늦은 시간에 같은 식탁에서 식사할 기회가 있으리라고는 서로 예상치 않았었다.

이탈리아식 오믈렛과 소시지 구이를 한 접시 받았다. 노란 오믈렛이 제법 그럴싸하게 보였다.

"내가 만든 거야."

"정말?"

나의 놀란 표정에 밝은 프란시스는 미소를 보였다. 머리에 모자만 씌워주면 어디서든 셰프를 할 수 있다는 자신감이 들어 있었다. '그래, 셰프를 해도 되겠다. 적어도 오믈렛만큼은.' 음식을 먹으며 서로 소개하다가 내 이름을 얘기해줬더니 호기심을 보였다. 한 글자, 한 글자가 모두 서로 다른 의미가 있다는 게 그들에겐 생소했겠지. 간단히 한국이나 중국 사람들의 한문 이름을 설명해줬는데 의미 전달이 제대로 됐는지 모르겠다.

내가 동양권에서 온 한국과 중국, 일본인 학생을 구분할 수 있느냐고 묻자 프란시스가 대답을 못하고 잠시 고개를 갸우뚱하다가 친구들에게 내 질문을 설명해줬다. 친구들도 모두 구분하지 못한다고 대답했다. 얼핏 생각해보니 사실 대답하기 쉬운 질문은 아니었다. 차이는 있지만 우리도 구분하기 어려운 때가 많다. 모두가 모른다고 말한 것이 아쉬웠는지, 프란시스가 동남아와 아랍 쪽은 구분할 수 있다고 자신있다는 투로 말했다. 그건 쉽지. 누가 봐도 확연히 차이가 나니까.

"프랑스사람과 독일사람, 이탈리아사람 성격을 구별할 수 있냐?"

이번에는 프란시스 자기 차례라는 듯이 나에게 질문을 던졌다. 질문하는 그의 눈에 총기가 돌았다. 성격 구분? 인종 구분이 어려우니까 성격을 구분할 수 있냐고 물은 건가? 사실 요즘엔 외국 영화를 많이 봐서 어느 지역 사람인지 대충 구분할 수 있는데….

"프랑스인은 ceremonial하고, 독일인은 coolness, calmness하고, 이탈리아인은 passionful한 느낌이 있는데, 그런 점에서 이탈리아 사람들과 한국 사람들은 비슷한 것 같아."

생각나는 대로 별로 대수롭지 않게 대답했는데 프란시스가 프랑스인은 냉정하고, 이기주의자들이라고 깎아 내렸다. 인물을 구분할 수 있느냐고 묻지 않고 성격을 구분할 수 있느냐고 물은 이유가 프랑스인을 깎아내리기 위해서 그런 것이라는 생각이 문득 들었다. 그가 왜 프랑스인을 깎아 내리려고 했는지 모르겠다. 내가 모르는 역사적 관계에서 생겨난 감정인지, 아니면 최근에 발생한 국가 간 이해관계에서 생겨난 감정인지. 냉정하고 이기주의자들이라고 한 것으로 보아 무언가 이탈리아에게 섭섭하게 한 것이 있나 보다. 혹시 축구에서 졌나?

이따금 주방 앞을 지나는 학생들이 우리를 쳐다봤다. 열두 시 넘어 떠드는 애들이라고는 우리들뿐이었다. 본의 아니게 나도 한 패거리였다. 새벽 1시가 넘어 방으로 돌아왔다. 늦었지만 나름대로 재미있었다. 나와 대화하는 동안에는 큰 소리가 나지 않아 내가 있을 때와 그들만 있을 때는 어떻게 다른지 궁금한 생각이 들었다.

그들은 앞으로 일주일 정도 있다가 돌아간다고 했다.

07

노점상 젊은 아가씨

 한동수가 찾아와 함께 시장에 갔다. 기숙사에서 3~4km 정도 떨어진 곳에 '유고자빠드늬' 재래시장이 있다. '유고자빠드늬'는 '남서'라는 뜻으로, 모스크바 중심부를 기준으로 대략 7시 방향에 위치하고 있는데, 서울로 치면 종각을 중심으로 영등포나 노량진쯤일 것 같다. 거리 구경이 하고 싶어 이야기를 하면서 걸었다.

이곳은 대체로 주변 녹지공간이 넓고, 변두리라서 그런지 건물이 드문드문 있어 탁 트인 느낌이 든다. 모스크바에 처음 도착해서 공항 안에서 받았던 답답했던 느낌은 완전히 없어지고, 오히려 땅 넓은 나라라는 사실을 실감하고 있다.

한적한 거리를 지나 시장 부근에 있는 전철역에 도착했다. 지하도 안에는 좌판을 벌인 장사꾼들이 있었다. 꽃 파는 사람, 잡지 파는 사람, 여러 가지 잡화… 그런 점은 서울과 비슷했지만 전철로 이어지는 공간인데도 천정 높이가 낮고 조명이 어두워서 낯설다는 인상을 받았다. 우리나라라면 그렇게 사람들이 많이 다니는 공간을 생기 없게 놔

두지 않았을 텐데. 너무 어두워서 그런지 물건을 봐도 사고 싶다는 생각이 별로 들지 않았다.

어느 곳을 가거나 시상 구경은 항상 재미있다. 전체를 둘러보니 대부분 우리와 비슷했지만, 입점 가게들이 모두 한 칸, 한 칸 박스 형태로 줄지어 있는 것과 진열품에 가정용 전기용품이나 문구류가 있는 것, 그리고 특이하게도 군데군데 십대나 이십대 초반 정도로 보이는 젊은 아가씨들이 좌판을 벌이고 있는 것이 눈에 띄었다. 그녀들에게 부끄러움 따위는 보이지 않았다. 훌륭한 삶의 자세다. 우리나라라면 그렇게 젊은 아가씨들이 시장에서 장사할 수 있을까? 어렵겠지… 어쩌면 가출 이유가 될지도 모른다.

한 곳에는 중고 음악 CD를 파는 뜨내기 같은 젊은 장사꾼이 있었다. 좌판을 벌여놓고 음악 CD를 파는 게 신기해서 사람들 사이를 비집고 들어가 물건을 살펴봤다. 몇 해 전 국내에서 구입했거나, 혹은 구입할 뻔했던 그런 것들도 보였다. 가격은 70루블. 한국 돈으로 치면 2800원 정도다. 이것저것 들춰보다가 Ace of Base의 'Wheel of Fortune' CD를 발견하고 아주 오래 전에 이 앨범을 레코드로 샀던 기억이 나서 기념으로 샀다.

모스크바 어디엔가 중고 물품과 신기한 것들을 전문적으로 파는 곳이 있다는데, 꼭 한 번 가서 소련시절에 만들어진 태엽 손목시계를 사고 싶다.

08
불행한 체제의 선택

기숙사에 함께 살고 있는 한국 유학생 성문과 점심식사를 했다. 성문이 뻬쩨르(우리와 발음이 정확히 맞지 않는다. '뻬쩨르부르그'라고도 하는데, 여기서는 흔히 뻬쩨르라고 불렀다)에서 찍은 사진을 보여주었다. 사진 풍경은 유럽의 여느 나라와 똑같았다. 아름다운 건물 형태와 화려한 궁전의 금장식, 각종 부조들… 정말 볼수록 대단했고, 한편으로는 안타깝다는 생각이 들었다. 이렇게 화려했던 나라가 오늘날 왜 이렇게 됐는지, 이것이 체제를 잘못 선택한 민족, 국가의 운명인지.

국토의 광대함과 자원의 풍부함, 찬란한 문화업적과 발달한 과학기술. 어느 것 하나도 뒤질 것이 없는 나라임에도 왜 이렇게 기울어져 있는가. 시간이 갈수록 인간의 우매함에 우울한 느낌이 든다. 마르크스와 레닌, 인간의 사고와 행동을 과학적 틀에 넣을 수 있다고 생각한 사람들. 시대에 만연했던 불평등을 해소하기 위해 일시적으로 생산과 분배 방식을 통제할 수는 있겠지만, 노를 저어 강물을 거슬러 올라갔다고 해서 강물을 거꾸로 흐르게 할 수 있다고 생각하는 것은 인간의 오만에 불과하다. 욕망과 경쟁은 자연의 섭리. 어항 안에 있는 물고기가 어항 밖에 있는 산소공급기를 조작할 수 없듯이, 자연의 섭리 안에 있는 인간이 섭리에 역행할 수는 없다. 모집합 안에 있는 부분집합처럼. 원리를 벗어난 잘못된 생각과 선동으로 수 없이 많은 사람들을 고통에 빠지게 하고 죽음으로 내몬 역사 속 인물들, 그들은 지금 어디에 있는가….

저녁에 프란시스 일행이 삐쩨르를 여행한다며 기숙사를 떠났다. 삐쩨르 행 열차는 밤 10시에 모스크바를 출발해서 다음날 아침 여덟 시경에 도착한단다. 기숙사가 갑자기 조용한 느낌이 들었다. 우당탕 하듯이 소리치며 복도를 차지하던 여자애들이 가서 그런가 보다. 프란시스, 삐뻬, 다니엘라, 메나 그리고 또 한 여자애는 이름이 어려워서 모르겠다. 기억을 되살려 그들 얼굴을 노트에 그려 보았다.

09

사회주의가 심어준 인내심

어젯밤에는 창문 앞 공터에서 밤새 떠들고 노는 흑인 애들이 모여들지 않았다. 그들은 경제적으로 여유가 없어서 바에 가서 놀지 못하고 공터에서 라디오를 틀어 놓고 밤새 춤을 추면서 젊은 여름밤을 보내는 것 같았다. 어제는 왜 모이지 않았는지 모르겠지만 하여튼 시끄럽지 않아서 편히 잤다.

러시아식으로 빵과 소시지, 커피로 아침식사를 마치고 처음으로 수업에 참가했다. 학생은 인도인과 레바논인, 터키인 그리고 독일 여학생 등 네 명. 그들은 8월 초에 등록해서 교과서 진도가 상당히 나가 있었기 때문에 별것 아닌 양 태연한 척 할 수가 없었다.

"걱정 말고 그냥 따라오면 돼."

우리 반을 맡고 있는 스베틀라나 선생님이 눈치를 채고 영어로 말했다. 수업 내내 무슨 말을 하는지 알아들으려고 진땀을 흘리며 애썼다. 다른 반으로 갈까? 아무래도 따라잡으려면 당분간 고생깨나 하겠다.

점심때 성문이 우리 기숙사에 거주중인 일본인 여학생 나즈키와 그녀를 찾아온 남자친구 사토루를 소개했다. 나즈키는 나이가 아주 어려 보였는데 대학생이라고 했다. 순박한 열아홉 시골소녀. 사토루는 생김새가 완전히 중국인 같아서, 성문이 소개하기 전에 내가 앞질러 중국인이냐고 물었다가 일본인이라는 말을 듣고 멈칫 했다. 어쩌자고 소개할 때까지 기다리지 못하고 서둘러 물어봤는지, 자기 생김새를 보고 무시했다고 오해하지나 않을는지.

　나즈키나 사토루, 둘 다 러시아어가 아주 서툴렀다. 영어도 마찬가지였다. 그냥 손짓 발짓을 섞어 대충 대화했는데 이들이 오늘 밤 삐쩨르로 여행을 떠난단다. 러시아어나 영어도 제대로 못하면서 어떻게 그 먼 곳까지 갈 결정을 했는지 용기가 부럽다. 일본인들이 겉으로는 어수룩해 보여도 속에는 보이지 않는 모험 정신을 가지고 있나? 그러나 그런 말은 들어본 적이 없다. 의지야 어쨌든 여기는 일본인이라고 봐주지 않을 것이고, 게다가 어수룩하게 보인다면 문제가 더 클지도 모르는데 여하튼 대단하다.

　나즈키와 사토루가 돌아가고, 성문과 함께 빌랴예보에 있는 마켓에 갔다. 마켓이 제법 커서 서울에 있는 쇼핑센터처럼 많은 상품이 진열되어 있었다. 찻잔과 상추, 보드카, 주스와 가루비누를 사고, 기숙사에 도착하자마자 욕조에 가루비누를 풀고 빨랫감을 넣었다. 손으로 빨랫감을 쿡쿡 누르다가 세탁기 없이 빨래하던 옛날 군대생활이 떠올랐다. 시간이 거꾸로 흐른 것 같다.

　오후 5시쯤, 창밖 공터에 장거리 여행자로 보이는 사람들이 모여들었다. 얼마 전에도 깨끗하게 세차된 리무진 버스가 출발하는 것을 봤는데, 오늘도 슬금슬금 어디선가 사람들이 하나둘씩 나타나 몇 그루 안 되는 작은 나무 그늘 밑에서 버스를 기다렸다. 어떤 사람들은 그 작은 그늘조차 들어가지 못해 뜨거운 햇볕 아래 서 있었다. 날도 더운데 왜 그렇게 미리 와서 기다리는지 안타까운 마음이 들었다.

'출발 시간이 정해져 있는 게 아닌가? 그늘이라도 만들어 주든지….'

7시쯤 되서 10여 명 정도를 남겨두고 버스가 떠났다. 좌석이 다 차지 않았던데 출발 시간이 다른 표를 가진 건지, 아니면 목적지가 다른 건지 알 수 없었다. 30분쯤 지나자 다시 버스 한 대가 왔다. 일부 여자들이 타고, 남자들은 버스 주변에서 담배를 피웠다. 대학 기숙사 구내에 안내 표지판도 없는 곳에서 버스를 기다리는 것도 이해하기 어려웠지만, 쉴 곳도 없는 장소에서 그렇게 장시간을 마냥 기다리는 것도 납득하기 힘들었다.

"꽝!!"

갑자기 창밖에서 엄청 큰 폭발음이 들렸다. 창문이 덜컹거리고, 폭발소리에 놀란 사람들의 비명소리가 들렸다. 나도 너무나 놀라서 순간적으로 테러인가 생각했다. 기숙사에서는 개별적으로 가스 연료를 쓰지 않기 때문에 테러 말고는 그렇게 큰 폭발음을 낼 수 있는 게 없었다.

놀란 마음에 밖을 내다보니 버스 운전석 쪽 뒷 타이어가 엄청난 굉음을 내며 터진 거였다. 검은 먼지가 연막탄처럼 뭉게뭉게, 꾸역꾸역 일었다. 잽싸게 창문을 닫았다. 주차되어 있던 버스 타이어가 터지는 것도 처음 봤고, 펑크 소리가 그렇게 큰지도 처음 알았다. 게다가 타이어 속에 검은 먼지가 그렇게나 많을 거라고는 상상도 못했다. 검은 먼지가 멈추지 않고 계속 나와 주변에 있던 사람들이 모두 피했다.

시간이 한참 지나 먼지가 가라앉고 진정되자 운전기사가 내렸다.

기사는 터진 바퀴를 살펴보고는 별것 아니라는 듯 손님들 가방을 화물칸에 실었다. 나도 놀라기는 했지만 이내 별것 아니라 생각하고 책상 앞에 앉았다. 계속 지켜보기에는 당장 해야 할 숙제가 많았다.

한참 공부하다가 창밖을 내다보니 그제서야 운전기사가 정비공을 데리고 나타났다. 기숙사 가까운 곳에 자동차 정비소가 있는 걸 못 봤는데 아마도 먼 데서 데려온 것 같았다.

'여행자들은 어떻게 하나, 많이 기다렸는데….'

9시 20분. 버스 주변에 타이어와 공구가 널려 있고, 아래층 기숙사에서 새어 나온 불빛으로 버스 안에는 몇 사람만 앉아서 졸고 있는 모습이 보였다. '아직도 고치고 있네…?'

10시 57분. 지금쯤이면 모두 떠났으려니 하고 다시 창밖을 내다보니 그제서야 다 고쳤는지 운전기사는 공구를 치우고 있었다. 정말 오래 걸렸다. 잠시 후 시동이 걸리고 차 안에 불이 켜졌다. 놀랍게도 버스에는 사람들이 꽉 차게 앉아 있었다. 어림잡아 3시간 이상은 기다린 것 같은데, 신기하게도 누구 하나 항의하거나 투덜대는 태도를 보이지 않았다. 정말 재미있다. 우리 같으면 기사와 팔 걷어붙인 사람들이 여럿 있었을 텐데… 버스는 11시 15분에 조용히 출발했다.

꽤 오래전에, 러시아 사람들은 배급 줄만 보이면 무엇을 배급하는지 알아보기도 전에 줄부터 섰다는 얘기를 들은 적이 있다. 그 속사정을 곰곰이 생각해보면 오늘 버스를 기다리던 사람들의 행태가 이해될 만도 하다. 무엇을 배급하는지도 모른 채 줄을 선다는 것은, 한참을 기다리다가 내게 필요 없는 물건이 배급되고 있는 사실을 알 수도 있고, 억울하게는 바로 내 앞에서 배급이 끊길 수도 있는 것이다. 그럼에도 그들은 줄을 섰다. 그런 실낱같은 희망에도 줄을 서던 사람들이

니, 몇 시간인들 왜 못 기다리겠는가. 인내심을 키우는 데는 사회주의
만한 게 없다.

10
영국 여학생 멜리사

평소 무리지어 다니던 유럽인 단기 기숙사생들이 낮 동안 보이지 않았다. 주말이라서 수업이 없으니까 멀리 놀러간 듯했다. 주말은 이들에게 파라다이스를 제공한다. 이따금 등가방을 메고 우르르 여행을 떠나는 학생들의 들떠 있는 모습을 보면 여실히 알 수 있다. 어떤 파라다이스일까? 해방? 그렇지. 단지 '해방' 하나만으로도 충분하다. 기숙사에는 해방을 맞지 못한 학생 몇 명만이 남아 있다. 나도 거기에 포함 된다.

한동수가 며칠째 연락이 안 된다. 얼마 전에 부인이 아프다는 말을 얼핏 들었는데 병원에 입원이라도 한 건지, 걱정도 되고 궁금하기도 하다.

주방에서 영국 여학생 멜리사를 만났다. 영국인들은 낯을 가리고 사교성이 부족하다고 하지만, 여기서는 좁은 주방에서 자주 만나기 때문에 대부분 인사하고 지낸다.

"안녕?"

주방에서 그녀를 처음 만났을 때, 너무 조신해보여 인사를 해야 하나, 말아야 하나 우물쭈물하고 있는데 그녀가 먼저 웃으면서 인사를 했다. 그녀는 아주 얌전하고 조심스럽다. 키가 155센티 정도나 될까? 한 눈에 봐도 작고 가냘픈, 서양여자치고는 흔치 않은 외모다. 보통 사람 목소리 볼륨이 10이라면 그녀는 3정도 되나보다. 가늘고 작은 목소리에, 강한 영국식 억양 때문에 처음에는 그녀의 말을 바로 알아 듣지 못했다. 몇 마디 주고받다가 영국식 발음을 감안해야 한다는 생각을 하게 됐다. 그녀는 나중에 직업을 택할 때 도움이 될 것 같아서 2주간 계획으로 모스크바에 왔다고 했다. 그렇게 조신하고 목소리 작은 사람들은 어떤 직업에 종사하게 되는 걸까? 전공이 뭔지… 며칠 후 바이칼로 혼자 여행을 간단다. 모스크바에서 몇천 킬로나 떨어져 있어서 여행기간이 길어질 텐데, 그 작은 체구에 짐을 어떻게 지고 갈지 궁금하다. 나즈키 일행이나 멜리사나 모두 겉보기와 달리 대담한 면이 있는 것 같다. 즐거운 여행이 되기를 바란다고 말해주었다. 그녀도 웃으며 고맙다고 답했다.

11

인도 잠언처럼 살려면

주방에서 요셉의 아버지를 만났다. 그분은 한국인 캐나다 이민자로, 아들 요셉이 발군의 어학능력을 보여 방학 기간 중에 모스크바로 어학연수를 왔다고 했다. 요셉은 겨우 16살인데 중국어, 일어, 러시아어를 자유자재로 구사한단다. 정말 대단한 소년이다. 물론 캐나다에 사니까 영어와 불어는 기본이고. 어떻게 그런 능력을 타고 났을까?

음식을 만드는 동안 요셉 아버지는 이민 가서 고생하신 얘기를 했다. 이민 생활이라는 게 누구에게나 다 어려운 일이다. 캐나다에서 연구소에 근무하다가 퇴직하고 지금은 연금으로 자식 교육 뒷바라지를 하면서 어렵게 살고 있다고 했다. 큰아들은 대학에 들어가 독립했기 때문에 요셉만 대학에 들어가 독립하면 자신의 임무는 끝난 것으로 생각하는데, 그동안 아내를 돌보지 못한 죄책감이 드신단다. 인생에 대해 무척 깊이 생각하고 사신 분 같다.

"왜 신발을 신지 않으세요?"

평소 주방에 올 때마다 신발을 신지 않아 내가 물었다.

"입에서 항문까지 겨우 세 잔데, 신발을 신으나 안 신으나 무슨 차이가 있소…."

요셉 아버지는 도인 같은 대답을 하면서 입가에 잔잔한 웃음을 보이셨다. 얼핏 이해될 것도 같은 얘기였지만, 사실 신발은 키 때문에 신는 건 아니지 않나? 어쨌든 속세를 초월한 느낌이다. 인간을 망치는 욕심을 버리라는 말 같아서 내가 좋아하는 인도 잠언이 떠올랐다.

'네가 이 세상에 태어났을 때 너는 울고 네 주위의 사람들은 모두 기뻐했다. 네가 이 세상을 떠날 때는, 모든 사람이 울고 너 혼자 웃을 수 있게 살아라.'

그렇게 살다 가려면 욕심을 버리긴 버려야 한다.

프란시스가 내일 이탈리아로 귀국한다. 그는 러시아말이 서툰 나를 위로하려고 했는지 6개월이면 러시아어를 충분히 배울 수 있고, 특히나 내가 혼자 왔기 때문에 더욱 잘 하게 될 거라고 했다. 고맙다고 인사는 했지만 정말 그럴 수 있을까?

짐을 싸고 있는 프란시스 방에서 낯익은 음악소리가 들렸다. 국내에서 자주 듣던 핑크플로이드 음악이었다. Dark side of the moon. 국내에서도 남들이 핑크플로이드 음악 듣는 걸 본 적이 거의 없었는데 공교롭게도 모스크바에서, 그것도 바로 옆방에서 듣는 사람이 있다는 게 신기했다. 프란시스에게 나도 이 음악을 무척 좋아한다고 말했다. 그는 자기 아버지의 소개로 핑크플로이드를 듣기 시작했는데, 듣다보니 좋아서 또 다른 앨범도 샀다고 했다. 나와 같은 음악을 좋아하는 것이 너무도 반가워서 김건모 CD를 귀국 선물로 주고, 다섯 번 이상 들으면 반드시 좋아하게 될 것이라고 말해주었다. 그가 좋아하는 것을 보니 국위 선양한 기분이 들었다.

"내가 너희 친구들 얼굴을 그렸어."

수첩을 펼쳐 보이자 그가 재미있다고 한참을 웃었다. 내 수첩이지만, 나 자신도 무심결에 수첩을 펼치다 얼굴 그림이 나오면 웃음이 나왔다. 한 여자애 얼굴에는 주근깨를 찍었다. 말괄량이 삐삐처럼. 프란시스는 그림을 자세히 들여다보고 얼굴 특징에 따라 그게 각각 누구인지 말했다. 사실 얼굴 특징이라기보다 헤어스타일 특징이었다. 각자의 얼굴 아래에 이름을 적어달라고 하자 프란시스도 한글로 자기이름을 적어달라고 했다. 내 수첩에 적혀 있던 한글이 신기했는지… 그는 자신의 이름이 한글로 써지는 것을 보고 아주 재미있어 했다.

12

부끄러운 일은 노력하지 않는 것

프란시스 일행이 나폴리로 돌아갔다. 시끄러운 친구들이었지만 프란시스 덕분에 함께 했던 시간이 나름대로 의미가 있었다. 적어도 프란시스 때문에라도 잊지는 못할 것 같다. 나중에 이메일이라도 보내야겠다.

여기 사람들은 가난에 대한 수치심이 큰 것 같다. 가난이 자랑거리는 아니지만 그렇다고 부끄러워 할 일도 절대 아니다. 더구나 사회주의에서 벗어난 지 얼마 되지 않아 국민 대부분이 어렵고, 그나마 부자라는 사람들은 정직하게 돈을 벌었다기보다는 국가 경제체제가 계획경제에서 시장경제로 전환되자 약삭빠르게 뭔가를 부당하게 선점하고 악용한 사람들이라고 들었다. 정도(正道)가 아닌 방법으로 부당하게 이익을 취하고, 그 이익을 바탕으로 권력과 결탁해서 더 큰 부당이익을 만들어 내고 있는 중이다.

그런 상황이 바르게 고쳐지지 않으면 앞으로도 국민들이 골고루 잘살기는 어렵다. 러시아 전체의 부(富)가 대부분 모스크바에 몰려 있고, 모스크바 인구의 5%가 그 부를 쥐고 있단다. 정확한 통계를 확인

한 건 아니지만 이곳에서 일하고 있는 한국인들에게서 들은 말이다. 그런 상황이라면 바르게 살아 가난한 게 부끄러운 일이 될 수 있겠는 가? 만일 그게 부끄러운 일로 평가된다면, 부끄럽지 않기 위해서 모두 부정, 부패에 가담해야 한다.

중세 이탈리아 교단에 프란시스코파는 주님을 모시는데 부자가 되어서는 안 된다며 청빈을 주장했다는 말을 들은 적이 있다. 그런 이유로 다른 교파로부터 불이익도 당했다는데, 그들에게는 부자인 것이 부끄러운 일이었겠지만 우리는 모두 부자가 되고 싶어 하고, 때로는 가난한 것을 부끄러워하기도 한다. 그러나 정작 부끄러운 일은 가난이 아니라 그것을 개선하려고 노력하지 않는 것이고, 특히 노력할 수 있는 사람이 노력하지 않는 것이 부끄러운 일이다.

날씨가 흐렸다. 분명히 비가 올 것 같지는 않은 날씨였는데 하루 종일 해가 없다. 며칠째 그렇다. 아직 8월인데 아침, 저녁으로 바람이 차다.

13

'겟 어웨이'의 킴 베신저

 밤 10시경, 이탈리아 여학생 두 명이 프란시스 일행이 떠난 빈방으로 들어왔다. 한 여자는 20대 초반, 다른 여자는 20대 중후반으로 보였다. 이 시간이면 나를 찾아오는 사람이 없는데, 누군가 문을 두드리기에 열어주었더니 꼬질꼬질 땀에 젖은 여자 한 명이 불쑥 방으로 들어왔다.

"며칠간 옆방에서 지낼 거야."

그녀는 주저하는 나의 태도에는 아랑곳하지 않고 당연하다는 듯이 손을 쑥 내밀었다. 잡아줘야 하나? 악수보다도 뒤범벅이 된 땀 냄새가 곧 방안에 퍼질 것 같다는 불쾌한 느낌이 먼저 들었다. '뭐하다 온 애들이야?' 여자애들도 땀에 쩌들면 이런 느낌을 줄 수도 있구나 하는 웃기는 생각이 들었다. 나이 어린 여학생은 그녀 뒤에서 조용히 서 있었다.

'아니, 어떻게 여학생들을 룸메이트로 배정해줬지? 빈방이 없나?'

기숙사에 여학생들이 제법 있기는 하지만, 어느 호실도 남학생과 여학생이 같이 사용하는 경우는 못 봤다. 내가 작은방을 사용하고 있으니까 그냥 큰방을 준 건가? 여자 룸메이트와 내일 아침부터 화장실과 목욕탕을 같이 쓴다고 생각하니 걱정됐다. 저들은 어떨지 몰라도 난 아침부터 수업에 들어가야 하기 때문에 지체할 시간이 별로 없다.

나이든 여자는 꼭 도망 다니는 킴 베신저처럼 생겼다.〈겟 어웨이〉라는 영화에서 킴베신저가 남편과 함께 영화 내내 긴장하며 도망을 다녔는데, 그녀처럼 긴장하며 도망 다니다가 기숙사로 피난 온 것 같은 모습이다. 아니면 그냥 공항에서 여기까지 뛰어 왔던지… 그러고 보니 얼굴도 닮은 것 같다. 서로 일어나는 시간이 비슷해서 내가 먼저 화장실이나 샤워실을 차지하고 있으면 가만히 기다려주지 않을 것 같아 보인다. 하여간 행동이 거침없는 건 이탈리아인 그대로다.

신경 쓰지 말고 공부나 하자.

14
욕조 봉에 걸린 속옷

기숙사 뒤에 있는 자작나무 숲을 걸었
다. 자작나무 산책길은 나에게 보물같
이 소중해서, 모스크바 생활에서 가장
아끼는 곳이었다. 처음 갔을 때 숲속 길
을 보고 얼마나 좋아했는지 지금도 그때의 감동을 잊지 못하겠다.

언덕도 없이 길 전체가 평평하고, 산책로 한쪽 끝에는 맑은 호수가
있어서 주변 경치가 아주 좋다. 뜨거운 햇볕이 내리쬐어도 키 큰 활엽
수들 때문에 정겹게 그늘이 졌다. 어쩌다 바람이 불면 나뭇잎 스치는
소리가 꼭 악기소리 같다. 그 소리가 좋아서 위를 쳐다보면 흔들거리
는 나뭇잎 사이로 파란 하늘이 보였다. 평소 슈퍼에 갈 때도 일부러
몇 번이나 숲속 길을 지나서 가곤 했지만 아직 전체를 다 돌아보지는
못했다.

산책 후에 레스토랑에서 점심을 먹고 돌아오니 이탈리아 여자애들
이 떠나고 없었다. 호텔처럼 12시까지 방을 비워주는 건가 보다. 오늘
떠난다는 것을 알면서 인사도 없이 가게 한 것에 미안한 마음은 들었
지만, 다른 한편으로는 속이 시원했다.

지난번에 프란시스, 뻬뻬와 함께 살았을 때, 그들이 비록 소란스러운 남자애들이었어도 그리 큰 불편은 못 느꼈는데 이 여자애들은 그렇지 못해서 어서 빨리 나가기만 기다렸다.

남자와 같이 생활하는 여자애들이라면 기본적으로 지킬 게 있다. 화장실 물을 똑바로 내리고 나온다든지, 이렇게 더운 날씨에는 자기들만 샤워하는 게 아니라 남자 룸메이트도 샤워를 한다는 것을 기억해두는 정도. 욕조 바닥에 남아 있는 머리카락을 샤워기로 씻어 내는 것도 뭐한데, 샤워하고 빨래한 속옷을 욕조 봉에 걸어놓으면 나는 어떻게 샤워를 하라는 건가? 걷었다가 샤워 후에 다시 널어주나? 아니면 버려? 영국 여학생 멜리사라면 절대 있을 수 없는 일이라고 장담한다. 하여간 잘 갔다.

멜리사는 며칠 전에 바이칼로 여행을 떠났다. 주방에서 계란을 삶고 있는 그녀를 봤는데, 솥에 가득 찬 계란이 부끄러웠는지 여행 중에 조금씩 먹을 거라고 조심스럽게 설명했다. 물어보지도 않았는데 말이다. 그러냐고 웃으면서 안심을 시키고 잘 다녀오라고 인사말을 해주었다. 체구가 작은 그녀는 그것을 한꺼번에 다 먹어치울 것으로 오해할까봐 걱정했나 보다. 알았다는 표정을 보여줬는데, 내가 포용력 넓은 사람이라고 생각했을까? 나도 모르게 웃음이 새어 나온다.

15

수영장 보험

종덕과 함께 수영장에 갔다. 택시를 타고 15분가량 가면, 골루빈스카야 거리에 트란스발빠르크라는 수영장이 있다. 차를 몇백 대는 댈 만큼 주차장도 크고, 돔으로 만든 건물이 제법 멋이 있다. 지은 지 얼마 되지 않아 시설이 좋은데 서울에서는 일반적인 요금이지만, 모스크바 생활수준에서는 비싼 요금이라 서민들은 오기 어렵겠다는 생각이 든다.

수영장 입장 절차가 복잡하다. 돈 냈다고 그냥 입장권 사서 들어가는 게 아니라 건강검진을 받고 보험도 가입한다. 건강검진과 수영장 보험이라니, 재밌다. 우리는 의사 앞에서 윗도리를 걷어 올리고 한 바퀴를 빙글 돌아 검진을 통과했다. 종덕과 나는 서로 얼굴을 마주보고 살짝 웃었다. 의사도 멋쩍은지 빙긋 웃었다.

어렵게 절차를 마치고 들어갔는데, 아뿔싸 우리가 들어간 곳은 수영장이 아니라 캐리비안베이 같은 물놀이장이었다. 수영장 입장권은 2층에서 사야했는데 1층에서 잘못 샀다. 사람들이 1층 매표구에서 길게 줄서서 표를 사기에 우리도 따라 샀는데 그게 아니었다. 수영장과 물놀이장이 분리되어 있는지도 몰랐다. 서로 운영회사가 달라 환불을 못해준다고 했다. 같은 건물에 수영장과 물놀이장이 붙어 있는데 운영자가 다르다니… 물놀이장에는 수영장으로 통하는 작은 문이 있었지만 건너 갈 수가 없었다.

트란스발빠르크는 호텔 수영장과는 달리 물도 깨끗하고 사람도 많았다. 캐리비안베이처럼 튜브 타고 물놀이 하는 곳이라서 전적으로 수영하기에는 불편했지만, 오랜만에 물을 만나니 몸에 기운이 솟는 것 같아 쉬지 않고 수영을 했다. 여기 사람들은 풀장에서 수경과 모자를 쓰지 않는다. 우리가 수경과 모자를 쓰고 평영이나 자유형으로 지나가면, 어린애들이 신기한 눈으로 쳐다봤다. 그들은 뼈 무게가 가벼워 몸이 물에 가라앉지 않는단다. 기름을 많이 먹어서 그런 건지, 아니면 빵을 먹어서 그런 건지 이유는 모르겠지만 몸이 물에 뜨니 모자도, 수경도 필요 없다. 모자 쓰고 수경 쓴 우리는 외계인이었다.

16

경비데스크의 신분증 검사

오늘 회사 지인의 소개로 영어 소통이 가능한 개인교습 선생 소피아가 왔다. 그녀는 서른 살로, 키가 작고 통통한 체격에 평범한 인상이었다. 수업 조건은 사전에 정했기 때문에 인사하고 바로 수업을 진행했는데, 시작부터 문제가 발생했다.

"학교 공부는 네가 알아서 해. 내가 시키는 대로 해야 말을 빨리 배울 수 있어."

그녀는 자기가 준비해 온 자료를 정성스레 펼치면서 굵은 톤으로 또박또박 말했다. 첫인상이 평범하게 보인 것은 단지 내 눈에 그렇게 보인 것일 뿐, 그녀의 개인교습 철학과는 아무 관계가 없었다. 나에게 무엇을 도와줘야 하는지 전혀 전달이 안 된 거다. 간절한 나의 전후 사정 얘기에도 아랑곳하지 않고 그녀는 수업을 끝내면서 숙제를 한 아름 안겨주었다. 꽃다발도 아닌 숙제를. 이게 무슨 경우인가, 학교수업에서 모르는 게 많아 조목조목 도움을 받으려고 했던 건데 오히려 스트레스만 늘었다. 소피아가 나가자마자 지친 목소리로 지인에게 전화를 걸었다.

"한 달만 하고 그만두게 해야겠어요."

그러면 한 달은 견딜 수 있다는 건가? 언감생심. 지킬 수 없는 말이었다. 하루도 어려운데 무슨 수로 한 달을 버티겠나. 계약 기간이 그러니 앞뒤 생각 없이 튀어나온 말이었다. 지인은 어찌된 사정인지 경위를 듣고 나서 저녁나절에 나에게 전화를 했다.

"오히려 소피아가 못 오겠대요…."

의외의 말에 놀랐다. 고등학교 생활지도 선생님만큼이나 의연하게 내 방을 나갔던 소피아가 못 오겠다니? 무슨 이유인지 궁금했다. 가관이다. 1층 경비데스크에 있는 젊은 총각들이 소피아의 신분증을 검사하면서 그녀를 기숙사에 몸 팔러 온 여자로 취급했단다. 기세등등한 소피아는 펄쩍 뛰면서 아니라고 했겠지. 취재차 나온 신문기자라고 했다는데, 왜 수업 중에 그런 얘기를 전혀 하지 않았는지 모르겠다.

어쨌거나 어이없는 얘기다. 기숙사 방문객을 몸 파는 사람으로 취급했다는 건. 종덕에게 얘기했더니 기숙사만 그런 게 아니란다. 자기회사의 서울 본사 사람이 모스크바로 출장 와서 호텔에 투숙했다가 다음날 아침에 러시아 여직원이 데리러 갈 때도, 방에 올라가지 못한 채 로비에서 전화하고 기다린다고 했다. 그 여직원이 호텔방에 안 올라가는 게 아니라, 아예 깍두기 머리 모양을 한 보안요원이 못 올라가게 한다는 거다. 방으로 올라가면 무조건 매춘 행위로 간주해서 수입의 일부를 통행료로 미리 내야 한다나. 도대체 어쩌다 이런 관습이 생긴 걸까. 처음으로 돈 낸 여자는 누구고… 그런데 정말 돈을 내고 올라가는 사람이 있긴 있는 건가?

17

할머니와 유랑견 (犬)

 여기 사람들은 개를 많이 키운다. 대부분의 가정이 그리 넉넉지 못하고, 단독주택도 없는데 좀 과장해서 송아지만한 개를 키운다. 작은 강아지 종류는 한 번도 못 봤다. 단독주택이 없으니 모두 아파트에서 키운다는 건데, 어떻게 그렇게 큰 개를 아파트에서 키우는지 신기하기만 하다.

낮에 나가보면 특히 할머니들이 큰 개를 데리고 산책하는 것을 자주 본다. 외로움에는 개가 최고다. 배반할 줄 모르고, 사람도 잘 따르고. 그런데 특이하게도 개들이 짖지도 않고 무척 순하다.

주인 없는 개들도 많이 돌아다니는데 그것들 역시 덩치가 크다. 이런 환경에 익숙지 못한 나는 큰 개가 저만큼 앞에 나타나면 겁먹고 멀리 돌아갔다. 몇 번을 그러고 나서, 유랑견들은 사람이 있거나 없거나 아예 신경 안 쓰고 길거리에서 어슬렁거린다는 걸 알았다. 그만큼 사람을 경계하지 않는다. 여기 사람들 모두가 개를 사랑해서 그런 건지. 그러나 어이없게도 여기 욕에도 개가 들어간다는 데 어떻게 하는지는 모르겠다.

한 번은 버스 정류장 부근에서 큰 개 한 마리가 슈퍼마켓 종이봉투를 안고 가는 할머니를 졸졸 따라가는 걸 보았다. 한 눈에 그 개가 할머니 봉투 속 물건 때문에 따라가는 것임을 알아챘다. 순간 호기심이 들었다. 봉투를 낚아채려나? 나는 할머니 걸음 속도에 맞춰 천천히 뒤를 따라갔다.

할머니는 개가 따라가고 있다는 것을 한참동안 모르고 있다가 개가 봉투 옆으로 바짝 다가가자 그때서야 알아챘다. 그렇게 큰 개가 바짝 붙는데도 할머니는 전혀 놀라지 않았다. 개는 아무 소리도 내지 않고 봉투를 바라보며 꼬리를 흔들었다. 개가 '조금만 주세요'라고 말하고 있는 듯 했다. 할머니는 개의 뜻을 바로 이해했다. 그리고 마치 자기 개를 대하듯 머리를 쓰다듬고 아주 다정스럽게 말하면서 먹을 것을 꺼내 아기 주먹만큼 떼어 주었다. 빵인가? 떡은 아닐 테고.

할머니는 뭐라고 몇 마디 말을 더해주고는 가던 발길을 이었다. 개는 먹을거리를 한 입에 삼키고 다시 할머니에게 다가갔다. 사실 개 덩치하고는 맞지 않는 크기였다. 할머니는 잠시 난감해하다가 다시 한 조각을 떼어주었다. 두 번이나 떼어 주고 나니 남은 조각이 얼마 되지 않았다. 또 달라면 어쩌나 하고 은근히 걱정스런 마음이 들었는데, 다행스럽게도 할머니 뒷모습을 물끄러미 바라만 볼 뿐, 더 이상 따라가지 않았다.

개는 한참 동안 할머니를 바라보다가 반대쪽으로 어슬렁어슬렁 발길을 돌렸다. 마치 생각 많은 노인 같이 그 행동이 아주 의미 깊게 보였다. 할머니를 물끄러미 바라보고 무슨 생각을 했을까? 더 달라고 하면 할머니 드실 게 없겠다는 생각을 한 건지, 아니면 옛날에 자기를 아껴주던 주인을 생각한 건지.

주인 없는 개도 그렇게 생각이 깊은 것처럼 보이니 '플란더스의 개'와 같은 동화가 만들어진 게 아닌가 싶다. 물론 러시아 동화는 아니지만 개를 소재로 한 영화를 만든다면 이곳에는 출연 준비된 동물 배우들이 길거리에 널렸다. 그것도 내면연기 전문!

18
브래지어와 팬티

모스크바 여자들은 크게 두 타입이다. 멋있는 여자와 뚱뚱한 여자. 물론 당연히 중간도 있지만 기억에 있는 건 그 두 부류다. 젊은 여자들은 대부분 날씬하고 화장도 잘하고 다닌다. 우리와 다르게 선천적으로 이목구비가 또렷한데다가 화장을 잘해서 더 예쁘게 보인다. 나이 든 여자들도 뚱뚱한 경우가 많지만 하나 같이 화장을 예쁘게 한다. 프라이드가 있다는 건데, 한국에는 없는 그 프라이드가 정말 보기 좋다. 존경스럽다. 나이 들고 뚱뚱해도 잘 꾸미고 다니기 때문에 '당신 예쁩니다' 하고 말해 주어야 예의일 것 같다. 다만 재미있는 건 뚱뚱한 여자들 덩치가 이만저만이 아니라는 것이다.

길거리에 '키오스크'라는 간이상점이 있다. 서울 시내버스정류장 부근에 있는 박스상점과 비슷한데, 서울에서는 교통카드나 신문, 담배, 음료수 등의 품목을 팔지만 여기 키오스크에서는 웬만한 생필품을 다 판다. 꽃도 있고 담배, 소시지, 빵, 옷, 책, 술, 인스턴트식품 등등.

처음에는 무슨 물선을 파는지 잘 보이지 않았다. 그저 길거리에 상점이 있다고만 인식하고 있었는데 점차 동네에 익숙해지자 여자 속옷이 진열되어 있는 게 보였다. 그리고 얼마가 더 지나자 그 진열된 여자 속옷이 범상한 크기가 아니라는 걸 깨닫게 됐다. 놀랐다. 여자 속옷 크기가 정말 입이 벌어지고 어이가 없을 정도로 컸다. 한국에서는 어디에서도 그런 속옷을 본 적이 없다. 브래지어 컵이 수박만하다. 여자 삼각팬티도 남자들 대자 여름 반바지를 펼쳐놓은 것보다 훨씬 크다. 두 배쯤은 될 것 같다. 그런 게 수북이 쌓여있다. 아내를 한 번 불러야겠다. 아니, 우리나라에서 살쪘다고 생각하는 여성들은 모두 한 번씩 오게 해야 한다. 그리고 문화선진국 러시아에서 프라이드가 어떻게 지켜지고 있는지 직접 눈으로 보게 해야 한다.

모스크바에 온 이래 오늘 처음으로 머리를 깎았다. 흰 머리가 너무 많아 평소에 염색을 하기 때문에 머리 깎는 게 남들보다 좀 복잡하다. 기숙사 옆 건물에 있는 대학 이발소에 들어가 이발의자에 앉았다. 종덕의 말대로 이발소에는 고려인 여종업원이 있었다.

"머리 깎고 염색하는데 얼마죠?"

"보통 400루블인데 이발사가 와서 머리 모양을 봐야 알 수 있어요…."

여종업원은 요금을 결정하는 게 큰 권한이라서 자신은 결정할 수 없다는 듯이 말끝을 흐리면서 이발사가 화장실에 갔으니 잠시 기다리라고 했다. 여자들 긴 머리도 아닌데 머리모양을 봐야 가격을 결정할 수 있다는 말에 슬며시 웃음이 나왔다. 400루블이면 한국 돈으로 1만 6천원이다. 한국보다 싸다. 잠시 후에 이발사가 와서 머리를 흘깃 보더니 405루블이라고 했다. 뭘 보고 5루블을 더 붙였는지 모르겠다.

오랜만에 머리 깎고 염색을 했더니 기분이 상쾌했다.

스베틀라나 선생님의 아들 니꼴라이가 찾아왔다. 나와 같은 대학 경제과에 다니는데 열 여덟 살이란다. 내가 발음 때문에 개인교사를 구하려다 못했다고 하니까 선생님이 소개시켜준 거다. 그도 학생이라 고정적으로 오기는 어렵고, 가끔 들러서 도와주기로 했다. 순진하게 생겼고, 수줍음을 많이 타서 잠깐 얘기를 나누는 사이에도 볼이 불그스레해졌다. 그러고 보니 여기 사람들 대부분이 순수한 것 같다. 우리나라 70~80년대 시골 사람들 정도? 그가 내게서 영어를 배우고 싶다고 해서 서로 돕자고 했다.

19
노천 광맥, 돈이 탄다

니꼴라이와 시내 구경을 나갔다. 트롤리버스가 전기선을 따라 꼭두각시처럼 움직였다. 자유롭게, 때로는 너무나 자유스러워서 가끔은 정류장도 건너뛰고, 종횡무진으로 도로 위를 달리던 서울 버스만 봐오다가 순한 양처럼 조심스럽게 다니는 1세대 컴퓨터 같은 버스를 보니 재미있었다. 중년 아줌마가 버스 안에서 요금을 받고 다녔다. 버스표를 발급해 주기에 기념으로 가져왔다.

요즘 며칠째 아침마다 동네 주변에서 조개탄 타는 냄새가 났다. 어린 시절 학교 난로에서 나던 냄새였다. 추워지니까 누구네 집에서 난로를 피우나 보다 하고 생각했다. 그러다가 우연히 누구네 집 난로에서 나오는 정도가 아니라 동네 전체가 연기로 뒤덮여 있는 걸 알았다. 무슨 연기일까? 궁금한 생각에 수업시간에 선생님께 물었다. 아침마다 이게 무슨 연기냐고.

어이없다. 산불이란다. 모스크바는 지금이 갈수기라서 이 계절에 숲에서 불이 나면 끄기가 어렵단다. 모스크바 근교에 노천 석탄광맥이 있는데, 어쩌다 산불이 나서 그 탄맥에 불이 붙으면 지하 광맥을 타고 들어가 매일 아침마다 시내 전체에 연기가 퍼진다는 것이다.

그 얘기를 듣고 보니 엊그제 뉴스에서 여객기처럼 큰 비행기가 숲 속에 물 뿌리는 것을 본 기억이 났다. 분명히 불을 끄는 건데, 무슨 불이 났기에 헬기가 아니라 일반 여객기로 물을 퍼붓나 해서 놀랐었다. 그게 바로 모스크바 근교의 산불 끄는 장면이었다. 비행기로 쏟아 부어도 끄지 못했다니, 그만큼 노천 광맥이 크다는 거겠지. 아깝다. 돈이 타고 있는 중이다.

9월 말이나 10월이면 눈이 오는데, 광맥에 붙은 불은 눈이나 와야 꺼진다고 한다. 정말 대단한 자원국가다. 그런 자원을 개발하지 못해 어렵게 살고 있다니, 여러 가지로 정말 어이가 없다.

밤에 도미니카에서 온 루이스라는 친구가 새로 방을 배정 받았다고 찾아왔다. 서글서글하고 인상이 좋았다. 잘 지내자고는 했지만 조용할 만하면 새 사람이 찾아와 귀찮았다. 85년에 처음 와서 10년간 살고 귀국했다가 다시 온 거라고 했다. 직장을 구한 건 아니라는데 무슨 일로 다시 온 걸까? 10년을 살았으면 필요한 건 배울 만큼 배운 게 아닌가? 대학 기숙사로 들어온 것으로 봐서 공부와 관련이 있는 것 같은데, 짐이라는 게 달랑 여행용 배낭 하나다. 내가 걱정할 일은 아니지만 어떻게 먹고, 뭘 덮고 자려는지. 수수께끼 같은 면이 있다. 이 친구를 도미니카 루이스라고 부르기로 했다. 발음이 영화 주인공 같다. 종덕이 혼자 쓰는 1인실을 조만간 나간다고 하는데 아무래도 내가 그 방을 써야 할까 보다.

20

운명보다 잔인한 뉴스 보도

 이곳 뉴스 보도는 너무나 충격적이라, 방송 행태를 정말 이해하기가 어렵다. 저녁 뉴스에서 기자가 총격살인 현장을 보도했다. 누군가가 승용차에 타고 있는 남자에게 총을 쏴서 차창에 구멍이 여러 개 나고, 남자는 머리에 총을 맞고 조수석 쪽으로 쓰러져 죽었다. 그의 깨진 머리에서 나온 뇌의 흰 피질 덩어리가 조수석 문 밖으로 쏟아져 있었다. TV 카메라는 쓰러진 사람의 깨진 머리와 쏟아진 뇌 피질덩어리를 몇 번이나 보여줬고, 기자는 그 장면을 배경으로 뉴스를 진행했다. 그런 충격적인 장면을 여과 없이 그대로 보여주는 방송사를 정말 이해하지 못하겠다. 모자이크로 가리는 제스처도 전혀 없다.

러시아에서는 500불만 주면 마피아에게 청부살인을 의뢰할 수 있단다. 그 말이 비용이 아주 싸다는 걸 의미하는 건지, 아니면 인명을 가볍게 여긴다는 것을 의미하는 건지 모르겠다. 물론 결국은 둘 다를 의미하겠지만 문제는, 그런 얘기가 어렵지 않게 들리고 실제로 총격살인이 심심치 않게 벌어진다. 뉴스에서 몇 번이나 봤는데, 마피아가

러시아를 실효 지배하고 있는 것 같다. 푸틴도 마피아로부터 자유롭지 못하다는 얘기를 들었다. 다른 한편으로는 푸틴이 마피아를 이용하고 있다는 말도 들리고.

한 아파트 가정에 불이 나 소방차가 엄청난 물을 쏟아 붓고 불을 껐다. 기자가 소방관을 따라 들어가 시커멓게 연기에 그을려 익어버린 시신을 그대로 촬영해서 보여줬다. 20대로 보이는 남자 두 명에 여자 한 명. 혼숙을 하다가 화재를 피하지 못하고 죽은 것으로 보였다. 소방관이 익어버린 시신을 들자 팔과 다리가 익은 고기 덩어리 째지듯 늘어져 옆에 있던 소방관이 시신이 분리되는 것을 막으려고 얼른 받쳐줬다. 웅크리고 죽은 주검을 건물 밖으로 내오는데 그 모든 장면이 그대로 뉴스에 나오는 거다.

또 다른 가정집에 불이 나서 할머니가 욕조에서 죽었다. 아마도 뜨거우니까 물로 피하려 했던 것 같다. 기자가 욕조에 카메라를 들이댔다. 그야말로 처참함 그대로였다. 그런 장면에 카메라를 들이대는 기자의 태도가 할머니 자신의 비참한 운명보다도 더 잔인하다는 생각이 들었다. 이들의 보도 행태를 정말 이해하기가 어렵다. 사실보도에 충실해서 이렇게까지 하는 건가? 혹시 프런트에서 까먹은 시간을 덜컹거리는 엘리베이터가 만회하려 했던 것처럼, 온갖 진실은 뒤로 한 채 이런 걸로 사실보도를 내세우고 있는 건 아닌가?

21

한국산은 부(富)와 성공의 상징

 요즘 나와 함께 수업 받는 학생은 세 명이다. 인도사람 프라산, 터키사람 눌리, 바레인사람 하삼 그리고 나. 중간에 한국 아줌마와 독일 여학생, 이탈리아 여학생이 함께 수업을 받다가 돌아갔다. 그 외에도 단기학생들이 잠깐 등록했다가 그만두곤 한다. 프라산, 눌리, 하삼은 모두 모스크바에서 거주한 지가 오래 돼서 비교적 말을 잘하기 때문에 나만 수업시간에 헤매고 있다.

강의실은 기숙사 건물 안에 있다. 말이 서툰 외국인의 편의를 위해 기숙사에 강의실을 마련해 준 것 같다. 외부에 거주하는 학생들은 수업을 들으러 기숙사로 오지만, 난 기숙사에 살기 때문에 강의실에 가기가 쉽다. 단점은 지각이나 결석이 절대 안 된다는 것이다. 조금만 늦으면 선생님이 방으로 쳐들어온다. 도망을 못가니 숙제를 안 하고도 못 배긴다. 이렇게 어려운 수업은 일생에 처음이다.

오전 수업 중간에 30분 정도 쉰다. 그때가 되면 항시 프라산, 눌리, 하삼이 내 방으로 왔다. 처음에는 내가 그들을 초청했고, 나중에는 익숙해지자 알아서 왔다. 커피나 둥굴레차를 마시며 그들 얘기를 들었다. 재미있다. 언어는 영어와 러시아어가 섞였다. 그들에게서 한국에 대한 생각을 듣고, 중동이나 인도 생활을 서로 얘기한다는 것은 아주 흥미로운 일이다.

여러 날을 얘기하다가 한 가지 사실을 절실히 느끼게 되었다. 한국이 잘 살고 발전한 나라라는 것. 물론 서유럽과 비교해서는 아니다. 그러나 50년 전의 한국을 생각해 보면 정말 신의 축복을 받았다는 생각밖에 안 든다. 터키나 바레인, 인도 모두 오랜 기간 종교전쟁이나 복잡한 정치상황 등으로 어려움을 겪고 있고, 해결될 기미도 보이지 않는다. 그럴 필요가 없는데도 공연히 그들에게 미안한 마음이 들었다.

눌리나 하삼은 러시아에 와서 한국산 자동차나 전자제품을 보고 우리나라를 조금이나마 알게 된 것 같다. 그에 비해 프라산은 한국에 대해 잘 알고 있었다. 프라산 가족은 인도를 떠나기 위해 여러 나라를 돌아 다녔기 때문인데, 그는 한국이 살기 좋은 나라라고 생각하지만 영구 정착할 수 있는 제도가 없다고 했다. 그러면서 지금이라도 정착할 방법만 있으면 모스크바보다는 한국으로 가고 싶다고 했다.

여기서는 삼성이나 LG TV를 사면 아주 좋은 전자제품을 사는 것이고, 한국산 자동차를 구매한다는 것은 부와 성공의 상징이다. 대부분의 러시아 사람들이 그렇게 생각하는 것 같다.

"어제 삼성TV를 샀다."

며칠 전 스베틀라나 선생님이 수업에 들어와서 TV를 새로 샀다고 좋은 낯으로 말했다. 나도 웃으며 그러냐고 맞장구쳐 주었다. 그리고 잠시 정적이 있었다. 선생님은 내가 더 이상 아무 말을 하지 않자 다시 물었다.

"너희 집(서울)은 무슨 TV지?"

난 선생님의 질문 의도를 몰랐다.

'우리 집이 무슨 TV인지 그걸 왜 묻지?'

잠시 생각하다가 거실 TV가 삼성인 것이 생각나서 삼성이라고 대답하자 선생님은 삼성TV가 아주 좋다고 하면서 나중에 자기네 집으로 보러 오라고 했다. 그때서야 선생님이 삼성TV 산 것을 자랑하려 했다는 것을 알았다. 미안한 마음에 삼성 TV가 아주 좋다고 한마디 거들었다. 참 오래전 얘기다. 집에 있는 TV가 삼성인지, LG인지, 혹은 집에 TV를 새로 샀다고 남에게 자랑삼아 얘기하던 것이….

22

마실 다니는 개 (犬)

어제 종덕이 빌랴예보에 있는 아파트로 이사를 가서 그가 쓰던 1인실로 방을 옮겼다. 그가 이사 날짜를 정하자마자 사감에게 미리 얘기했었다. 새로운 내 방은 주방 옆에 붙어 있는데, 복도에서 호실 문을 열고 들어오면 샤워실과 화장실, 그리고 방이 하나만 있다. 방이 두 개 있는 호실보다는 월 사용료를 조금 더 내야 하지만 그래도 그게 좋다. 잊을 만하면 누군가 룸메이트로 새로 오는데, 사람이 바뀔 때마다 적응해야 한다는 게 힘들었다. 앞으로는 룸메이트가 새로 왔다고 인사할 일도 없고, 아침마다 화장실이 비었는지 눈치 볼 일도 없으니 행복하다.

방은 혼자 쓰게 됐지만 이곳도 장단점은 있다. 발음을 몰라 선생이 필요할 때는 바로 옆에 붙어 있는 주방에서 아무에게나 물어 해결할 수 있지만, 조용히 자려고 할 때는 주방에 모여 있는 사람들 때문에 시끄럽기도 하다. 하지만 어쩌랴, 세상 모든 것이 다 만족스러울 수는 없을 테니.

오늘 정말 신기한 것을 봤다. 개가 버스를 타고 이웃 마을로 마실을 다닌다. 그게 주인 없는 개가 동네 주변을 어슬렁거리는 정도가 아니다 보니 도대체 이걸 어떻게 해석해야 할지 도무지 모르겠다.

오전에 수영장에 갔다. 날씨는 쾌청했지만 추워서 그런지 길거리에 사람이 별로 없었다. 평소처럼 1시간가량 수영하고 길 건너편에서 택시를 기다렸다. 기숙사까지 한 번에 가는 버스가 없어서 택시를 타는데, 택시 타는 비용이나 버스 두 번 타고 시간 낭비하는 비용을 비교하면 비슷하다. 게다가 배차 간격이 들쑥날쑥해 버스 타기가 정말 어렵다.

날씨가 썰렁해 잠바 옷깃을 올리고 정류장의 양지 바른 곳에 섰다. 오가는 사람도 없고, 지나가는 차도 별로 없고, 기다리는 택시도 좀처럼 오지 않았다. 한참을 서 있는데 멀리서 버스가 오는 게 보였다. 이곳 버스는 아주 천천히 달린다. 안전을 위한다기 보다는, 오랜 기간 사회주의에 밴 습관으로 서두르지 않는 것 같다. 버스가 다가오자 난 버스를 기다리는 사람으로 오해 받지 않으려고 일부러 정류장 박스에서 나와 뒷걸음질을 쳤다. 나로서는 충분히 의사를 표시했다고 생각했는데 버스는 정차할 모양으로 속도를 줄여가며 점점 정류장 쪽으로 다가왔다. 밝은 햇살 덕분에 승객이 별로 없는 것이 훤히 보였고, 내리려고 출입문 쪽에 서 있는 사람도 없었다.

'내가 정류장 박스에서 나오는 걸 못 봤나?'

나는 버스에 타지 않을 거라고 다시 손을 내밀어 저었다. 그럼에도 버스는 정류장 쪽으로 천천히 다가와 정차하고 문을 열었다. '왜 문을 열지?' 이상하다고 생각하는 사이에 어이없게도 사자처럼 털이 부숭부숭하고 송아지만큼 큰 개 한 마리가 어슬렁어슬렁 차에서 내렸다. 나이 70도 더 된 기운 없는 할머니가 하차를 하듯이 한 걸음, 한 걸음

발을 내디뎠다. 난 할 말을 잃었다. 개가 내리고 나니 버스는 손님 한 분을 안전하게 모셔다 드렸다는 듯이 문을 닫고 천천히 출발했다. 개 또한 당연히 내려야 할 곳에 내린 것처럼 뒤도 돌아보지 않고 동네 아파트로 이어진 잔디밭 사이 오솔길을 따라 천천히 사라졌다.

얼핏 상황이 이해되지 않았다. 도대체 이게 무슨 경우란 말인가? 개가 어느 정류장에선가 버스를 기다렸다가 탔고, 기사는 손님으로 취급해서 태웠다. 그리고 내려야 할 장소에 이르자 개가 출입문 앞에 섰고, 기사는 개의 의사를 알아채고 버스를 세웠다. 버스가 정차할 때 사람이 출입구에 서 있었다면 내게 보였겠지만, 개가 서 있었기 때문에 보이지 않은 것이었다. 그래서 내가 버스에 타지 않을 거라고 손을 가로 휘저었어도 기사는 내 의사와 상관없이 차를 세워야만 했다.

똑똑한 개는 수백 리 떨어진 집도 찾아간다니까 내릴 곳을 알 수는 있었겠지. 그런데 언제부터, 몇 살 때부터 혼자 버스를 타고 마실을 다니기 시작한 걸까? 도대체 누구를 만나러 어딜 간 거고? 버스 노선은 알고 탄 건가? 기가 막히다. 개가 버스를 타고 마실을 다녀오다니. 한 술 더 떠서 기사는 개를 손님으로 태웠다. 도대체 기사는 언제부터 개를 손님으로 태우기 시작한 걸까? 택시가 몇 대 지나갔지만 어이가 없어서 한동안 멍하니 서 있었다.

버스에서 내려 오솔길을 걸어가던 모습은 평소에 늘 다니던 익숙한 길을 가는 듯이 보였다. 걸음걸이 또한 한 걸음, 한 걸음 기운 없이 땅만 보고 걸었는데, 꼭 삶의 의욕을 잃어버린 절망에 빠진 사람처럼 보였다. 버스를 타고 어딘가를 갔다가 그렇게 실의에 빠져 왔다면, 거기에서 무슨 일이 있던 걸까? 차비 안냈다고 운전기사에게 타박 받아 주눅이 든 건 아닐 테고… 지난번에 할머니에게서 빵을 얻어먹고 할머니 뒷모습을 물끄러미 바라보던 개가 생각났다. 어기 개들은 모두 그런가? 사회주의의 특수한 능력으로 개들이 사람처럼 된 건가?

23
자가용 택시

니꼴라이와 함께 수영장에 가기로 했는데 점심때쯤에 갈 수가 없다고 연락이 왔다. 그가 미안하다고 했지만 오히려 내가 미안한 생각이 문득 들었다. 니꼴라이는 수영을 별로 좋아하지 않는데 내가 가자고 해서 마지못해 간 건 아닌가? 혹시나 니꼴라이가 그런 사정을 선생님께 얘기했다면 오해하지 않으실까?

수영장 대신 장을 보러 가야겠다는 생각이 들었다. 해 지기 전에 다녀오려면 서둘러야 해서 학교 앞 버스 정류장에서 허름한 승용차 한 대를 세웠다.

"유고자빠드늬, 뜨릿짜찌!(유고자빠드늬까지 30루블!)"

나이 쉰쯤 되어 보이는 순하게 생긴 아저씨가 타라고 손짓을 했다. 마치 기사 딸린 내 차를 타는 양 편안히 쇼핑을 다녀왔다.

모스크바 변두리 동네에서 온종일 서 있으면 노란 캡 택시를 한두 번은 볼 수 있다. 그러나 그 택시를 잡으려고 기다렸다가는 아무 데도 못 간다. 도무지 안 오기 때문이다. 왜 그렇게 정규 택시 숫자가 적은

지 모르겠다. 그래서 생긴 다른 수단이 바로 자가용 영업인데, 노란 캡이 없는 자가용으로 택시 영업을 하는 거다. 비록 미터기는 없지만 대부분 요금을 적절하게 받고, 터무니없이 요구하는 경우는 못 봤다.

처음에 지인들이나 니꼴라이가 길거리에서 택시 잡는 것을 보고 무슨 기준으로 손을 드는지 알 수가 없었다. 내가 빈 차가 온다고 하면 그들은 항상 아니라고 했다. 여러 번 같이 다니면서 알게 된 것이, 다양한 차종 중에서도 20년 이상 된 러시아제 고물 승용차가 택시 영업을 하는 자가용이고, 고물이라도 벤츠, 아우디, BMW 등은 대부분 영업을 안 한다. 준치는 썩어도 준치라는 얘기다. 그래서 공항에 처음 도착했을 때 한동수가 대절해 온 택시가 고물이었던 것이다. 박물관에서 가져온 것이 아니라.

어쩌다 보이는 현대 그랜저나 기아 옵티마는 그야말로 고급차다. 벤츠나 BMW보다 더 좋다. 세차 안 한 더러운 벤츠나 BMW는 흔히 보여도 그랜저는 모두 번쩍번쩍 기가 막히게 광내고 다닌다. TV에도 현대나 기아차 광고가 많이 나오는데 멋있게 보인다. 한국 자동차가 한참 뜨고 있다는 사실이 자랑스럽고 기분이 좋다.

24
모스크바의 성(性) 풍습

 어제는 추석이었다. 아내한테 전화를 받고 추석인지 알고는 있었지만 혼자 어떻게 할 수도 없고 해서 그냥 넘기려고 했는데, 종덕이 천석의 집에서 함께 저녁식사를 하자고 제안 했다. 아주 반가웠다. 추석을 제대로 보낼 수 있게 되었다는 의미보다는 가까운 사람들과 함께 식사를 하게 되었다는 점에서 더 좋았다. 기쁜 마음으로 천석의 집을 방문했다.

천석은 기업체 유학생으로 올해 30세인데, 종덕과 나를 친형님처럼 대했다. 오랜만에 고기도 굽고, 된장찌개도 끓이고, 보드카를 놓고 멋진 저녁식사를 했다. 식사 도중에 고향 얘기가 나와 모두 가족을 그리워했지만 그 정도에서 그치기로 했다. 감상에 젖어 마음이 약해지면 남은 기간을 건강하게 보내기가 어려워진다. 우리 모두는 그 사실을 잘 알고 있다.

저녁식사를 끝내고 차를 마시며 얘기하는 중에 같은 아파트에 사는 고려인 부동산중개업자 이고르 아저씨가 놀러 왔다. 아저씨는 천석에게 아파트를 중개해줘서 처음 알게 되었는데, 나중에는 종덕에게도 같은 아파트를 소개해줘서 서로 많이 친해졌다. 그래서 아저씨와 종덕, 천석은 모두 같은 아파트에 산다. 난 기숙사 월세 6개월 치를 선불로 지불했기 때문에 기숙사에서 나올 수가 없어 늘 그게 부러웠다.

아저씨는 사할린 출생 고려인으로 충청도에 큰아버지와 사촌이 있어서 몇 해 전 한국에서 친척들을 봤단다. 한국말을 우리처럼 했지만 경상도 사투리가 조금 섞인 듯한 발음인데 경상도도 아니고, 북한식도 아니고, 아버지가 충청도 출신이라면서도 충청도 억양은 전혀 없었다. 우리를 만나면 자신이 한국인이라는 것을 새삼 느끼고 동류의식을 갖는 것처럼 보였다. 한국이 발전한 나라라는 것에 자부심을 느끼고 한국인 입장에서 러시아를 설명하기도 했다.

오랜만에 러시아 사정을 제대로 물어볼 수 있는 사람을 만나서 궁금했던 것들을 물어봤다. 특히 센트럴호텔에 묵고 있을 때 내 방에 들어온 청소 아줌마의 이상한 행동, 친구가 되어 주겠다고 밤늦게 전화했던 고려인 아가씨, 소피아의 신분증 사건 등에 대해서 얘기했다. 내생각대로 청소아줌마와 고려인 아가씨는 성매매하는 사람들이었다. 아저씨는 내가 응하지 않은 것은 정말 잘한 거라고 하면서 호텔에서는 거의 마피아를 끼고 성매매를 한다고 했다. 그리고 소피아에 대해서는, 여자들이 개인적으로 성매매를 하는 경우가 종종 있기 때문에 경비데스크에서 까다롭게 굴었을 거라고 했다.

아저씨는 자신들을 지칭하는 소위 '고려인'에 대한 얘기를 했다. 얼마나 진지하고 재미있게 얘기했는지, 마치 천일야화를 듣는 것 같았다. 얘기는 간단히 이렇다. 스탈린 시대에 모스크바에 살던 한인들이나 러시아인 범죄자 등을 정책적으로 중앙아시아나 시베리아로 강제 이송했단다. 식량도 없이 내몰린 혹독한 이송과정에서 많은 사람들이 고통스럽게 죽어갔는데 고려인들은 독하게도 끝까지 살아남았고, 그때 끈질기게 살아남았다는 사실 때문에 독한 인종으로 각인되어 오늘날 러시아 사회에서 '가까이 하기에 꺼림칙한 민족'으로 차별을 받고 있다는 것이다. 세계노동자 단결을 주장하면서 인종차별을 했다니 엉터리 공산주의다. 아저씨는 사할린 출신이라 선대가 그런 경험을 한 건 아니지만, 모든 고려인들이 안고 있는 한(恨)인 듯 싶었다.

그 외에도 러시아 본토 사람들의 생김새 특징, 나이 먹은 러시아 여자들이 유난히 살찌는 이유가 석회 성분이 섞인 물을 마셔서 그렇다는 설이 있다는 것, 우리와 전혀 다른 성(性)풍습 내용과 시대적 배경, 시장경제를 택하면서 러시아가 처한 문제, 스킨헤드를 피해 함부로 가지 말아야 할 곳, 동네 꼬맹이 폭력배를 만났을 때 대처하는 방법 등등을 밤새도록 얘기했다. 한편으로는 수긍이 갔지만 아무래도 좀 더 있어야 이해가 될 것도 많았다.

그 중에서도 이곳에 정착된 성문화의 배경원인에 대한 얘기를 듣고 재미있다는 생각이 들었다. 과거 소련 시절에 모스크바를 중심으로 산업을 일으키면서 인력이 모자라 지방 거주자를 모스크바로 이주시켰는데, 갑자기 불어난 인구에 주택이 모자라자 아파트 1가구에 두 부부가 사는 경우가 많았단다. 문제는, 나라에서 정한 대로 직장에 나가다 보니 부부가 항상 같은 시간대에 근무할 수는 없었다는 점이다. 한 사람이 퇴근해서 집에 왔는데 자신의 배우자는 근무 중이고, 동거자의 배우자만 집에 있는 상황이 발생하는 거다. 그런 상황이 계속 반복된다면 얼마든지 상대편 배우자와 눈이 맞을 수 있다. 자신의 배우자에게도 같은 상황이 전개된다. 결국 나만 그런 게 아니라 내 배우자도 그렇다보니 같은 공간에 사는 사람들은 비밀 아닌 비밀을 가지게 됐고, 그 문제를 서로 비난하지 않게 되다 보니까 그런 성문화가 사회적으로 만연됐다는 야사 같은 얘기다.

아저씨 얘기를 듣고 보니 그럴 듯하고 흥미롭기는 했지만, 전체적으로는 동의하기가 어려웠다. 지금의 성문화가 한 시대의 주택정책과 같은 제한적인 원인에 의해 생겨났다기보다는, 오랜 옛날부터 이어져 온 전통적 특성에서 생겨났을 것이라는 생각이 들었다.

환경적 측면에서 러시아의 겨울은 밤이 길고 매우 춥다. 눈도 많이 와서 밖으로 돌아다니기도 쉽지 않다. 이런 계절이 일 년에 거의 반이니 겨울은 이곳 사람들의 생존과 생활에 많은 비중을 차지할 수밖에 없다. 그런 요인이 아주 오래전부터 이곳 사람들의 생활에 큰 영향을 미쳤을 거고, 그에 적응한 러시아만의 성문화가 형성되었을 가능성이 크다. 일시적인 주택정책이 부분적으로 영향을 끼치기는 했겠지만 근본적으로는 이미 형성되어 있던 큰 줄기를 따라 왔을 거라는 생각이다.

그건 다른 사회에서도 마찬가지다. 어느 사회나 그 나름대로의 성문화가 있다. 번식 욕구는 인간의 의지가 아니라 자연의 의지다. 자연의 의지에 따라 열대 밀림에는 밀림 방식의 성문화가 있고, 사막은 사막 방식의 성문화가 있다. 조선 시대도, 지금의 한국도 마찬가지다. 다만 방식과 정도가 모두 다를 뿐이다. 이미 2000년 전에 네 이웃을 탐하지 말라는 말이 십계명에 새겨졌다. 그 시대에 얼마나 이웃을 탐하는 일이 많았으면 그런 말이 계명으로 남았겠는가. 그만큼 번식은 자연의 의지이고, 태곳적부터 주어진 환경에 따라 나름대로의 방식이 있는 것이다.

이야기 중에 아저씨는 종덕에게 차에 달린 카세트를 떼어왔느냐고 물었다. 의아해서 왜 카세트를 떼어 오느냐고 되묻자, 주차된 차에 카세트를 그대로 달아두면 가끔 동네 아이들이 훔쳐 간다는 것이다. 흔치는 않지만, 자기 차에서 도난당한 카세트를 다음날 중고 가게에서 만날 수도 있단다. 시간이 너무 늦어 종덕이 떼러 갈까 말까 망설이다 결국 떼어왔다. 재미있다. 그 카세트와 연이 깊으면 다음날 중고 가게에서 다시 만날 수도 있다니… 그 뿐만이 아니다. 간간이 차대에 벽돌 같은 것을 받쳐 놓고 새 타이어도 빼간다고 했다.

"그럼 차를 들어서 벽돌을 괴어놓고 바퀴를 뺀다는 건가요?"

차의 무게가 얼마나 되는지를 대충 알기 때문에 그게 가능하냐는 듯이 의심스러운 투로 묻자 방법은 의외로 간단했다. 벽돌을 괴어놓고 타이어 바람을 뺀단다. 기발하다. 아침에 출근하려다가 바퀴 빠진 자기 차를 보면 어떤 표정이 될까? 어처구니가 없어서 웃음이 나왔다. 종덕이 낡은 차라서 그건 걱정이 없다고 하자, 모두가 깔깔거리고 웃었다.

얘기 도중에 술이 부족해지자 아저씨가 자기 집에서 보드카를 가져왔다. 아저씨가 워낙 술을 좋아해서 우리는 조금 남은 술을 마시지 못하고 눈치만 보고 있었는데, 호탕한 아저씨가 단번에 해결했다. 아저씨는 얘기도 아주 재미있게 잘하고, 인품도 넉넉하다. 자주 볼 수 있으면 좋겠다. 재미있는 얘기를 머리가 무겁도록 많이 들었다.

25

모스크바의 자동차

니꼴라이와 한국음식을 먹기 위해 살류트호텔에 갔다. 니꼴라이는 한국 음식을 아주 좋아했다. 난 된장찌개를, 니꼴라이는 순두부를 시켰다. 니꼴라이가 러시아 사람이라는 걸 알고 종업원이 포크를 갖다 주었지만 끝까지 젓가락을 썼다. 순두부찌개가 빨개서 매워 보였는데도 괜찮다며 잘 먹었다. 다음에 스베틀라나 선생님하고 같이 오자고 했다.

니꼴라이가 모스크바 자동차 얘기를 했다. 모스크바는 서울과 다르게 독일산 자동차와 미쓰비시, 도요타, 포드 등 외제차가 엄청 많다. 그건 러시아 자체적으로는 좋은 자동차를 생산하지 못하고 있다는 의미다. 러시아제는 사회주의 시절에 디자인해서 그런지 정말 모양이 없다. '볼가'라는 세단이 있는데 그것도 시장경제 국가에서 생산된 차에 비하면 디자인이 너무 구식이다. 냉전시대를 배경으로 한 스파이영화에서 본 것 같은 차다. 최근에는 아예 러시아산 차량을 만들지 않는 지 러시아제 새 차를 못 봤다.

TV에 현대와 기아차 광고가 자주 나오는데 반갑기도 하고, 외국에서 본다는 게 신기하기도 했다. 현대는 티뷰론을, 기아는 카니발과 옵티마를 광고했다. 기아차 광고는 멋지게 나온 것 같은데 티뷰론은 소형차 광고라는 느낌이 확연히 들었다.

니꼴라이는 서울에도 외제차가 많은지 궁금해 했다. 해외에 나가보면 느끼는 거지만 우리나라에는 외제차가 없는 편이다. 90%도 넘게 국산차가 아닌가 싶다. 한국엔 세금이 비싸서 외제차가 적다고 하면서 여기서는 벤츠가 3~5만 불이지만, 우리나라에서는 비슷한 차가 6~10만 불 정도는 된다고 했더니 그가 세금 제도를 잘 이해하지 못하는 것 같았다.

얘기 도중에 니꼴라이가 발레공연 얘기를 꺼냈다. 자기 엄마 친구가 극장에 높은 사람으로 있어서 그를 통하면 표를 싸게 구한다는 거다. 발레공연을 꼭 보고 싶었던 차라 기꺼이 그러자고 했다. 우리나라에 들어오는 러시아 공연에는 모두 '볼쇼이'라는 수식어가 붙어 있어서 '볼쇼이'가 흔한데 모스크바에서는 '볼쇼이'라는 단어를 함부로 쓰지 않는다. '볼쇼이'가 품고 있는 Great의 의미를 존중한다. 오리지널 볼쇼이 극장은 아니라고 해서 약간 실망스러웠지만 언젠가 기회가 있겠지.

26

두냐 일당을 선생으로

기숙사에서 만나는 누구라도 러시아어를 알 만한 사람이면 모두 내 선생님이다. 우리 쪽 복도와 방청소를 담당하고 있는 맘씨 좋은 안나 아줌마, 그리고 반대편 쪽을 담당하고 있는 예쁜 60대 아줌마, 학자풍의 점잖은 경비 세르게이와 또 다른 경비 아쨔, 알렉스 그리고 볼 때마다 주방에서 담배 피우고 있는 어학원 여선생 예브도끼아, 그 외 어학원 직원들.

안나 아줌마는 50세쯤 되었는데 영어를 안다. 이곳에서 영어를 안다는 것은 대단한 일이다. 스베틀라나 선생님과 안나, 예브도끼아를 빼고는 영어를 아는 사람이 없다. 사무직종 관계자들도 영어를 모르는데 안나가 어떻게 영어를 배웠는지 모르겠다. 기숙사에 근무하기 전에 영어를 쓰는 다른 직장에 있었는지.

러시아어는 발음이 어렵다. 물론 초보라서 그렇겠지만 기본적으로 모음이 어느 위치에 있느냐에 따라 발음이 달라질 수 있고, 묵음이 많아서 읽는 원리를 모르면 러시아 사람들도 생소한 발음을 하기가 일쑤다. 발음이 안 될 때마다 책을 들고 주방으로 가서 러시아어를 알

만한 사람이면 아무나 붙잡고 물어봤더니 이제는 내가 책을 들고 가면 무엇을 모르겠냐면서 아예 자진해서 다가온다. 처음에는 경계하는 듯하다가 기껏해야 발음이 어떻게 되는지 읽어달라는 수준이라는 것을 알고 편히 생각한다.

요즘 주방에서 자주 만나는 러시아인으로 두냐가 있다. 두냐는 러시아 남부 카스피해 인근 하샤뷰르트에서 왔는데, 다른 여학생 3명과 함께 국비장학생으로 선발되어 우리 기숙사 2층에 살고 있다. 갈리나, 리따, 마샤. 모두 같은 학교 출신이고, 어린 시절부터 알고 지내던 사이란다. 그녀 일행을 두냐 일당으로 부르기로 했다.

내가 책을 들고 주방을 뻔질나게 드나들던 어느 날 저녁, 주방에서 혼자 음식을 만들고 있던 두냐를 처음 보았다. 얼핏 뒷모습이 여중생 정도로 어려 보여, 물어볼까 말까 하던 중에 그녀가 빨간 립스틱을 바르고, 화장도 곱게 한 것을 보고 성인인 것을 알았다. 두냐는 덩치 큰 초등학생의 발음 질문에 흥미 있어 하면서 친절하게 가르쳐 주었다.

일당들은 하루에 한 사람씩 식사당번을 정해서 돌아가며 주방에 올라온다. 내 선생님이 매일 바뀌는 셈인데, 가르쳐주는 스타일이 모두 달라 재미있다. 그들은 내가 혼자 음식을 만들어 먹는 것을 알고 주방과 붙어 있는 내 방문을 두드려 식사 했냐고 묻고, 이따금 새로 만든 음식을 덜어 주기도 했다. 매번 받기만 하는 게 미안해서 나도 한국 음식을 나눠 주기는 했지만, 아무래도 그들의 횟수에는 못 미친다.

"아무 때나 우리 방으로 내려와. 가르쳐 줄게."

서로에 대해 어느 정도 익숙해 졌을 무렵, 두냐는 말이 서툰 나를 위해 몸동작을 섞어가며 또박또박 얘기했다. 고마워서 기쁜 낯으로 알았다고 대답은 했지만, 여학생들만 사는 방에 들어가는 건 러시아어를 배우는 것만큼이나 쉽지 않은 일이었다. 혹시나 이곳 관습상 문제는 없는 건가? 서양에는 우리와 다른 성문화가 많다고 들었는데, 아무 생각 없이 일당 방에 들어갔다가 얼토당토않은 오해나 받는 건 아닌지. 여러 가지로 귀찮다는 생각이 들어 내려가지 않았다. 사실 주중에는 숙제도 복잡하지 않았고, 물어볼 사람들도 비교적 많아서 일당 방에 내려가지 않고도 해결 할 수 있었다.

지난 주말에는 제대로 공부 좀 해볼 생각에서 낮부터 저녁때까지 끙끙거리며 작문 숙제에 매달렸다. 많은 시간을 투자했지만 결과적으로는 선생님의 집요한 숙제검사를 무사히 통과할 자신이 없었다. 선생님은 숙제를 제대로 못 해온 학생을 집중적으로 공격한다. 나이나 성별도 상관 않는 무차별 공격. 모스크바는 아직 2차 대전이 끝나지 않았다. 누구든 한 번 집중 공격을 받고 나면 초죽음이 된다. 나도 몇 번이나 당했다. 나머지 학생들은 숙제검사 내내 자기에게 불똥이 튈까봐 가만히 숨을 죽인다. 도망가든지 공부하든지… 선생님의 공격은 생각만 해도 정말 끔찍하다.

저녁 식사시간이 돼서 계란을 사려고 매점에 내려가다가 주방에서 요리하고 있던 두냐를 보았다. 잘됐다 싶어 작문 노트를 들고 주방으로 들어갔다.

"방으로 내려와."

그녀는 노트를 들고 다가서는 나를 보고 주방에서는 안 가르쳐 주겠다는 듯이 쌩 하니 한마디 던졌다. 방으로 내려오라는 자기 말을 따르지 않아서 벌을 주겠다는 태도였다. 웃음이 나왔다. 이런 저런 얘기를 하다가 조리가 끝나자 그녀의 음식 그릇을 들고 따라 내려갔다.

"무즈나 띄?(너라고 불러도 돼?)"

방안에 있던 나머지 친구들과 인사를 나누기가 무섭게 두냐가 '지금쯤이면 당연한 거 아냐?' 하는 표정으로 내게 말을 던졌다. 안된다고 하면 팔을 들어 보일 기세였다. 그녀답다. 그건 나이와 상관이 없이 친한 사람끼리 통하는 호칭이니까 기꺼이 그러라고 했다. 내가 만족해하자 두냐는 공부가 필요하거나, 아니면 같이 놀고 싶거나 아무때나 방으로 내려오라고 했다. 반가운 얘기였다. 특히 주말에는 더욱 절실했다.

　다음 날, 선생님께 기숙사에 개인교습 해줄 친구들이 생겼다고 했더니 다행이라고 하셨다. 선생님도 내가 수업시간에 헤매는 게 안타까웠나보다. 학교에서 수업 마치고 계속 한국인들과 어울리거나, 혼자만 있게 되면 말이 늘지 않는다. 자꾸 부딪쳐야 말이 느는 것은 당연한 일이다. 기숙사에 한국 학생이 없는 것도 말을 배우는 데는 큰도움이 된다. 지금은 성민을 제외하고 한국인들이 모두 기숙사를 나갔다. 한국으로 돌아가거나 혹은 아파트로 이사를 간 거다. 성민은 공부에만 열중해서 잘 안 보인다. 주방에서도 거의 본 적이 없다. 그런 상황에서 아무 때나 편히 물어 볼 수 있는 선생이 생겼으니 얼마나 반가운 일인가.

　수시로 두냐 일당 방에 내려가 모르는 걸 물었다. 여러 명이 번갈아 가르쳐 주니 같은 의미의 설명을 서로 다른 표현이나 억양으로 듣게 되고, 그래서 그런지 특히 귀가 많이 뚫린 것 같다.

　두냐. 155cm 정도 작은 키에 한줌에 쥐어질 것 같은 가냘픈 체격이지만, 일행 중에서 목소리가 가장 크고 성격도 쾌활하다. 항상 빨간 립스틱을 바르고 다니고, 원래 시베리아 출신으로 깡다구가 있다. 몸 어디에 그런 기질이 숨어 있는 건지 모르겠다. 호기심도 많고 잘 나선다. 내 질문을 아주 재미있어한다. 나이는 20세다.

갈리나는 전형적인 러시아인 인상으로, 체격이 좋다. 키가 165cm 정도 되는가보다. 22세로 넷 중 나이가 제일 많고 과묵하다. 뭘 물어보면 완전히 선생님 스타일로 진지하게 대답하는데 언행이 신중해서 신뢰가 간다. 장녀 스타일로, 우리나라 부모들이라면 며느리 감 후보 1순위가 될 법하다. 남자친구가 없다는데, 그걸 약간 비관하는 것 같다.

리따는 성격이나 행동이 천상 여자다. 뭘 물어보면 '응…' 하고 곰곰이 생각하는 버릇이 있다. 어려운 질문이 아니라서 바로 대답해도 될 것 같은데 한 번 더 생각한다. 모든 게 조심스럽다. 목소리도 곱고 피부가 아주 희다. 보호 본능을 느끼게 하는 스타일이다. 그녀는 하샤뷰르트에 약혼자가 있어 공부를 마치고 고향으로 돌아가면 바로 결혼한다고 했다. 자기 책상 위에 약혼자 사진이 놓여 있다. 21세로, 키가 170cm 정도 될 것 같다.

마샤는 소피아 로렌 같은 인상이다. 이탈리아나 스페인계 혈통을 이어받은 듯 성격이 급하고 카리스마가 있다. 키가 165cm는 조금 안 될 것 같다. 21세인데도 한살 더 위인 갈리나를 물리치고 항상 자기가 대장 노릇을 해서 방의 모든 걸 그녀가 결정한다. 이미 결혼해서 고향에 신랑이 있다. 여기서는 여자가 18세 이상이면 결혼을 하는데, 결혼했기 때문에 대장노릇을 하는 게 아닌가 싶다. 결혼한 게 벼슬인가보다.

27
등 뒤에 선 여자

목요일 점심때면 한 주간 수업이 모두 끝나고, 오후부터 주말이다. 나흘 동안 은 그야말로 정신없이 공부한다. 선생 님은 내가 다른 학생들에 비해 늦었다 고 조금도 봐주지 않았다. 옛적에 이런 식으로 공부를 했다면 아마 박 사학위를 몇 번은 땄을 것 같다. 여하튼 주말이다. 적어도 일주일에 하루 정도는 공부를 잊고 지내고 싶다.

낮에 니꼴라이가 발레공연 입장권을 가져왔다. 며칠 후 토요일 오 후 공연이다. 드디어 발레 공연을 가게 되나 보다 해서 반가웠다. 함 께 토스트를 만들어 먹고 미술관 구경을 가자고 나섰다. 시내에서 적 당한 식당을 찾는 것이 쉽지 않다는 것을 알았기 때문이다. 다행이도 니꼴라이는 내가 만들어 주는 음식을 좋아했다. 아무래도 여기 방식 과는 조금 다르게 만들다보니 그 맛이 새로웠던 모양이다.

유고자빠드늬까지 버스를 타고 거기서부터는 전철로 갈아탔다. 모 스크바 전철은 우리 전철 보다 내부가 좁고 많이 어둡다. 이런 걸 협 궤라고 하나? 협궤인지는 정확히 잘 모르겠지만, 여기 전철을 타면

답답하다는 느낌이 많이 들었다. 처음 전철을 탔을 때는 너무 어둡고 좁아서 많이 놀라기도 했었다. 아직도 적응이 잘 안 된다. 그런데다가 사람들 대부분이 검정색 계통의 옷을 입고 있어서 가뜩이나 어두운 공간이 더욱 칙칙해 보였다. 사람들 표정도 어두워 누군가와 서로 웃으며 얘기하는 것도 거의 본 적이 없는 것 같다. 공연히 나까지 입을 다물게 된다.

전철은 낮 시간이라서 나이든 사람들이 많았는데, 한 가지 부러운 것은 앉아있는 사람들 중 상당수가 존경스럽게도 책이나 신문, 무언가를 읽고 있다는 점이다. 여기 사람들은 독서가 몸에 배어 있다. 우리 기숙사 경비아저씨들도 매일 독서하는 모습을 본다. 처음에는 뭘 읽나보다 정도로 생각했는데, 시간이 지나면서 뭔가를 읽는 것이 아주 몸에 배어 있다는 것을 알았다. 정말 우리가 배워야 한다.

미술관 이름이 좀 어렵다. '국립 뜨레짜꼬프 갤러리' 이곳은 19세기 뜨레짜꼬프 형제가 수집한 예술품을 전시한 박물관이라고 했다. 갤러리라고 해서 일반적인 미술품을 전시하고 있는 줄 알고 갔는데, 막상 보니 국보급 수준의 문화재와 18~20세기 러시아의 명작 미술품들이 지천으로 널려 있었다. 특히 문화재는 온통 금으로 장식한 성경과 보물들이어서 어디에서 그렇게 많은 예술품들을 수집했는지 입을 다물 수가 없었다. 도대체 전시관 방이 몇 개야? 대충 계산해도 50개가 넘는 것 같은데 도대체 보물이 얼마나 많은 건가.

절반도 돌지 못했는데 힘들어서 더 걸을 수가 없었다. 지난번에는 시간이 없어서 대충 돌다 나왔는데, 이번에는 시간이 있어도 힘들어서 어려웠다. 가만히 생각해 보니 이게 하루에 돌아볼 수준이 아니었다. 방이 50개라 해도 방 하나에 5분이면 250분이고, 10분이면 500

분인데, 들여다볼수록 감탄이 나와 도저히 발을 뗄 수 없는 전시물이 너무 많았다. 그런 걸 어찌 방 하나에 10분씩만 보겠는가. 아예 서너 번에 나눠 볼 심산으로 하루치만 차분히 보는 건데 너무 계획 없이 덤 볐다는 생각이 들었다. 니꼴라이에게 다음에 또 오자고 했다.

박물관을 나와 붉은광장으로 향했다. 언제 봐도 모든 것을 하나하 나 자세히 뜯어보고 싶은 곳, 헤아릴 수 없이 많은 역사가 담겨 있는 곳이다. 광장에 서있는 건축물들은 역사의 모든 순간을 생생하게 지 켜보았다. 공산혁명, 레닌과 스탈린의 연설, 고르바쵸프, 소련의 붕 괴, 피 튀기는 외침과 엇갈린 운명들, 눈물과 환희. 광장 한가운데 서 서 짧은 감상에 젖어 있을 때 니꼴라이가 말을 꺼냈다.

"원래는 광장 바닥이 높았는데, 사람과 우마차 때문에 40cm나 낮 아 졌어."

"40cm?"

이게 무슨 소리인가? 내가 '그런 일이 있을 수 있는 얘기냐' 는 듯이 의아한 표정으로 쳐다보자 니꼴라이는 정색을 하며 그렇다고 대답했 다. 그리고는 광장 한쪽 건물로 다가가 벽에 손을 대면서 낮아진 높이 를 설명했다. 설마 내가 서울 촌놈이라고 허풍을 치는 건 아니겠지… 여하튼 대단한 광장이다. 광장 바닥은 사각형으로 다듬은 돌을 바둑 판처럼 일정하게 깔아 아주 질서 있고 견고해 보였다. 아무리 많은 인 간들의 운명이 광장에서 뒤섞인다 해도, 내려앉을망정 지구가 망할 때까지라도 참고 견딜 것 같다.

날씨가 너무 추웠다. 기숙사에서 나올 때만 해도 괜찮았는데 해가 지기 시작하자 바람이 불고, 기온이 뚝 떨어졌다. 나도 피곤했지만 니 꼴라이 상태가 좋아 보이지 않았다. 그가 기본적으로 체력이 약한 것 같다. 감기라도 들 세라 빨리 집으로 돌아가자고 재촉했다.

퇴근시간. 전철 안에는 사람이 많아 앉을 자리는 없었다. 출입구 쪽이 비좁아 안쪽으로 들어갔다. 우리네 전철은 창가를 향해 서서 손잡이를 잡고 있어도 뒤편 사람과 닿지는 않는다. 그러나 여기 전철은 손잡이를 잡고 서면, 뒤쪽에 서 있는 사람과 등이나 엉덩이가 닿는다. 사람들 사이를 비집고 지나갈 틈은 없다. 그만큼 좁다.

정거장에서 한 무리의 사람들이 몰려들었다. 서로의 몸을 움직이기 거북할 정도로 꽉 찼다. 잠시 후 전철이 출발하면서 각자의 자리가 정리되자 내 뒤 누군가의 엉덩이가 내 엉덩이 위쪽으로 닿는 게 느껴졌다. 아마도 내 뒤에 키 큰 사람이 있나보다 했다. 다음 정거장에서 전철이 다시 출발하면서 몸이 쏠려 우연히 뒷사람을 보니 어이없게도 나와 키가 비슷한 여자다. 하이힐도 신지 않았는데, 도대체 다리가 얼마나 길기에 엉덩이가 내 위쪽으로 닿나. 정말 대단하다는 생각이 들었다. 내가 롱다리는 아니지만 그렇다고 땅에 끌릴 숏다리도 아닌데. 러시아 여자들의 체형은 신의 축복을 받은 게 분명하다.

28

두냐 일당과 섞이다

기숙사 입주자 중 주방에서 직접 식사를 만들어 먹는 사람은 많지 않다. 내 룸메이트였던 도미니카 루이스는 아예 살림도구가 없어서 밖에서 해결하는 것 같은데 먹는 건지, 굶는 건지 나만 보면 항상 배고프다고 하소연을 했고, 복도 안쪽에 사는 캐나다 남학생 둘은 몇 번 해먹다가 귀찮은지 요즘엔 피자를 들고 오는 게 자주 보였다. 루이스 옆방에는 정체를 알 수 없는 동양계 모녀가 있는데, 주방에 사람이 없는 늦은 시간에만 해먹는 걸 몇 번 봤다. 왠지 사람들을 피하는 눈치다.

흥미로운 입주자가 있다. 두냐 일당 옆 호실에 아프리카 추장 자녀라는 남매가 산다. 별로 큰 부족 출신은 아니라는데 이들은 초기에 이따금 주방에서 요리를 했다. 어느 날인가 내가 저녁을 만들고 있을 때, 그네들이 쌀밥을 정성들여 지은 후에 다 지은 밥을 다시 물에 씻는 걸 봤다. 새로운 요리법이 아니라 밥 지어 먹는 방법을 정확히 모르는 거라는 생각이 들었다. 그들에 관해서는 모든 게 신기해서 기회가 있으면 말을 붙여 보고 싶었는데, 어딜 그렇게 싸돌아다니는지 요

즘엔 한 번도 못 봤다. 고향식당을 찾았니?

이처럼 기숙사에 장기 거주자는 제법 있어도 주방에서 만나는 건 항상 두냐 일당이다 보니 자연히 더 가까워 질 수밖에 없다. 일부러 그러려고 했던 건 아닌데, 낯모르는 사람이 주방에 들어오면 두냐 일당과 나는 같은 영역 안에 있는 것처럼 느껴졌다.

보통 러시아 학생들이 아르바이트로 개인교사를 하는 경우 시간당 100루블을 받는다. 한국 돈으로 4,000원 정도. 대학 레스토랑에서 혼자 식사를 하다 보면, 특히 러시아 여학생들이 입국 초짜를 바로 알아보고 눈치를 보다가 선생이 필요하지 않느냐고 물어온다. 선생이 필요했던 초짜라면 앞뒤 잴 것도 없이 그러자고 할 수도 있다. 내가 레스토랑에서 혼자 식사할 때도 몇 번이나 여학생들이 물어왔다. 그러나 내겐 두냐 일당이 있었고, 소피아 사건으로 그들이 내 방에 들어올 수 없다는 것도 이미 알고 있었기 때문에 사양했다. 이런 일이 잊을만하면 한 번씩 있어서, 내가 두냐 일당의 아르바이트 기회를 뺏고 있는 게 아닌가 하는 생각이 자주 들었다.

"너희들이 나 때문에 시간을 뺏기잖아…."

세상에 공짜가 어디 있으랴 싶어 일당에게 정식 아르바이트를 제안했다.

"안돼, 넌 우리 친구야."

내 말이 나오기가 무섭게 마샤가 선뜻 나서서 손을 내 저으며 필요없다고 사양했다. 이런 문제가 나오면 언제나 마샤가 결정했다. 다혈질인 이탈리아계 혈통을 받아서 그런지, 다른 사람 의견은 들을 필요도 없다. 신중한 갈리나는 입을 다물고 있고, 조용한 리따는 대화에 참가는 해도 항상 듣기만 하고, 활기 넘치는 두냐는 마샤 만큼이나 말하고 싶어 했지만 마샤가 대장 노릇을 하니 조연으로 거들었다. 카리스마 마샤. 마샤와 대화 중에 누군가 끼어들어 내가 고개를 돌리면 그녀는 바로 내 어깨를 자기 쪽으로 틀었다.

"내 말을 들어! 내가 지금 말하고 있잖아!"

모두가 킥킥거리고 웃었다. 그런 때면 우습기도 했지만, 얘가 이래도 되는 건가 하는 생각도 들었다. 어쨌거나 그런 식으로 질서가 유지됐는데, 나 없을 때 마샤가 군기를 잡는 건지도 모르겠다.

요즘은 방과 후에 혼자 숙제하는 시간을 제외하고 나머지 시간은 거의 두냐네 방에서 보낸다. 선생님 없이 새로 배운 교과서 부분을 제대로 읽는 것도 어렵고, 작문 숙제는 항상 오류가 생기기 때문에 반드시 검토가 필요했다. 최근에 종덕이 예고 없이 몇 번 기숙사에 왔는데 그때마다 나는 두냐네 방에 있었다.

"노마는 우리 방에 같이 살아."

노마는 나의 별칭이다. 두냐 일당은 예상치 않게 나타난 그를 보고 내가 자기네 룸메이트라고 소개해서 모두 웃었다. 그 후로 종덕은 아예 두냐네 방을 거쳐 내 방으로 올라왔다. 중구난방으로 떠드는 네 명과 함께 있다 보니 듣기와 말하기가 정말 많이 느는 걸 느낀다. 선생님도 수업 중에 숙제를 내주면서 두냐 일당에게 도움을 받아 해보라고 했다. 선생님도 인정하는 개인교사들이다. 다른 유학생들은 수업이 끝나면 바로 집으로 돌아가 자국어를 쓰기 때문에 나보다 러시아어 공부시간이 상대적으로 적다. 그런 점에서 난 행운아였다.

29

한국음식을 먹는 것은 즐거운 일

 저녁에 성민이 찾아왔다. 그는 한국에서 대기업체에 다니다가 퇴직하고 다른 뜻이 있어 유학을 왔는데 서울에는 만삭의 처가 있단다. 평소에 공부를 너무 열심히 해서 혹시나 방해가 될까봐 말을 붙이기가 어려웠다. 딱 봐도 공부벌레 스타일이었다. 이따금 주방에서 음식 만드는 그를 보면 준비가 부실해 보여 '저렇게 식사를 하면 오래 못 버틸 텐데.' 하고 걱정이 됐다. 체력도 약해 보였다. 물론 건장한 사람이라면 평소에 그렇게 먹고 견디지도 못한다. 어쨌거나 공부를 끝까지 잘 마치려면 식사를 잘 해야 하는데, 염려가 돼서 좋은 반찬이 있으면 가끔 그에게 갖다 주었다.

그러던 그가 불쑥 내 방에 찾아와 말을 꺼냈다.

"정말 못 견디겠어요. 힘드네요."

성민은 인간 진화도에서 서너 번쯤 뒤에 있는 유인원만큼 구부정해 있었다. 왜 그런 생각이 들었는지… 웃음을 보이며 고개를 끄덕여 줬지만 안타까운 마음뿐이었다. 평소에 성민 자신을 걱정해 주던 것을 그도 잘 안다.

"어떻게 했으면 좋겠어요?"

성민은 기다렸다는 듯이 한국음식을 먹고 싶다고 대답했다. 그 질문은 하지 않아도 나왔을 말이었다. 예정에 없던 일이었지만 흔쾌히 동의하고 함께 기숙사를 나섰다. 한국음식을 먹는다는 것은 생각만 해도 정말 즐거운 일이다.

둘은 초등학생 소풍길이라도 되는 것처럼 재잘거리며 발걸음 가볍게 살류트호텔 한식당으로 향했다. 한동수의 소개로 처음 알게 된 후 손님들하고 몇 번 왔었다.

"삼겹살이 좋지요?"

내가 메뉴판은 들춰보지도 않고 삼겹살을 제안하자 그가 웃었다. 고향 떠난 한국인의 육체적, 정신적 종합 영양제. 그렇게 맛있는 삼겹살과 소주는 먹어 본 적이 없는 것 같다. 먹는데 바빠서 한동안 서로 말을 하지 않았다. 무슨 말이 필요하랴. 잔을 주거니 받거니, 삼겹살과 소주를 어느 정도 먹고 나서야 비로소 서울 얘기와 모스크바 얘기가 나왔다. 집과 친구들이 그리웠다. 성민은 만삭의 아내와 새로 태어날 아기 때문에 더욱 서울을 그리워했다. 아내가 해산할 때에 맞춰 일단 귀국했다가 다시 올 예정이란다. 부럽다. 난 가려면 아직 멀었는데… 돌아오는 길에 배부른데 만족해서 언제 집을 그리워했냐는 듯이 웃고 떠들고 했다. 적어도 그 순간만큼은 세상에 부러울 게 아무것도 없었다.

복도에서 두냐를 만났다.

"다음 주 수요일이 내 생일이야. 올 거지?"

두냐의 얼굴이 환했다. 마음속으로는 신나게 춤을 추고 있는 듯이 보였다. 남의 생일에 초대받아 본 것이 언제였나? 학창시절에 친구들과 어울릴 때 이후로는 기억이 나지 않는다. 그 이후로는 항상 가족과 함께 했다. 생일이 아니라도 내려갈 판이니 당연히 가기는 해야겠지만, 여기 사람들이 어떻게 생일잔치를 하는지 몰라 분위기를 망치지 않을까 염려도 되고, 한편으로는 궁금한 마음도 들었다. 모스크바에서 생일파티에 초대 받게 되리라고는 생각지 못 했는데, 여하튼 재미있는 일이다. 설마 분위기를 망치기까지야 하겠나. 그러고 보니 축가 부를 때 문제가 되긴 하겠다. 이들이 영어를 쓰지 않으니 "Happy Birthday to you~"로 축가를 부르진 않을 것 같고, 같은 멜로디에 러시아 가사말로 부르려나? 우리에게 익숙한 생일 축가가 여기에도 있기는 있는 건가? 생일선물은 뭘로 하지?

30

두냐의 생일파티

"여학생들이 술에 취해 담배 피우고, 아무 데서나 남학생을 껴안고 있어."

마샤가 자기네 고향에서는 상상도 할 수 없는 일이라고 흥분해서 언성을 높였다. 조용한 리따까지 나서서 한마디 거들 정도면 이들이 충격을 받긴 받은 모양이다. 사실 나도 비슷한 생각을 했다. 대학 앞 슈퍼 주변에는 대낮부터 술에 취해 비틀거리거나 남학생과 부둥켜안고 있는 여학생들이 흔했다. 며칠 전에는 대낮부터 만취해서 기숙사 앞 잔디밭에 쓰러져 있는 여학생을 보았다. 그러니 비난하는 게 무리가 아니다.

두냐 일당은 수업이 끝나면 바로 기숙사로 온다. 정해진 목적 없이 외출하는 일도 없고, 술도 거의 마시지 않는다. 물론 담배도 피우지 않았다. 일당을 만나기 전에는, 이들처럼 모범적으로 생활하는 여학생들이 있을 거라고 아예 생각지 않았다. 서울의 평범한 가정집 여고 1학년생 정도의 품행 수준이다. 내가 짧은 시간에 이들과 가깝게 된 것은, 생활의 사소한 부분까지 모범생 같은 생활태도 때문이 아닌가 싶다.

오늘은 두냐 생일이다. 두냐에게 다른 사람을 데리고 가도 되겠냐고 물었더니, 흔쾌히 수락했다. 두냐 일당과 여러 날을 함께 생활한 덕택에 듣기는 그런대로 됐지만, 그래도 말은 단어 때문에 어려웠다. 유학 수 년차인 천석에게 제안하자 재미있겠다며 좋아했다. 이미 그녀들과 인사한 적이 있어서 서로 초면도 아니었다.

천석은 여자 생일에는 꽃이 최고라면서 장미꽃을 사고, 나는 립스틱을 샀다. 두냐는 덩치가 작아 어려 보이는 걸 감추려 그랬는지 화장을 열심히 하고 다녔다. 사실 두냐만 그런 게 아니라 모두들 화장을 잘하고 다녔는데, 특히 두냐는 눈에 띄게 빨간 립스틱을 짙게 바르고 다녔다. 천석이 꽃을 준비한 것에 특별한 의미는 없었다. 두냐에게 남자 친구가 없어서 꽃을 선물할 사람이 아무도 없을 거라는 단순한 생각이었다.

저녁 7시쯤, 갈리나가 올라왔다. 아직 천석이 오지 않았지만 먼저 내려가 있으면 나중에 찾아오겠지 하고 갈리나를 따라 아래층으로 내려갔다. 방에는 일당들이 마치 면접 대기자들처럼 의자에 다소곳이 앉아 있었다.

"와… 너희들…."

내가 감탄하자 모두들 재미있다는 듯이 깔깔댔다. 휴식을 취할 저녁 시간에 다시 화장을 곱게 하고, 예쁜 옷을 꺼내 입고 있을 줄은 전혀 몰랐다. '아니, 기숙사에서 하는 생일 파티도 이렇게 준비하나?' 새로이 알게 된 이들의 문화다. 일당은 파티에 초대받을 것에 대비해 고향에서 예쁜 옷을 준비해왔다. 난 달랑 수영복 하나 챙겨 왔는데….

"우리가 그렇게 예뻐?"

주인공답게 두냐가 호호거리며 나섰다. 먀사도 깔깔거리며 거들었다.

"너희들 정말 예뻐."

두냐는 빨간색 원피스를 입고 있었다. 평소 입술에 바르고 다니던 립스틱과 같은 색이었다. 원피스는 특별한 꾸밈이 없는 단순한 디자인이었지만, 그녀에게 매력 있게 잘 어울렸다. 우리나라 여성이라면 그런 디자인과 색깔을 소화하기가 어려웠을 것 같다. 생일선물을 건네자 부리나케 끄르면서 자신이 평소 즐겨 쓰는 립스틱과 같은 톤의 빨간색인 것을 확인하고 껑충껑충 뛰었다. 두냐는 기분이 좋으면 침대 위고 어디고 항상 뛴다. 에너지가 넘친다. 좋아하는 모습을 보니 주인공이 맞긴 맞는가 보다 했다.

리따는 연한 보라색 원피스를 입었다. 파스텔 톤의 연한색이 그녀에게 잘 어울렸다. 조용한 성격이 그대로 담겨져 있는 것 같아 보였다. 예쁘다는 나의 칭찬에 곱게 웃었다.

마샤는 흰색 블라우스에 검정 스커트를 입었다. 치마 길이가 좀 짧았는데, 검정 스타킹을 신어서 그런지 선정적으로 보였다. 어쩌면 그래서 일찍 결혼을 하게 됐는지도 모르겠다.

갈리나는 생일파티 옷을 준비해 오지 않았는지, 내 방에 왔던 차림 그대로 흰색 티셔츠에 청바지를 입고 있었다. 그래서 그녀가 대표로 내 방에 올라왔나 싶었다. 갈리나는 집안 형편이 어려워 고향에 돌아가면 집안일을 도와야 한다고 마샤가 말한 적이 있다. 그들 모두가 꽃봉오리 같이 아름다운 나이인데, 갈리나만 파티복을 준비할 사정이 못되었는가 보다 해서 안쓰러웠다.

그들은 나름대로 파티준비를 열심히 했다. 양쪽 벽에 붙어있던 책상을 가운데로 모아 붙여놓고 침대와 의자들을 잘 배열해 여덟 명이 둘러앉을 수 있도록 했다. 그리고 언제 불렀는지 갈리나의 친오빠 빅토르와 그의 친구가 와 있었다. 빅토르는 얼마 전에 만나 인사를 나눴지만 빅토르의 친구는 오늘 처음이었다.

파티가 시작됐다. 식탁에는 와인 두 병과 반쯤 마른 생선안주, 닭튀김, 감자, 소시지 등 러시아식으로 생일상이 차려져 있었다. 나는 엉뚱한 실수를 하지 않기 위해 조심스럽게 그들을 따라 와인 맛도 보고, 안주도 먹었다. 2~30분쯤 지났을까? 갑자기 방문이 열리면서 천석이 장미꽃을 한 아름 들고 들어왔다.

"천석!"

두냐가 놀라며 의자에서 벌떡 일어섰다. 그녀의 급작스런 행동 덕분에 우리까지 놀랐다. 천석이 생일축하 한다며 꽃다발을 내밀자 순간 그녀의 몸이 굳어버렸다. 놀란 얼굴표정이 마치 밀랍인형처럼 보였다. 잠시 후 정신을 차리고 천천히 꽃다발을 받아 가슴에 안은 채 눈을 감았다. 모두들 그녀를 지켜봤다. 짧은 침묵이 흘렀다. 그녀를 혼자 남겨두었다면 눈물을 흘렸을 것 같았다. 잠시 후 두냐는 천석에게 고맙다는 인사말을 정성스럽게 했다. 꽃 선물을 받아보지 않은 것 같다는 생각이 들었다.

다시 파티가 이어졌다. 마샤가 와인을 들고 일어나 건배를 제의하면서 덕담을 시작했다.

"예쁜 두냐가…."

바로 끝날 줄 알았던 덕담이 너무 길어져 술잔 든 팔이 아파오자 빅토르가 짧게 하라고 소리쳤다. 모두 깔깔거리고 웃었다. 술을 마시며 웃고 떠들고 하다가 다음 사람이 일어나 다시 와인을 따르고 건배 제의와 덕담을 했다. 축가나 촛불 끄는 절차 없이 그런 식으로 생일파티가 계속 진행됐다. '생일 축하한다'는 말 한마디 후에 덕담도 없이 먹고 마시기만 하는 우리의 생일축하 자리와는 확실히 달랐다. 이들의 생일파티는 모두에게 뜻있는 자리가 될 수 있다는 생각이 들었다. 예쁜 파티복을 입을 만했다.

순서가 돌고 돌아 내 차례가 되었다. 내가 일어나야 하는데도 미적거리자 눈치를 채고 빅토르가 말을 꺼냈다.

"노마, 빨리 일어나!"

빅토르의 말이 떨어지기가 무섭게 마치 기다리기라도 한 듯이 모두 일어나라고 소리를 쳤다. 내가 꾸물꾸물 일어나 러시아 말을 못하니 그냥 넘어가자고 하자, 마치 상대편 선수를 조롱하듯이 모두 책상을 두들기고 야유를 보냈다.

"빠 까레이스끼!(한국말로!)"

빅토르가 인심 쓴다는 듯이 한마디 더했다. 모두들 박수치며 좋아했다.

"고향을 떠나 멀리 와서 외로웠는데, 이렇게 좋은 친구들을 두게 된 것이 정말 행운이라고 생각해. 그리고 두냐의 생일을 진심으로 축하한다."

천석이 말을 옮겼다. 모두 박수를 쳤다.

"난 아무 말도 모르지만 '두냐'는 들었어."

두냐가 벌떡 일어나더니 자기 이름은 들었다며 깔깔 대자 모두가 소리치고 한바탕 웃었다. 모두가 건배사를 한마디씩 하면서 먹고 마시다 보니 시간이 꽤 늦었다. 천석이 돌아가야 한다고 해서 나도 함께 일어났다. 유익한 시간이었고 좋은 경험이었다. 이들의 생일파티 문화는 오랜 기간 동안 거쳐 온 '정착된 생활'이라는 느낌을 받았다.

31

빅토르와 마샤는 연인?

내 방에서는 우리 건물 1층 출입구가 바로 아래로 내려다보인다. 창가에서 커피를 마시노라면 우리 건물에 누가 들어오고 나가는지 다 볼 수 있다. 이제막 기숙사에 처음 전입해 오는 학생도 있고, 바리바리 짐을 싸서 나가는 학생도 있다. 출입구 앞에서 삼삼오오 모여서 얘기하고 있는 학생들, 건너편 카페 앞에서 건들거리는 학생들, 물건을 나르는 매점주인 등등 사람 사는 모습을 지켜보는 게 재미있다. 처음에 배정받았던 반대편 쪽 방보다 지금 방이 볼 게 더 많다.

그러나 밤에는 죽을 맛이다. 외국인 전용인 2~3층 말고, 그 위층에 사는 기숙사생들은 밤 1시까지는 무조건 돌아와야 한다. 외국인 전용층 거주자는 우리 경비데스크로 전화하면 아무 때고 아저씨가 1층까지 내려와 반갑게 문을 열어주지만, 위층 담당 경비는 그 시간이 넘으면 출입문을 꽁꽁 걸어 잠그고 노크해도 열어주지 않는다. 기숙사생이 귀가했다는 것을 뻔히 알면서도 모르는 척하는 거다. 데스크에서 졸고 있을 것이 분명한데도 말이다. 그래서 처음에는 점잖게 노크를

하다가 나중에는 문을 발로 차고 소리를 지르는데, 그 소리가 내 방에 고스란히 다 들린다. 들리는 정도가 아니라 도저히 시끄러워서 잠을 잘 수가 없을 지경이다. 사흘에 한 번 정도는 그러는데, 희한하게도 그렇게 늦은 시간에 문을 걷어차고 떠들어대도 누구 하나 나무라는 사람이 없다. 얼마간 쿵쾅거리다가 끝까지 열어주지 않으면 대부분 포기하고 어디론가 간다. 이따금 쿵쾅거리는 소리가 너무 커서 '웬 놈인가?' 하고 내려다보면 술에 취한 학생이 출입문 앞에서 씩씩거리고 있다. 가끔 문 앞에 쓰러져 있기도 했는데, 그래도 새벽에 일어나 내려다보면 어디론가 가고 없었다. 얼어 죽지는 않았나보다.

저녁에 두냐가 찾아왔다. 그녀들은 혼자서는 내 방에 들어오지 않는다. 굳이 내 방에 들어와야 할 때는 반드시 누군가와 같이 왔다. 처음에 리따가 혼자 왔을 때, 아무 생각 없이 들어오라고 했더니 굳이 사양하면서 내내 복도에 서서 얘기하다 돌아갔다. 수줍은 성격 때문에 그런가보다 하고 대수롭지 않게 여겼다. 며칠 후 누군가가 또 노크하기에 들어오라고 했더니 그도 복도에 서서 얘기하다가 내려갔다. 그게 두냐였는지, 갈리나였는지 잘 기억이 나지 않는다. 그 후로도 누군가가 주방에서 새로 만든 음식을 주겠다며 나에게 접시를 달라고 할 때도 항상 복도에서 얘기했다. 뭔가 이상하다 싶어서 알만 한 사람에게 물어보니, 여자가 남자 혼자 있는 방에 들어간다는 것은 성적 허락을 의미한단다. 재미있는 얘기다. 그런 의미가 있다면 충분히 그럴 수 있겠다는 생각이 들었다. 그래서 오늘은 두냐에게 들어오란 말을 아예 하지 않았다.

"빅토르가 왔어. 내려올래?"

그녀는 하얀 얼굴에 함박 미소를 띠고 말했다. 아마도 빅토르 혼자 남자니까 남자인 나를 부르는 것이라는 생각이 들었다. 수업도 끝난 주말이고 해서 1층 매점에서 맥주 몇 병을 사가지고 갔다.

빅토르는 고향인 하샤뷰르트에서 결혼했다가 이혼하고, 지금은 모스크바에서 혼자 살고 있다. 키가 크고 말랐는데 인상이 아주 선하다. 갈리나는 오빠 빅토르가 빨리 결혼해야 한다고 걱정하면서 그가 모스크바에서 하는 일이 생활에 도움이 되지 않아 한국과 연결해서 일할 것이 없겠냐고 물었다. 대답하기가 쉽지 않은 얘기다. 지금으로서는 어려울 것 같다고 대답했더니 실망하는 눈치가 역력했다.

빅토르는 아마도 마샤 때문에 기숙사에 오는 것 같다. 이전에는 빅토르가 시내에 혼자 있으니까 기숙사에 있는 여동생을 찾아온 거라고 생각했었다. 그러나 오늘은 단순히 그런 이유에서만 오는 게 아니라는 것을 확연히 느낄 수 있었다.

리따는 혼자 TV를 보고, 나머지는 모두 같이 대화를 했는데 침대에 비스듬히 누워있던 빅토르가 바로 옆에 누워 있던 마샤 쪽으로 바싹 붙었다. 침대에서 베개를 등에 받치고 길게 누워있던 마샤는 가까이 오는 빅토르를 피하지 않았다. 오히려 아주 사랑스런 연인 대하듯 빅토르 얼굴에 가까이 대고 대화를 했다. 아무리 관습이 달라도 그런 태도는 연인이나 가능한 포즈였다. 저러다가 둘이 눈 맞으면 어쩌려고 저러나 염려가 됐다. 고향에 있다는 마샤의 남편이 생각났다.

갈리나는 마샤와 빅토르의 행동을 못 본 척했다. 이 상황에서 못 본 척은 방조다. 두냐와 리따도 마샤와 빅토르가 서로 가까이 하기에 부적절한 처지임을 분명히 알고 있을 텐데 그들의 연인 같은 행동을 무관심 한 듯이 넘겼다. 이해가 가지 않았다. 그러나 신경 쓰지 않기로 했다. 그건 본인들이 알아서 할 일이니까.

이들의 고향 얘기를 그럭저럭 알아들었다. 고향 하샤뷰르트는 러시아와 체첸 반군의 전장에서 가까운 곳이란다. 갈리나와 리따, 두냐네 집은 농사를 짓고, 마샤의 아버지는 장사를 한다고 했다. 두냐는 시베리아에서 이주했는데, 어린 시절에 시베리아의 추운 겨울에도 물에 들어가 수영을 했다고 작은 덩치에 어울리지 않게 용감함을 자랑했다. 리따가 정겨운 시골집을 배경으로 찍은 소박한 가족사진을 보여주었다. 그렇게 평화로운 사람들 가까이에 전쟁이 있다고 생각하니 안타까운 생각이 들었다.

빅토르가 집에 간다고 일어서는 길에 나도 함께 방을 나왔다. 갈리나와 마샤가 빅토르를 아래층까지 배웅했다. 그는 좋은 친구였지만 마샤와의 행동은 이해하기가 어려웠다. 그걸 무관심한 듯 넘기는 갈리나와 두냐, 리따도 마찬가지고.

32

아르바뜨 거리

지나는 길에 들렀다며 오랜만에 한동수
가 왔다. 마치 고향에서 친구가 찾아온
것만큼이나 반가웠다. 그동안 러시아말
을 열심히 배운 것과 이곳의 생소한 문
화, 그리고 무엇보다도 기숙사에서 만난 두냐 일당들에 대해 얘기했
다.

"러시아 학생들이 있어요?"

그는 외국인 전용 층에 러시아 학생들이 있다는 말에 의아한 표정
으로 물었다.

"지방에서 온 국비 장학생들이라 돈을 내지 않는대요."

"예… 그런데 여학생들이라니 재미있겠네요."

그는 장난스런 표정으로 웃으며 말했다. 사실 기숙사에서 여학생들
과 어울리게 될 거라고는 상상도 하지 못했다. 그의 말에 동의하면서
일당 덕분에 귀가 많이 뚫려 이제는 혼자 다녀도 불편하지 않다고 하
자, 엄지손가락을 들어 보이며 운 좋은 케이스라고 추켜세웠다. 맞다.
아무래도 그들이 남학생들이었다면 공부보다는 먹고 노는데 더 치중

했을 지도 모른다. 운이 좋긴 좋다. 그런 저런 얘기를 하면서 이제는 나 자신도 모스크바에 많이 익숙해졌다는 느낌이 들었다. 다 살게 마련이다.

오후에는 니꼴라이가 찾아왔다. 얼마 전에 그에게 아르바뜨 거리를 자세히 보고 싶다고 했는데, 오늘 시간을 내서 온 거다. 아르바뜨 거리는 모스크바의 명동이다. 그곳은 푸시킨 같은 대문호를 비롯해서 많은 문인, 화가, 예술가들이 살면서 많은 이야깃거리를 만들어낸 유서 깊은 동네다. 지금은 관광객과 젊은이들의 거리로 변해 기념품을 파는 상점과 키오스크, 카페, 맥주집들이 늘어서 있지만 말이다. 광장에서는 관광객을 위해 공연도 한다는데 날이 추워서 그런지 보이지 않았다.

키오스크에는 소련시대 군복이나 모자, 허리띠, 각종 훈장과 장식물 등 군용물품과 손목시계, 칼, 여성용 장식품, 손거울 등등 그야말로 별별 게 다 있었다. 모두가 신기해 보였지만 아쉽게도 내가 찾던 소련시대에 만든 태엽 손목시계는 없었다. 어디 가서 찾아야 할지 모르겠다. 건물에 입주한 상점에는 귀금속이나 예술품 등 고가품을 취급했다. 눈이 휘둥그레질 정도로 화려하게 금과 보석으로 꾸민 장식품들. 금이나 보석 장식품은 비싸기 때문에 가까이 하기 어려운 물건들이다. 이곳 물건이 싸다는 말을 들었는데 실제로 와서 보니 상점이나 키오스크나 싼 것 같지 않았다. 아마도 관광객이 몰려와 값을 올려놓은 게 아닌가 싶다.

"빅토르 쪼이를 알아?"

길거리 구경이 거의 끝나갈 무렵, 니꼴라이가 뭔가 생각난 듯이 물었다. 빅토르 쪼이. 그는 한국인 3세 가수로, 러시아 젊은이들의 우상으로 떠올라 전성기를 구가하던 중에 교통사고로 29세에 요절했다. 무명시절에 아르바뜨 거리에서 노래를 많이 불러 그를 추모하는 골목이 있다는 말을 종덕을 통해서 들었다. 무엇보다도 그가 우리와 같은 핏줄의 고려인이고, 젊은이들에게는 전설적인 인물이라고 해서 그 골목을 보고 싶었다.

그는 록이 대중화 되지 않았던 소련 시절에 소련에 록을 전파한 선구자다. 세상에 모든 선구자가 흔히 그렇듯이, 그 역시 젊은이들에게는 열화와 같은 사랑을 받았지만 정부로부터는 핍박을 받았다. 그 시절의 핍박이라면, 아마도 자유사상과 관련된 거겠지. 버스 충돌로 사망했다는데, 교통사고로 위장된 건 아닌지 엉뚱한 생각이 떠오른다.

기대와는 달리 골목은 전혀 치장되어 있지 않았다. 높다랗고 오래된 벽돌담에 그를 추모하는 낙서가 이어지다가 중간쯤에 자그마한 그의 사진이 걸려 있었다. 화려한 아르바뜨 거리에 걸맞게 뭔가 예술적으로 치장됐을 거라고 생각한 내가 잘못이었다. 저항정신의 대중 가수라는 이름에 걸맞는 순수함을 전하기 위해서는 돈으로 치장하지 않은 것이 더 맞다. 빅토르 쪼이가 사람들에게 전해주려고 했던 것은 자유와 저항정신이지, 사치나 향락이 아니었다. 좋은 구경을 했다.

33

문화 선진국

니꼴라이와 발레 공연을 갔다. 시내에서 전철을 갈아타는데 니꼴라이는 그곳 지하철이 50년이나 됐고, 전쟁에 대비해 만들었기 때문에 깊이가 아주 깊다고 설명했다. 정말 그랬다. 에스컬레이터에서 넘어지면 아래 바닥까지 구르는 데만도 한참 걸릴 것 같았다. 아마도 핵전쟁에 대비해서 만들었나 보다. 50년 전에 이렇게 만들었다면 아주 잘 만든 것이라는 생각이 들었다.

니꼴라이는 거리를 가다가 걸인이나 불량한 청년들이 보이면 괜히 나를 보고 미안해했다. 마치 자신의 치부가 드러나서 부끄러운 듯이. 오늘도 지하철 안에서 나이든 사람이 볼펜 파는 것을 보고 겸연쩍게 웃었다.

"한국도 여기와 똑같아. 이런 일은 일본에도 있고 미국에도 있어. 미국은 세계에서 제일 빚이 많은 나라야."

신경 쓰지 말라고 했지만 니꼴라이는 동의하지 않는 눈치였다. 그리고는 굳이 러시아가 더 문제라고 한마디 더했다. 사실 그럴지도 모른다. 그러나 난 이곳 사람들이 외부세계에 대해 모르는 게 너무 많다는 생각이 들었다. 니꼴라이도 그렇고, 두냐 일당도 그렇고….

붉은광장 옆에 있는 극장 '러시아'에 갔다. 1등석은 1500루블인데 우리는 2층에 있는 300루블짜리 좌석에 앉았다. 시력이 나쁜 내게는 너무 먼 자리였지만 어쩔 수가 없었다. 아니, 그렇게라도 구경할 수 있던 게 다행이지, 언제 다시 볼 수 있을지도 모르는데.

우리가 관람한 발레공연 〈스파르딱〉은 로마시대 스파르딱이라는 노예 검투사가 로마에 대항해서 반란을 일으키는 내용으로, 해설서를 읽지는 못했어도 대충 내용을 짐작할 수 있었다. 다만 원작이 원래 그런 것인지, 아니면 연출자가 의도적으로 더 부각시킨 것인지 몰라도 부분적으로 상당히 외설적이라는 느낌이 들었다. 발레 복장이야 원래 몸에 바싹 달라붙어 어쩔 수 없지만, 선정적인 부분에서는 얼굴이 화끈거렸다. 관객들은 어땠는지….

관람을 마치고 나오는 데, 관객들이 로비에 길게 줄을 서서 자신의 외투를 찾고 있었다. 나와 니꼴라이는 점퍼에 가방을 맨 차림이었지만, 그들은 모두 정장에 외투를 입고 와서 데스크에 외투를 맡기고 공연을 봤다. 소득 수준이 어떤가를 떠나서 그들의 문화에 대한 예의를 알 수 있을 것 같았다. 많은 사람들이 한꺼번에 복도로 밀려 나왔지만 전혀 소란스럽지 않았다. 이들은 문화 선진국민이었다. 괜스레 내 복장에 미안한 생각이 들었다.

34
선생님의 경제생활

9월 말경부터 날씨가 꽤 추워졌다. 우리 나라라면 화려한 가을 산행의 계절이겠지만, 여기는 또 한 번의 혹한에 성큼 들어선 시점이다. 파카가 가방에서 나와 옷걸이에 걸린 지 꽤 됐다. 이른 아침에 창가에 서서 밖을 내다보면, 기숙사로 출근하는 사람들이 두툼한 옷에 장갑을 끼고 종종 걸음으로 들어오는 게 보인다. 여름이 정말 짧다. 벌써 겨울이다.

언젠가부터 아침나절에 차를 마시면서 밖을 내다보다가 선생님이 기숙사에 도착 하는 게 보이면 그때서야 나도 방을 나섰다. 그래도 항상 내가 먼저 교실에 도착해 모범학생인 척 책 읽는 시늉을 내며 시침을 뗀다. 하긴 난 모범학생이다. 두냐 일당의 도움으로 숙제를 또박또박 해 가기도 했고, 예습에도 충실해서 수업을 따라 가는데 별로 지장이 없다. 요즘엔 나보다 러시아어를 잘하는 중동친구 눌리가 선생님의 타깃이다. 숙제를 잘 안 해오기도 했지만, 최근에 몇 번 수업에 빠져 미움을 산 것 같다.

며칠 전, 교실에 들어 온 선생님이 손이 곱은지 호호 입김을 불고 있는 것이 보였다. 다른 선생님들은 장갑 끼고 가방도 들고 다녔는데, 우리 선생님은 가방도, 장갑도 없는 것 같았다. 안쓰러운 마음에 무엇이든 마련해드리고 싶었지만, 그렇다고 무턱대고 드릴 수는 없는 노릇이었다. 그러던 중 마침 10월 첫째 토요일이 '스승의 날'이라는 것을 알고 쇼핑센터에서 가방을 하나 샀다. 편히 선물할 수 있는 좋은 기회라 생각하고, 선생님 댁을 방문하고 싶다고 했더니 기꺼이 초대해 주셨다.

선생님 댁은 대학 뒤편 동네인데, 캠퍼스가 넓다보니 버스를 타고 한참을 돌아야 했다. 버스정류장에는 니꼴라이가 허리가 길고 다리가 짧은 닥스훈트를 데리고 놀고 있었다. 귀가 늘어져 땅에 끌릴 듯했고, 허리가 얼마나 긴지 몸길이가 1미터는 되는 것 같았다. 그렇게 큰 닥스훈트는 처음 봤다. 니꼴라이는 개와 장난을 치면서 뛰거니 걷거니 했다. 하루에 두 번씩 밖에 데리고 나오는 습관 때문에 비가 와도 나온다고 했다.

아파트 단지 내 낙엽 쌓인 도로를 한참 지나 선생님 댁에 도착했다. 선생님이 반갑게 맞아주셨다. 아파트는 종덕의 집과 구조가 같았다. 방 두 개에 부엌, 화장실, 목욕실. 문득 이고르 아저씨가 했던 얘기가 생각났다. 이곳 아파트는 성냥갑처럼 미리 구조를 만들었다가 아파트 부지에 탑을 쌓는 형식으로 짓기 때문에, 같은 공장에서 생산한 틀로 지으면 모두 구조가 같아진다는 거다. 종덕과 선생님 댁을 보니 그 말이 맞는 것 같다. 서로 동네가 전혀 다른데도 크기와 구조, 내부 설치물이 아주 똑같았다. 그렇게 지으면 주택에 의한 빈부 격차는 안 보일 것 같다. 물론 빈부격차를 없애려고 그런 방식으로 집을 지은 건 아니겠지만, 하여간 기발하다. 우리나라에도 그런 주택이 있다는 말은 들었는데 여기서 처음 보았다. 그러나 엉뚱한 문제도 발생하는 것 같다. 어떤 아파트들은 멀리서 보면 약간 삐뚤삐뚤하게 쌓은 것처럼 보였다. 볼 때마다 그게 눈에 거슬렸다. 화장실 배관은 제대로 이어져 있는 건지….

카펫이 깔린 큰방에는 TV와 소파가 있고, 작은방은 니꼴라이 방이라는데 컴퓨터와 자전거가 있었다. 희한하게도 양쪽 방 모두에 침대가 안 보였다. 어디에서 어떻게 자는지, 집기가 놓인 형태로는 알 수가 없었다. 간이침대를 쓰는 건지.

선생님은 무척이나 솔직하셨다. 물가는 우리나라와 비슷한데 월급은 한화로 30만 원 정도란다. 한 달을 살기 위해서는 주식인 감자와 버스표를 미리 사놓고, 가끔 담배를 사면 끝이라고 했다. 니꼴라이는 어린 시절에 7년간 수수만 먹였더니 지금은 수수 냄새만 맡아도 머리를 절레절레 흔든다고 했다. 무슨 얘긴지 이해가 간다. 선생님은 자신들이 어렵게 생활하는 것을 다소 부끄러워했다. 사실 부끄러워할 일은 미래를 위해 노력하지 않는 것인데, 그들은 지금 미래를 위해 열심히 노력하고 있지 않은가. 안타깝다는 생각이 들었다. 그걸 시원히 설명을 할 수 있었다면….

선생님이 직접 저녁식사를 만들어 주셨다. 내가 쌀을 주식으로 한다는 것을 고려해서 일부러 쌀밥을 준비한 것 같았다. 치즈 섞인 밥에 쇠고기와 버섯으로 만든 소스를 주셨는데 맛이 괜찮았다. 다른 반찬 없이 먹는 건 허전했지만 그나마도 나 때문에 돈을 쓴 게 아닌지 미안한 생각이 들었다.

"선생님, 스승의 날을 축하합니다…."

식사가 끝나고, 등가방에 넣어온 비닐봉투를 꺼내 기념 선물이라고

드리자 예상치 못한 듯 많이 놀라셨다.

"오… 정말 고마워…."

선생님은 선물이 상할세라, 손톱 끝으로 조심조심 포장을 끌렀다. 가방인 것을 확인하고 다시 고맙다고 하면서 기쁜 표정으로 이리 저리 살펴보았다. 혹시나 젊은 디자인을 좋아하실까 해서 빨간색으로 고른 가방이었다. 책 몇 권은 충분히 들어갈 크기였다.

"가방이 너무 예뻐서… 이담에 니꼴라이 색시한테 줘야겠네…."

선생님은 가방을 가슴에 꼭 안았다가 이내 다시 포장을 했다. 그게 아닌데… 난감했다.

"선생님… 그게 아니라 —"

"괜찮아, 난 저렇게 좋은 거 없어도 돼… 정말 고마워…."

나이든 다른 사람들이 들고 다니는 걸 보고 분위기를 비슷하게 맞춰 고른 건데, 너무 젊은 색이었나? 선생님을 말릴 수가 없었다.

선생님은 고향에 조그마한 자동차와 다차가 있다고 하셨다. 다차는 러시아 사람들이 좋아하는 시골 사우나다. 증기탕에서 후끈하게 땀 흘리고 자작나무로 등을 두들기다가 못 견디게 더우면 눈밭에 뒹굴어 열기를 식힌다. 러시아를 소개하는 책에서 자주 봤다. 재미있을 것 같아 나도 해보고 싶지만 기회가 없을 것 같다. 선생님은 얘기 도중에 지금은 니꼴라이와 아파트에서 둘이 살고 있지만, 은퇴하면 집을 반납하고 시골 고향으로 돌아간다고 했다. 은퇴가 멀지 않았나 보다. 니꼴라이의 미래 때문에 그런 건지, 아니면 자신의 노후 때문에 그런 건지, 왠지 쓸쓸하고 기운이 없어 보였다.

니꼴라이는 선생님이 없는 자리에서 자기 아버지 얘기를 했다. 모스크바 시내에 살고 있는데, 집도 크고 엄청 부자란다. 자기 방에 있는 자전거와 컴퓨터도 아버지가 사준 거라고 자랑했다. 그런데 왜 양육비도 안 보내주고 7년간 수수만 먹게 했는지 모르겠다. 이혼을 한 이유는 모르겠지만, 시내에 있다면 지금도 니꼴라이를 도와줄 수 있는 게 아닌지 의문이 들었다.

개가 와서 니꼴라이에게 비벼대자 화제가 개로 돌아갔다. 그렇게 큰 개를 아파트에서 키우는 게 정말 놀랍다. 선생님이 한국 사람들의 개고기 먹는 풍습에 대해 얘기했다. 난 웃으며 그런 풍습이 있다고 했다.

"프랑스의 브리짓 바르도가 우리나라 사람들 개고기 먹는 걸 비난한 적이 있어요."

난 한술 더 떠서 88올림픽 직전에 브리짓 바르도가 한국을 비난했던 얘기를 보탰다. 그리고 여기 택시 기사들로부터 한국 사람들이 정말로 개를 먹느냐는 질문을 여러 번 받았다고 하자 선생님과 니꼴라이가 한참을 웃었다.

어떤 사람들은 개고기를 먹는데 난 그 사람들을 비난하지 않는다고 했다. 상대가 나와 뜻을 같이하지 않는다고 해서 무조건 상대를 비난할 수는 없다. 그러면서 우리 집에도 아주 작은 강아지가 있다고 했더니 선생님은 우리 강아지와 집을 보고 싶다고 했다. 사진을 보내라 해서 보여주겠다고 했다. 오랜만에 선생님과 많은 얘기를 하고 기숙사로 돌아 왔다.

늦은 밤에 성민이 왔다. 유고자빠드늬 맥도날드 상점에서 폭탄 테러가 일어났다는 것이다. 이렇게 조용하고 한적한 변두리 동네에 뭘 호소할 게 있다고 폭탄 테러가 일어나는지 답답했다. 무고한 사람들이 얼마나 다쳤을까 안타까웠다. 그렇지 않아도 밤만 되면 유고자빠

ㄷ늬와 빌랴예보간 대로에서 총소리가 자주 나기에 '정말 총소린가?' 하고 의아한 적이 여러 번 있었다. 창문을 열고 들어보면 아주 가깝게 들렸다. 소리가 나는 형태로 봐서 차를 타고 가면서 총을 쏴대는 것 같았다. 영화에서처럼 앞차, 뒤차가 총격전을 벌이는 건지도 모르겠다. 경찰은 뭐하는지, 그들이 엉터리라는 얘기는 이미 들었지만 정말 이렇게 뻔질나게 총소리가 나도 되는 건지 모르겠다.

얼마 전에 마피아가 모스크바 시내에 있는 한인교회 목사에게 러시아를 떠나라고 협박해서 목사가 심한 곤경에 빠졌다는 얘기를 들었다. 러시아 마피아는 조폭 세계 자존심도 없나? 도대체 목사에게 싸움을 걸어야 할 정도로 싸움 상대가 없는 건지, 아니면 아예 상대를 가리지 않는 건지. 길거리 개도 생각이 깊은 것처럼 보이는데….

35

팜므 파탈의 그녀

날씨가 정말 추워졌다. 특히 밤이 되면 창문을 닫았는데도 틈 사이로 밀려들어 온 바람에 이따금 커튼이 흔들거렸다. 환기 시키려고 창문을 열면 마치 기다렸다는 듯이 찬바람이 밀려들어 와 추운 게 아니라 등이나 팔에 통증이 느껴졌다. 혹시나 음식을 바꿔 먹어서 감각이 잘못된 건가 싶어, 아픈 건지 차가운 건지 구별해 보려고 했지만 내 몸인데도 잘 모르겠다. 러시아의 겨울을 이렇게 이상한 느낌으로 맞게 되는 것 같다.

기숙사 주방은 취사장 겸 식당이다. 식탁과 의자가 있어서 외부인 누구라도 오가다 차를 마시거나 담배를 피울 수 있는 유일한 공간이다. 학기 초에 주방에서 자주 만나던 외부 사람으로 예브도끼아가 있다. 삼십대 중반으로 어학원 여선생인데, 수업이 없는 시간에는 늘 주방에서 차를 마시고 담배를 피웠다. 처음에는 그녀의 담배 피우는 모습에 거부감이 일어 다가가기가 꺼림칙 했으나, 어학원 선생이라는 것을 알고 나서부터는 부담 없이 도움을 청했다. 그녀 또한 자신이 어학원 선생이라는 소속감 때문인지 친절히 가르쳐 주었는데, 나에게만 호의를 베푼 건지 어쩐지는 잘 모르겠다.

요즘엔 그녀에게 묻지 않는다. 그녀도 안다. 내가 두냐 일당과 가까이 지내고 있으며, 그래서 자기에게 의지하지 않고 두냐 일당에게 내려가고 있다는 것을. 미안한 마음이 있는 건 사실이다. 어쩌다 주방에서 마주치면 서로 인사하는데, 식탁에 앉아서 날 쳐다보는 그녀의 눈매 끄트머리가 예전과 확연히 달라졌음을 느낀다. 한 팔로 턱을 괴고, 눈을 깜박이면 그녀의 속눈썹이 얼마나 긴지 충분히 알 수 있을 정도로 올려다보았다. 마치 나와 마주치기를 벼른 것처럼.

그녀는 내가 계속 자신에게 공부를 묻다가 개인교습 선생님이 되어 달라고 부탁하길 기대했던 것 같다. 적지 않은 나이와 출중한 미모, 그리고 선생님이라는 공인된 자격, 언제나 자유로운 기숙사 출입 등 모든 점에서 개인교습 선생님이 될 조건을 갖추고도 남았지만, 시간이 지나면서 그녀에게서 팜므 파탈의 그림자가 어른거리고 있음을 불현듯 의식하게 됐다. 생김새는 달라도 마치 말레나의 모니카 벨루치 같은 분위기. 접촉 횟수가 늘어날수록 더 이상 가까이 했다가는 생활을 온전히 보전하지 못할 것 같다는 막연한 생각이 들었고, 내 마음속에 방어기제가 작동하고 있음을 느꼈다. 그리고 팜므 파탈이라는 단어를 떠올리게 됐다.

언젠가 스베틀라나 선생님이 내 숙제를 보고 누가 도와줬냐고 묻기에 예브도끼아가 도와줬다고 하니까 고개만 끄덕일 뿐, 평소와는 달리 잘했다고 못했다고도 하지 않고 아무 말 없이 노트를 돌려 주었다. 분명히 말을 아끼고 있었다. 선생님의 침묵 행간에 '금지된 영역을 넘고 있다'는 의미가 엿보였다. 순간적으로 예브도끼아에 대한 나의 느낌과, 선생님의 침묵이 같은 레일 위를 굴러가고 있다는 생각이 들었

다. 두냐 일당에게는 그녀들의 도움을 받아서라도 숙제를 해보라고
했었는데….

저녁에 매점에 가려고 방을 나섰다가 복도에서 예브도끼아를 만났
다. 그녀는 이동식 온풍기를 들고 내 방과 붙어 있는 옆방으로 들어갔
다. 그 방은 기숙사에서 유일하게 거실이 따로 있는 고급 객실이다.
숙박비가 내 방의 두 배로 비싸다. 평소에는 사용하는 사람이 거의 없
다가 가끔 멀리서 온 높은 사람들이 하루, 이틀 정도씩 단기로 사용하
는 방이었다. 그녀가 온풍기를 들고 그 방으로 들어가기에, 오랫동안
비어 있어서 썰렁해서 그런가보다 했다. 난 가볍게 목례만 하고 지나
쳐 1층 매점에서 계란을 사가지고 올라 왔다. 할 일이 많아 식사를 길
게 할 여유가 없어서 급히 라면을 끓였다. 마지막으로 계란을 넣고,
다시 끓기만 하면 먹으려 했다.

아… 예상치 못한 문제가 발생했다. 너무 충격적이어서 라면을 먹
을 수가 없었다. 옆방과 벽이 너무 얇다는 것은 이미 알고 있었다. 그
방에서 방귀를 뀌면 소리가 내 방까지 다 들렸다. 누군가 한국말로 얘
기한다면 내용을 파악할 수 있을 정도였다. 그런데 갑자기 그 방에서
그녀의 교성이 들려온 것이다. 너무나 생생히. 그녀의 입에서 흘러나
오는 격한 신음소리와 몸과 몸이 부딪히는 소리, 침대가 격렬히 삐걱
거리는 소리가 들렸다. 너무나 생생해서 마치 내가 그녀의 행사장 바
로 옆에 서 있는 것 같았다. 머리카락이 쭈뼛 서고 몸이 뻣뻣하게 굳
어버렸다. 어쩔 줄 몰라 자리에 멍하니 앉아 있었다. 이제까지 그 방
에는 간혹 늙수그레한 신사나 후덕한 교장선생님 같은 할머니 교육관
계자들이 하루씩 묵고 가긴 했지만 이런 일은 있지도 않았고, 기숙사
에서 이런 일이 벌어지리라곤 상상도 하지 못했다. 게다가 출입도 까

나로운 외국인 선용 기숙사에서 도대체 누구와?

라면을 먹겠다고 상 위에 젓가락을 톡톡거리거나 후루룩 소리를 낸다면 그들도 다 듣게 될 것이 분명했다. 바보가 아니라면, 나 역시 자신들의 소음을 모두 들었다는 것을 알게 되겠지. 서로 불편해지는 거다. 나도 모르게 숨을 죽였다. 조만간 멈출 기미가 보이지 않아 더 이상 방에 있을 수가 없었다. 빌어먹을 날림 기숙사. 일단 방을 나가야겠다는 생각에 냄비 뚜껑을 살며시 닫고 조용히 옷을 꺼내 입었다. 뭔 소음이라도 날세라 살며시 문을 잠그고 1층 알라딘 레스토랑으로 내려갔다. 초저녁. 해는 이미 졌지만 시간은 여섯 시도 채 안됐다.

그녀는 옆방에서 소리가 다 들린다는 사실을 알고 있나? 혹시 아까 복도에서 내가 나가는 것을 보고 내가 방에 없으리라 생각한 걸까? 아니면 나 들으라고 일부러 그런 건가? 상대는 누구지? 외부인은 수업 받는 학생과 선생들만이 자유롭게 들어올 수 있고, 그 외 사람은 신분증을 내고 허가를 받아야만 출입이 가능한데 무슨 명분으로 기숙사를 방문한 사람인가? 이혼녀라니 남편은 아닐 거고, 교육 관계자? 아니면… 고객?

머리가 혼란스러웠다. 이곳의 모든 것을 신기하고 재미있다고 느꼈었는데, 오늘은 어처구니없는 일을 당했다. 그런데 그게 내가 피할 일이었나? 그녀는 내가 피한 거나 알고 있나? 생각해보니 내 행동도 우스웠다.

시간이 꽤나 지나 지금쯤은 끝났을 거라 생각하고 식당을 나왔다. 주방에서 웃음소리가 들렸다. 순간적으로 웃음의 주인공이 예브도끼아라는 것을 알았다.

'주방에 있군.'

남자가 누군지 궁금했다. 예브도끼아와 얼굴이 마주치면 모르는 척 인사하고 지나리라 생각하고 주방 쪽을 흘깃 봤다. 그녀는 복도를 등진 채 담배를 피우고 있었고, 그녀 앞에는 50대쯤으로 보이는 뚱뚱한 사내가 앉아있었다. 처음 보는 사람이었다. 기숙사 관계자는 아니었다. 키를 돌려 방문을 열면서 문 여닫는 소리가 그녀에게 들릴 거라는 생각이 들었다.

내가 기숙사에 들어오기 얼마 전에 한국 남학생 하나가 기숙사에서 투신자살 했다는 말을 들은 적이 있다. 어린 한국 남학생이 개인교습을 해주던 러시아 여학생과 동거를 했는데, 어느 날 그 여학생이 '친구가 파티에 오라는데 가도 되냐'고 물어 그러라고 했단다. 문제는 그 파티가 우아하게 와인 마시고 왈츠 추다가 얌전히 돌아오는 파티가 아니었다. 그녀는 그곳에서 한 남자와 눈이 맞았고 그와 사랑을 나눴다. 이곳의 관습상 사랑의 흔적을 꽁꽁 감출 필요를 느끼지 못한 여학생은 대충 마무리하고 귀가했는데, 한국 남학생이 그걸 알았다. 남학생이 추궁하자, 여학생은 파티에 가도 된다고 허락을 받고 갔기 때문에 자신은 아무 잘못이 없다고 주장했단다. 한국식 지조와 절개를 생각하던 남학생은 여학생이 자신을 배신했다고 좌절해서 고민하다가 떨어져 죽었다는 것이다.

우리의 정언명령 목록에는 정조나 지조라는 단어가 있다. 물론 요즘시대에도 그런 단어를 지켜야 하냐 마냐 해서 서로 비난하기도 하고, 죽네 사네 하기도 하지만, 그래도 유교전통의 그늘 아래서 아직은 우리의 머릿속 어딘가에 그 단어의 흔적이 남아 있다. 그래서 우리네 정서로는, 파티에서 누군가를 만나 몰래 사랑을 해야 했다면 사랑의 흔적을 최대한 지워야 한다. 특히 두 눈 멀쩡하게 뜨고 집에서 기다리고 있는 상대가 있다면 너욱 그렇다. 살을 섞은 흔적이 남아 있느냐 없느냐는 생존이 걸린 문제가 될 수도 있다.

마찬가지로 이곳에도 똑같이 정언명령은 있다. 그러나 우리와는 개념이 좀 다른 것 같다. 아니, 당연히 다를 수밖에 없다. 생존 환경이 완전히 다르다. 우리 정서가 사막이나 밀림지역의 정서와 같을 수가 없는 것처럼, 이곳과도 같을 수가 없다. 그 여학생이 사랑의 흔적을 감출 필요가 없었던 건 그 또한 여기 나름의 문화인데, 그 문화를 모르고 고민하다가 죽었다면 죽은 사람만 억울한 거다. 할례하는 나라에서 태어났다면 할례를 해야 하고, 코를 뚫는 나라에서 태어났다면 코를 뚫는 게 당연한 것이다.

어쨌거나 오늘 예브도끼아의 일은 이해한다. 세상에 처음 있는 일도 아니고, 단지 예상치 못한 일이 벌어져서 놀랐을 뿐이다. 그래도 예브도끼아와 가까이 지내지 않게 된 건 다행이다. 나 같은 정서로는 그녀를 감당하지 못한다.

36

우울한 날씨는 신의 선물인가?

 러시아 사람들이 해를 좋아하는 이유를 충분히 알 것 같다. 며칠째 해가 없다. 열흘? 아니, 보름도 넘은 것 같다. 한국에서 매일 건강한 햇빛을 보고 살다가 이렇게 긴 우울한 날씨를 보니 정말 멀쩡한 사람도 돌겠다는 생각이 들었다. 그러나 사색과 고독을 즐기기에는 오히려 좋은 날씨다.

스베틀라나 선생님은 세계적으로 유명한 푸시킨이나 톨스토이, 조건반사로 유명한 파블로프 박사 등이 모두 러시아 사람이라고 자랑했다. 그러나 달리 생각해 보면, 흐린 날씨에 밖에 나가 놀 수 없기 때문에 집에만 있다가 인류사적인 업적을 이루었는지도 모른다. 적도 지방의 더운 날씨에 방안에 처박혀 연구만 하기는 어려운 일이 아닌가. 우울한 날씨 덕분에 대단한 업적을 남기게 되었다면 그런 날씨를 신의 선물로 봐야 하는가? 고맙다고 경배를 드려야 하는 건가? 모르겠다….

아침에 인도친구 프라산이 교실에 들어오자마자 시내에서 테러가 일어났다고 흥분해서 말했다. 시내 발레극장에서 체첸반군들이 민간인들을 인질로 잡고 군과 대치하고 있단다. 수업 시간 내내 뒤숭숭했다. 1교시가 끝나고 우르르 방으로 몰려와 TV를 켜니 한 영국인 중년 여성이 울면서 인터뷰하는 장면이 나왔다. 가족이 인질로 잡혀 있나 보다. 공연 보러 왔다가 이게 웬 날벼락인가. 인터뷰 배경에는 극장을 둘러싸고 있는 중무장한 경찰과 군인이 보였다. 상황이 심각했다. 인질도 많고 테러범도 많단다. 앞으로 무슨 일이 벌어질지… 누군가는 죽고, 누군가는 다치겠지. 도대체 어쩌자는 건가?

기숙사 구내에서 덤프트럭이 검은 흙을 내리는 것을 봤다. 흙 색깔이 완전히 짙은 초콜릿색이다. 겨울이 되기 전에 잔디밭에 뿌려주려는 거다. 그렇게 색깔이 예쁜 부엽토는 처음 봤다. 서울에서는 그런 흙을 비싼 값을 주고 사는데 모스크바는 인근에 널려 있단다. 정말 부럽다. 이들 말에 의하면, 세계적으로 토질이 제일 좋은 곳은 중앙아시아 지대란다. 그곳에서 최상품의 채소가 나오는데 안타깝게도 모스크바까지 운반할 수단이 없어서 어쩔 수 없이 유럽에서 사온다고 했다. 얼마나 어처구니없는 일인가. 토질이 좋아 최상품의 채소가 생산되지만 운반할 수단이 없어서 비싼 돈을 주고 유럽에서 사온다니….

주방에서 두냐를 만났다. 빅토르가 왔다고 저녁식사 후에 자기네 방으로 오라고 했다. 이제 빅토르가 왔다는 말이 반갑게만 들리지는 않았다. 오늘도 빅토르와 마샤가 살갑게 구는 걸 봐야 하는 건지. 그건 정말 싫은데….

"쁘러하지(들어와) 노마."

내가 노크를 하자 리따의 목소리가 들렸다. 어떻게 난 줄 알았느냐고 물었더니, 자기네 방엔 여자들만 있는데도 노크하고 들어오는 사람은 오직 나뿐이란다. 모두 웃었다. 두냐는 애들처럼 침대 위에서 펄

쩍펄쩍 뛰면서 나를 교양 있는 사람이라고 추켜세웠다.

　방에는 못 보던 남자가 있었다. 빅토르가 온 줄 알고 내려간 건데 아니었다. 리따가 경위를 설명했다. 같은 하샤뷰르트 출신으로 고향에서는 모르고 지냈지만 우연히 대학에서 만났고, 우리 기숙사 7층에 살고 있어서 반가워서 놀러오라고 했다는 거다.

　서로 인사했다. 그의 이름은 안톤 토샤. 그는 내가 러시아어보다 영어를 더 잘한다는 사실을 알고 영어로 말했다. 그의 영어는 많이 부족했지만, 그래도 그 정도 실력이면 두냐 일당 앞에서는 손색이 없을 듯 보였다. 두냐 일당은 학교에서 영어를 배우지 않아서 잘 모른다. 토샤는 내게 많은 얘기를 했다. 마치 새로 전학 온 학생이 자기 짝에게 자신을 잘 소개하려고 애쓰는 것 같았다. 내가 그녀들과 함께 기숙사에 살고 있으니 나를 두냐 일당의 남자 일원으로 생각했나 보다. 영리해 보였는데, 특히 눈에 생기가 돌았다.

37

실내 수영장에서

모스크바의 수영장은 대부분 깊다. 올림픽 수영장은 깊이가 6m이고, 최근에 만들어진 수영장도 깊은 곳은 3m나 된다. 올림픽 수영장은 깊어서 바닥이 잘 안 보인다. 수영 경력이 10년도 넘었지만 쥐라도 나면 죽을 수도 있다는 생각에 레인 가운데쯤에서는 다리가 후들거렸다. 보험을 들 만하다.

러시아 사람들은 기본적으로 몸이 물에 뜬다. 그래서 수영 강습을 받지 않고도 쉽게 평영을 하는데 영법은 정확하지가 않다. 팔다리를 젓는 것은 평영처럼 하는데 머리를 물속에 넣지 않는다. 이곳 사람들은 빵을 먹고 사는 자기들은 골밀도가 낮아 물에 뜨고, 상대적으로 쌀밥을 먹고 사는 우리는 골밀도가 높아서 가라앉는다고 말한다. 실제로 그런 이유에서 골밀도가 달라지는 건지, 골밀도가 낮다는 것은 골다공증을 의미하는 것 아닌가? 분명 둘 중 누군가는 잘못 알고 있다.

여하튼 그들은 몸이 물에 떠서 애고, 어른이고 쉽게 수영은 하지만 영법을 지켜가며 수영하는 나를 보고 신기해한다. 니꼴라이가 제대로 수영을 하고 싶다고 해서 가르쳐 주려했는데 물속에 머리 넣는 것을 너무 힘들어 해서 포기했다.

러시아 사람들은 자원 환경뿐만 아니라 신체 구조에서도 축복 받은 사람들이다. 머리를 물속에 넣고 수영을 하다 보면 앞이나 옆 레인에서 수영하는 사람이 보인다. 흔히 느끼는 거지만, 이 나라는 신체가 아름다운 여자들이 정말 많다. 한 번은 옆 레인에서 수영하는 여자 몸매가 너무나 예뻐서 몇 번을 쳐다봤다. 흔치 않게 예쁜 몸매라고 생각하던 중에 우연히 그녀의 얼굴을 보고 물을 먹을 뻔할 정도로 놀랐다. 할머니… 도수 높은 돋보기를 쓰고, 머리가 하얗게 센 60세도 훌쩍 넘겨 보이는 할머니였다. 60대 할머니 몸매가 20대보다도 더 예쁘다니, 신의 축복을 받았다고 할 수밖에 없었다. 설마 20대 여성인데 얼굴이 60대로 늙은 건 아니겠지….

이곳에서 실내 수영은 아직 대중화된 스포츠가 아니다. 경제적으로 여유 있는 사람들만 온다는 트란스발빠르크라고 해도 수영장 상식이 지켜지지 않을 때가 있다. 오늘도 계속 턴하면서 수영하고 있는데 20대 중반 쯤으로 보이는 젊은 남녀가 들어왔다. 이 여자는 실내 수영장에서 어떤 수영복을 입어야 예의라는 것을 충분히 모르는 듯 싶었다. 야외도 아닌데 T팬티다. 사실 수영복인지 팬티인지도 알 수 없었다.

'저러면 안 되는데….'

그 커플은 망설임 없이 바로 내 옆 레인으로 들어왔다. 그들도 다른 러시아 사람들과 마찬가지로 머리를 내놓고 평영을 했다. 그들의 속도가 너무 느려 상대적으로 속도가 빠른 내가 그들을 추월하게 되는 경우가 계속 발생했다. 평영을 하든 자유형을 하든, 머리를 물속에 담글 때마다 그 여자를 쳐다보게 되었다. 나 외에는 아무도 물속에 머리를 넣지 않기 때문에 내가 물속에서 뭘 보았는지 들킨 것처럼 느낄 필요가 없었는데도, 그녀의 몸이 너무도 가려지지 않아서 수영하기가 정말 민망했다. 몸매가 예쁘던 아니던 간에 여자 뒤를 쫓아가며 수영하는 것도 민망한데, 하물며 T팬티를 입고 있는 여자의 뒤를 쫓아간다는 건 마치 해서는 안 될 짓을 하고 있는 것 같았다. 몇 번을 턴하다가 찬물임에도 얼굴이 화끈거려 예정보다 일찍 수영장을 나왔다.

38

라커 문이 열렸다

요즘 며칠간 체첸 테러리스트 사건 때문에 나라 전체가 시끄러웠다. 남의 일 같지 않아서 답답하기만 했는데, 새벽에 인질 사건이 진압되었다고 니꼴라이한테서 전화가 왔다. 부랴부랴 TV를 틀어보니 온통 난리였다. 사살된 테러리스트가 남녀 포함해서 서른 명도 넘나보다. 기자는 몇 번이고 진압과정을 상세히 설명해줬다. 말을 제대로 알아듣지는 못했지만 그래픽과 영상자료만 봐도 내용을 이해할 수 있었다.

오전에는 종덕에게서 전화가 왔다. 푸틴이 무력진압을 지시했다는 것이다. 그 때문에 여러 명이 죽거나 다쳤는데, 여기 사람들은 푸틴을 원망하지 않고 오히려 칭찬하는 분위기 일색이란다. 인질 사건인데, 분명히 인질도 희생될 수 있다는 걸 알면서 무력진압을 지시했다면 그건 그리 칭찬 받을 일을 한 건 아니다. 물론 선택할 수 있는 방법이야 많지 않겠지만, 그런 지시라면 훌륭한 지도가가 아니라 누구라도 내릴 수 있다. 그건 그냥 테러리스트와의 전투에 불과하다. 누가 죽던 말던… TV마다 희생자 가족으로 보이는 유럽인들이 방송에 나와 울고불고 인터뷰를 했지만 이미 소용없는 일이다.

가는 데마다 검문검색이 심했다. 오늘도 수영장에 갔더니 보안요원이 내 가방을 열어보라고 했다. 수영도구와 사전만 달랑 들어 있는 가방을 열도록 한 것에 미안해하는 기색이 역력했지만 그들을 충분히 이해할 수 있었다. 나 자신을 위해서라도 수영장이 예외가 돼서는 안 된다. 테러가 일어나 폭탄이 터지고 사람이 죽고 하는데 어쩌겠는가. 어쨌든 무고한 사람들이 다치는 테러는 반드시 없어져야 한다.

여느 때처럼 수영을 마치고 라커로 돌아왔다가 깜짝 놀랐다. 내 라커가 5cm 정도 열려져 있었다. 처음에는 열려 있는 문을 보고도 그게 무슨 사태인지 몰랐다가 잠시 후에 '아차!' 하고 상황을 인식했다. 자물쇠가 강제로 뜯겨졌다. 지갑에 있던 비상금 500루블과 차비로 가지고 있던 50루블, 10루블짜리 지폐가 없어졌다. 카드와 여권은 그대로 있었다. 어렵지 않게 누구의 소행인지 대충 짐작이 갔다.

며칠 전부터 10대 초반의 사내아이 둘이 수영하는 나를 유심히 지켜보는 것을 의식했었다. 그저 다른 아이들처럼 나의 수영하는 모습 때문에 그런가보다 하고 대수롭지 않게 여겼는데, 오늘은 그 녀석들이 수영장에 나타났다가 일찍 나갔다. 그리고는 다른 날과 달리 수영장과 라커를 몇 번 들락날락하는 것이 보였는데, 그래서 그랬구나 하고 생각됐다.

달리 방법이 없었다. 카운터에 신고해야겠다는 생각에 사전을 꺼냈다. 사전 안 훔쳐간 게 천만 다행이었다. 단어를 찾고, 문장을 만든 다음 대충 옷을 챙겨 입고 매니저라는 여자를 만났다. 그녀는 내 얘기를 듣고 엄청 놀란 표정을 지으며 어쩔 줄 몰라 했다. '황당해요? 그래도 당신은 잃어버린 물건이라도 없지…' 말을 편히 할 수 있었다면, 빈정

거리듯이 하고 싶은 말이었다. 매니저는 건장한 남자직원을 대동하고 라커룸으로 들어가 뜯겨진 문을 직접 확인했다. 모스크바에서 제일 좋다는 수영장인데, 어떻게 이런 곳에서 라커 뜯는 절도가 일어날 수 있을까. 복제 열쇠를 써서 연 것도 아니고….

수영장 자체 보안 검색요원도 많고, 입장료가 비싸서 웬만한 사람들은 들어오지도 못한다. 그래서 여기가 다른 어느 곳보다 안전하리라는 생각에서 다닌 건데, 달리 생각해보니 사람들이 많지 않아서 그런 일이 가능했을 수도 있겠다. 시내에 있는 일반 수영장에는 라커룸에 여자 경비원이 상주해 있다. 남자들이 옷을 벗는 곳이지만 나이든 여자 경비원이 책상을 놓고 상주해 있어서 오히려 거기라면 절도가 발생하기 어려울 거란 생각이 그제야 들었다.

"저… 경찰에… 신고할 건가요?"

매니저는 아주 난처하다는 듯이 더듬더듬 말을 꺼냈다. 신고해도 범인 잡기는 쉽지 않다. 누군지 심증은 가지만 물증이 없는데 뭘로 증명하겠는가. 그 녀석들은 분명히 당분간 나타나지 않을 거고, 내 몸 안 다친 것만으로도 다행이라는 생각에 그냥 놔두라고 했다. 경찰에 신고하면 이들이 엄청 힘들어진다는 것을 안다. 물론 나도 불려 다닌다. 신고하지 않겠다고 하자 매니저는 몇 번이나 고맙다는 말을 하면서 직원에게 차를 가져오게 했다. 범인을 잡게 되면 연락을 주겠다고 했지만 기대도 하지 않았다. 신고도 안했는데 무슨 범인을 잡는다는 말인가.

수영장에서 내준 차를 타고 기숙사 부근 대로에서 내렸다. 믿는 도끼에 발등 찍힌다는 말처럼, 안전을 생각해서 선택한 수영장에서 그런 일을 당했다는 게 너무 어이가 없었다. 돈 액수의 문제가 아니라

믿음의 문제였다. 허탈한 심정으로 기운 없이 터덜터덜 걷다가 기숙사 입구에서 두냐 일당과 만났다.

"잘 하고 왔어?"

두냐가 반갑다는 듯이 인사했다. 일당들은 내가 수영장에서 돌아오는 길임을 알고 있었다. 내가 뻔히 일당들을 쳐다보면서도 바로 반응을 보이지 않자 눈치 빠른 두냐가 무슨 일이 있었냐고 물었다. 더듬더듬 정신을 차리고 라커 얘기를 했다. 일당들이 엄청 놀란 표정을 지었다.

"경찰에 신고했어? 얼마나 잃어버렸는데?"

두냐가 가뜩이나 큰 눈을 동그랗게 뜨고 내 팔을 붙들고 물었다. 나머지들도 내 입만 바라봤다.

"괜찮아."

애써 웃음을 보이며 잃어버린 돈은 얼마 안 된다고 염려하지 말라고 했다. 걱정하는 그녀들의 표정을 보니 괜히 얘기했다 싶은 생각이 들었다.

"돈을 조금만 가지고 다녀…."

두냐가 안타까운 표정으로 타이르듯이 말했다. 한 끼 밥을 사먹으려면 일이백 루블은 있어야 하고 돌아다니려면 차비도 그 정도는 있어야 하는데, 그럼 얼마를 가지고 다녀야 해? 많이 가지고 다니든, 적게 가지고 다니든 훔치려는 사람은 당할 수가 없어. 물론 조심은 해야겠지만.

낮일은 까맣게 잊고 있었는데, 저녁 때 두냐와 갈리나가 찐 수수를 한 접시 가져와 괜찮냐고 다시 물었다. 내가 껄껄 웃으며 수수 얘기로 화제를 돌렸다. 식사로 먹는 수수는 처음이었지만 색다른 맛이 있었다. 우리나라에서는 수수경단 말고는 먹어본 적이 없는 것 같다. 이네들은 수수를 쌀밥 하듯이 지어 어떤 때는 생선을, 어떤 때는 소시지를 반찬으로 먹었다.

"아주 맛있는데?"

두냐와 갈리나가 흐뭇한 표정으로 웃었다.

39

갈리나는 춤을 좋아해

내가 공부하고 있는 대학은 미끌루호 마끌라이 거리에 있다. 우리나라도 그렇지만 모스크바에도 크고 작은 거리에 인명이 붙어 있다. 거리명의 당사자인 니꼴라이 미끌루호 마끌라이는 19세기 후반 러시아의 저명한 민속학자이자 여행가라고 한다. 이 거리는 모스크바 남쪽에 위치한 변두리 지역을 지난다. 거주민이 적어서 그런지 가까운 곳에 문화시설이 별로 없어 삭막하다. 뭘 좀 구경하려면 차를 타고 가야 하는데 요즘은 밖에 나가 조금만 머뭇거리면 해가 지기 때문에 멀리 다니기가 불편하다.

시간이 많지 않을 때는 가끔 꼬시긴 거리에 있는 아를료녹 호텔에 간다. 승용차로 20분 정도. '꼬시긴'은 1960년대 소비에트 정권의 각료의장을 지낸 '꼬시긴'이고, '아를료녹'은 '새끼 독수리'라는 뜻이다. 왜 '독수리'가 아니고 '새끼독수리'로 이름을 지었는지는 모르겠다. 이 호텔에는 한국 식당, 슈퍼, 미용실, 오락실, 카지노 등이 있다. 소련이 붕괴되던 혼란 시기에, 운영난에 처해 있던 호텔을 한국인이 임대호텔로 번듯하게 일으켜 세웠다고 한다.

호텔 한국 식당에서 자장면이나 짬뽕을 먹어보면 서울에서 먹던 것과 신기할 정도로 맛이 똑같다. 순대국밥도 너무나 맛이 똑같아 먹으면서 웃음이 난다. 한국 재료를 쓰면서 이 가격을 받으면 남는 게 별로 없을 텐데, 러시아 재료로 이런 맛을 내는 건지 의아한 생각이 든다. 무엇보다도 이 식당이 재미있는 건, 수타로 면 만드는 과정을 주방 통유리를 통해서 그대로 볼 수 있다는 점이다. 서울에서 그 걸 봐온 나도 볼 때마다 재미있는데 러시아 사람들이 보면 얼마나 신기할까.

　호텔 이곳저곳을 돌아다니다가 기숙사로 돌아올 쯤에는 미용실 아줌마가 운영하는 슈퍼에서 국산 양념으로 담근 김치를 산다. 김치는 기쁨이다. 한국 양념으로 담근 김치와 이곳 양념으로 담근 김치는 맛이 완전히 다르다. 물론 가격 차이도 엄청 크다. 보물이라도 되는 양 조심조심 김치 한통을 가방에 넣고 나서, 무슨 반찬이 새로 왔나 냉장고 앞을 기웃거리다가 단무지나 어묵이 보이면 그날은 생일이다. 서울에서는 대접도 못 받던 단무지가 여기서는 김치만큼이나 상전이고, 어묵은 잔칫날 특별식 수준이다. 단무지나 어묵은 비행기로 공수하기 때문에 공급량이 많이 부족해서 도착하자마자 바로 없어진다. 일본 애들까지 언제 단무지가 들어오는지 수시로 묻고 간다는데, 일제 만행을 생각하면 쫄쫄 굶겨야 하지만 단무지 못 먹는다고 굶어죽지 않을 놈들이니 인심 쓰는 척하고 그냥 놔둔다. 이순신 장군님도 나의 우회 전략을 이해하시리라. 김치, 단무지 사고 뭐 먹고 하다 보면 10만 원을 넘게 쓸 때가 종종 있다. 반찬값이 너무 비싸다.

　저녁에 종덕의 아파트에 갔다. 오랜만에 만나 그간 어떻게 지냈는지 이런저런 얘기를 하고 있는데 이고르 아저씨가 왔다. 내가 있는 것을 보더니 잘됐다 싶었는지, 집에서 보드카와 안주를 가져왔다. 소시지,

김지, 생선, 고추장. 세법 그럴듯하게 상이 차려서 즐겁게 한 산 했다.

얼마 전에 베트남 애들이 동네 불량배들한테 두들겨 맞는 사건이 발생했단다. 요즘 심심치 않게 폭력사건이 발생하는데, 주요 대상이 베트남인과 중국인들이다. 불량배들은 베트남인과 중국인들이 러시아로 몰려와 자신들의 일자리를 빼앗았다는 피해 의식이 있어 기회만 생기면 때린다는 거다. 다행히 한국학생들이 맞았다는 얘기는 아직 듣지 못했다. 물론 언제든지 한국학생들에게도 피해가 발생할 수 있다. 난 그들을 어찌 대처해야 하는지 대충은 안다. 그들 앞에서 기죽어 하는 모습을 보이면 부르지 않으려 했다가도 재미로 더 부르는 것 같다. 그래서 저만치 불량배 몇 놈이 건들거리고 있으면 아예 쳐다보지 않고 빨리 가는 게 일 번이고, 두 번째로는 고개를 쳐들고 씩씩하게, 랄라랄라 기운 넘치게 걸어가는 것이다. 그 방법이 어지간히 맞기는 하는 것 같다.

이상하게도 중국이나 베트남 애들은 쳐다만 봐도 기가 죽는다. 길거리에서 우연히 시선이 마주쳤을 때, 눈길을 돌리면 베트남이나 중국 애들이다. 그럴 이유가 없는데, 도대체 왜 그렇게 주눅이 들어 있는지. 혹시나 불량배들이 그걸로 인종을 구분하는 지도 모르겠다.

아저씨는 내가 트란스발빠르크 수영장에 가기 위해 야세네보 버스 정류장으로 걸어간다는 얘길 듣고, 그리로는 절대 가지 말라고 주의를 줬다. 그곳에 스킨헤드 조직 지역본부가 있다는 소문이 나돈단다. 그들은 전후 사정을 가리지 않고 사람을 때리는데 예를 들면, 길 가다가 아무 이유도 없이 갑자기 뒤를 쫓아와서 흉기로 머리를 내려치는 식이다. 피할 재간이 없다. 축구경기장도 가지 말란다. 경기에 열광한 스킨헤드들이 공연히 동양인을 패는데, 특히 자기네 편이 게임에서 지면 더욱더 그런다는 거다. 인생 낙오자들이다.

기숙사로 돌아와 책상을 정리하고 있는데 두냐와 갈리나가 올라왔다. 술 냄새가 나서 미안했다. 술 냄새를 막으려고 손으로 입을 가리는 내 행동을 보고 갈리나가 눈치를 챈 듯 웃으면서 말했다.

"CD플레이어 좀 빌려줘."

"CD플레이어?"

가끔 내가 방에서 노래를 듣고 있으면 주방에서 식사 준비를 하던 일당들이 들어와 노래를 흥얼거리면서 몸을 흔들흔들 했다. 그녀들이 음악을 좋아 하는 건 이미 알고 있었지만, CD플레이어를 빌려달라는 것은 예상 밖의 요청이었다. 못 들어줄 부탁도 아니라서, 알았다고 스피커와 코드를 챙기는데 갈리나가 말을 이었다.

"춤추는데 좋은 CD 좀 줄래?"

"춤?"

내가 눈을 동그랗게 뜨고 반문하자 두냐가 춤추는 시늉을 냈다. 이 시간에 웬 춤? 방에서 춤도 춰? 가지고 있는 CD 중에 만만한 춤곡은 별로 없지만, 그나마도 가장 가까운 걸로 몇 장 골라 건네줬다.

"노마, 같이 내려가자."

두냐가 팔을 끌어당겼다. 점입가경이다. 그네들과 함께 춤을 춘다는 것도 우습지만 춤은 젬병이라 술이 취해 자야한다고 둘러댔다. 갈리나가 실망한 표정을 지었다.

십 분쯤 지났을까? 창문을 다 닫았는데도 밖에서 음악소리가 들려왔다. Ace of Base. 창문을 열고 머리를 내밀었더니 두냐네 방에서 나오는 음악 소리가 맞았다. 아니, 얼마나 크게 틀었기에 저렇게 크게 들리나. 누군가 경찰에 신고해서 CD플레이어 뺏기는 거 아냐? 쟤네들이 오늘 무슨 일이 있었나?

40

리따의 유혹?

같은 음반을 너무 많이 들었는지 요즘엔 책상 위에 있는 CD로 손이 잘 가지 않았다. 러시아 음악과 친해지자는 생각에서 라디오 방송을 틀기는 했지만 뭔가 늘 아쉬움이 있었다. 새로운 음악이 필요하다는 신호다. 바람도 쐴 겸, 유고자빠드늬 음반점에 가려고 길을 나섰다.

멀리 승용차가 오기에 아무생각 없이 손을 들었다. 아, 정말 안경을 다시 하든지… 스르륵, 대형 아우디가 점잖게 내 앞에 와서 멈추는데 이건 아니라는 생각이 들었다. 나도 그렇지만, 번쩍번쩍하는 아우디씩이나 타는 놈이 손든다고 와서 서는 건 또 뭔가? 잔돈이 필요한 거야? 어쨌거나 아무리 차가 좋아도 요금은 많이 못준다. 여러 가지로 미안한 마음에 기어드는 목소리로 말했다.

"유고자빠드늬 뜨릿짜찌!(유고자빠드늬까지 30루블!)"

운전자는 돈에는 관심이 없다는 듯이, 대답할 생각은 않고 무조건 타라고 손짓을 했다. 순간 뭔가 잘못됐다는 느낌이 들었지만 이제 와서 안탄다고 할 수는 없었다. 등에서 가방을 내리고, 좌석에 앉아 조심스레 운전자를 쳐다보았다. 깍두기다. 단번에 조폭이라는 걸 알 수 있었다. 날씨가 많이 추운데도 반팔 티셔츠 차림인 데다가, 근육질의 굵은 팔뚝에는 문신이 그려져 있다. 영락없는 마피아네. 할 말이 없어 조용히 있었다.

"앗 꾸다?(어디서 왔어?)"

운전만 하던 그가 침묵을 깨고 한마디 꺼냈다.

"한국 남한에서 왔습니다."

이들은 한국에서 왔다고 하면 남한인지 북한인지 꼭 한 번 더 물었다. 그걸 알고 미리미리 남한에서 왔다고 대답한 거다. 북한은 이들과 오랜 기간 동맹국이었기 때문에 가깝고, 남한은 작은 나라임에도 세계적인 경제국가로 성장한 것에 감탄하고 있는 바다. 남한에서 왔다는 내 말에 갑자기 밝은 표정으로 웃으며 한국에서 태권도를 배웠다고 태권도 흉내를 냈다. 그리고는 한국이 최고라며 덤으로 엄지손가락까지 들어 보였다. 조금은 안심이 됐다. '최소한 협박이나 납치는 안 하겠구나….'

목적지에 도착해서 주섬주섬 돈을 꺼내려고 하자 필요 없다는 듯이 손을 가로 저었다. 망설였다. 줘야 할지, 말아야 할지….

"됐어, 됐어!"

그는 머뭇거리는 내 태도를 보고 한국말을 써가며 거듭 사양했다. 대형 아우디 탈 자격이 있네… 고맙다고 인사하고 차에서 내리고 나니 나도 모르게 안도의 한숨이 나왔다. 모스크바에서 마피아 같은 사람을 직접 본 건 처음이다. 조폭 영화에서 악당 조연으로 나왔음 직한 인상이었다. 태권도를 배우기는 했나본데, 한국에 대해서 좋은 기억을 가지고 있는 건 분명해 보였다. 다음부턴 정신 차리고 택시를 잡아야겠다.

그레고리안 앨범과 셀린디온 CD를 샀다. 그레고리안 앨범은 가톨릭 성가대 사람들이 팝송을 성가대 식으로 부른 건데, 신비하고 성스러워서 상념을 가라앉히기에 좋았다. 셀린디온 CD는 독립국가연합 지역에서만 한정 판매한다고 러시아 글로 적혀 있었다. 한국에도 똑같은 앨범이 있는데, 굳이 판매 지역에 제한을 두는 이유가 뭔지 모르겠다. Power of Love. 오랜만에 들어서 그런지 가슴이 뭉클했다. 마음이 많이 여려진 건지….

새 CD를 들으며 공부하고 있는데 두냐가 올라와 빅토르가 왔다고 전했다. 이젠 빅토르가 오면 아래층으로 내려가는 게 정례화 된 것 같다. 빅토르는 비상구 앞에서 담배를 피우고 있었다. 그가 두냐 일당과 같은 고향 사람이라 해도 여자애들 방에서 담배 냄새를 풍기는 건 안 된다.

오래 된 가죽 잠바에 허름한 작업복 바지차림의 그는 한 눈에 어렵게 지낸다는 것을 알 수 있다. 다만 야윈 얼굴에도 늘 웃음이 있었고, 말씨가 착했다. 어떤 일을 하냐는 질문에 그냥 시내에서 일한다면서 말을 피했다. 편치 않은 직장인가 보다. 이런저런 얘기를 하다가 맥주 한 병 사오겠다고 매점으로 내려갔다. 그를 위로할 수 있는 일이란 그런 정도였다.

맥주 몇 병을 양손에 들고 문을 두들기자 누군가 문을 빼꼼히 열다 말았다. '누가 문을 열어주다 마나… 왜 그러지?' 어깨로 문을 밀자 문 뒤에서 리따가 슬며시 나타났다.

"보여줄까~ 말까?"

그녀는 브래지어도 안한 잠옷 차림으로 잠옷의 가슴 언저리 깃을 잡고 펼쳤다 접었다를 반복하면서 장난스럽게 말했다.

"필요 없어!"

갑자기 그런 짓을 왜 하는지, 당황해서 그녀를 밀고 들어가자 놀리는 게 재미있다는 투로 바싹 다가와 말했다.

"보고 싶지? 솔직히 말해 봐~"

그녀는 맥주병을 들고 있는 내 팔을 잡아끌며 놀려댔다. 옆에 있던 두냐가 깔깔거리면서 보고 싶을 거라고 맞장구쳤다.

"보고 싶지 않아!"

피식 웃으며 맥주잔을 찾는 척 했다.

며칠 전 저녁식사 후에 숙제 때문에 일당 방에 내려갔다. 이들은 식사를 마치고 설거지를 하거나 방 정리를 하느라고 분주했다. 난 큰방 침대위에 걸터앉아 TV를 보면서 누군가 도와주기를 기다렸다. 두냐 일당은 모두 잠옷 차림이었다. 언제부턴지 이들은 내가 내려갈 만한 초저녁 시간에도 편하게 잠옷을 입고 있었다. 두냐는 단추가 없는 긴 원피스, 갈리나는 항상 청바지, 마샤와 리따는 앞트임으로 단추가 7~8개는 달린 원피스 잠옷 차림이었다. 처음에 이런 차림을 봤다면 늦은 시간에 왔다고 생각해서 인사하고 바로 나갔을 것이다. 그러나 서로 친숙하게 되자 그들의 복장이 조금씩 편하게 변했고, 나도 이런 차림에 조금씩, 조금씩 익숙해져서 요즘에는 거의 의식하지 않고 지냈다.

먼저 할 일을 마친 리따가 TV를 보고 있던 내 옆에 앉으며 뭘 모르겠냐고 물었다. 리따가 다른 사람보다 먼저 나서서 가르쳐 주는 건 없던 일이다. 대개는 두냐가 먼저 달려들고 마샤가 마무리 짓는 형식이었다. 먼저 나서주어 고맙다는 생각에 책을 펴들고 모르는 부분에 밑

줄을 그었다. 머리를 들이밀고 리따의 설명에 귀를 기울이고 있는데 어느 순간엔가 그녀의 물컹한 가슴이 내 어깨에 닿았다. 깜짝 놀랐다. 미안한 생각에 슬며시 그녀의 가슴을 피했다. 그녀가 의식하지 않게 피하고 싶었다. 내가 너무 집중하고 있었구나… 다시 설명에 몰두하고 있는데 잠시 후에 또 닿았다. 그 순간, 내가 설명에 집중해서 그런 게 아니라 그녀가 일부러 대고 있다는 걸 알았다. 분명히 떨어져 얘기할 수 있었는데도 슬며시 다가와 닿았다. 얼굴이 달아오르는 게 느껴졌다. 공부보다도 난처함에서 벗어나고 싶은 생각이 먼저 들었다. '얘가 왜 이러지?' 설명은 이해하지도 못한 채, 그녀의 말이 끝나기를 기다렸다가 책을 챙겨 일어서려 했다.

"아냐, 다시 자세히 설명해줄게."

리따는 나를 끌어당겨 다시 자리에 앉혀놓고 책상에서 연필과 메모지를 가져왔다. 그리고는 자기의 허벅지 위에 책을 놓고, 다시 그 책 위에 메모지를 놓고 연필로 써가며 설명을 시작했다. 그녀가 메모를 하면서 설명을 하다 보니 메모지와 책과 허벅지를 피할 수가 없었다. 시선을 어떻게 두어야 할지 난처했다.

그녀의 눈에도 내 시선과 같은 것이 보였을 거다. 연필로 써가며 설명하고 있었기 때문에 얼굴을 들어 그녀를 쳐다보는 것도 상황에 맞지 않았다. 메모지를 볼 수도 없고, 얼굴을 다른 데로 돌릴 수도 없고, 속으로 진땀이 났다. 당황스러움이 얼마나 오래되었는지 모르겠다. 빨리 끝나기만을 바랬다. 그녀의 설명이 끝나자, 설명을 어떻게 했는지 알아듣지도 못한 채 고맙다고 인사하고 도망치듯 방을 나왔다. 다른 이들은 아무도 우리를 보지 못했다.

난 리따가 일부러 그랬다고 생각하고 싶지 않았다. 그녀의 책상 위에는 고향에 돌아가 결혼할 약혼자 사진이 놓여 있었다. 그녀는 애지 중지 매일 그 액자를 닦았다. 사랑하는 사람과 멀리 떨어져 있는 그녀의 마음을 나는 잘 이해할 수 있었고, 그런 그녀의 행동을 아름답다고 생각했다. 그녀뿐만 아니라 두냐 일당 모두를 아름답다고 생각했다. 그 일은, 나를 믿는 친구를 내가 너무 이상한 눈으로 쳐다본 것이라 생각하고 잊기로 했다.

엊그제의 일과 오늘의 일로 혼란한 채 맥주를 마시며 TV를 보고 있는데 마샤와 빅토르가 작은방과 큰방을 왔다갔다 쫓아다니며 때리고 장난을 쳤다. 마샤의 깔깔거리는 소리가 유난히 크게 들렸다. 아무래도 마샤가 빅토르와 사랑의 절차를 밟아가는 것 같다. 고향에 두고 온 남편은 어쩌려는 것인지.

빅토르가 가겠다고 일어서는 길에 나도 방으로 돌아왔다. 여러 가지로 혼란해서 머리를 식히고 있는데 잠시 후에 두냐가 올라왔다.

"CD플레이어 좀 빌려줘."

두냐는 흔들흔들 거리면서 토샤가 놀러왔다며 다시 내려오라고 했다. 토샤? 이 친구를 요즘 거의 매일 본다. 잔재주를 피우는 것 같다. 분명히 기숙사에서 나가야 할 시간인데도 경비에게 무슨 뇌물을 갖다 주었는지 늦게까지 있고, 우리 기숙사 출입도 아주 자유로웠다. 어떤 때는 늦은 시간에 나를 찾아와 어쩔 수 없이 친구처럼 얘기하다 보냈지만, 아마도 나를 팔고 들어와 형식적으로 내 방에 들렀다가 두냐네 방으로 가는 게 아닌가 하는 생각까지 들었다. 그만큼 내 방에는 오래 있지 않고 이내 아래층으로 내려갔다.

내가 내려가지 않자 이번에는 토샤가 올라왔다. CD플레이어를 빌려갔으니 뭘 할지는 뻔했지만, 이 친구가 보통 집요한 게 아니라서 오레 버티지 못하고 끌려 내려갔다. 방에는 책상과 의자를 한쪽으로 치우고 작은 스탠드 하나만 켜서 제법 어두컴컴하게 춤출 분위기를 살려놓았다. 내가 방에 들어서자 모두들 환호성을 질렀다.

'날 이렇게 기다렸어?'

마샤가 내 팔을 잡아당기며 같이 춤추자고 졸라댔다.

"춤 출 줄 몰라. 대신 좋은 음악을 틀어 줄게."

정색을 하며 자리에 앉아 재빨리 플레이어에 CD를 끼웠다. 음악이 나오자 일당들은 기다렸다는 듯이 춤을 추기 시작했다. 우리와는 너무나도 다른 정서다. 마샤가 다가와서 볼륨을 키웠다. 나는 걱정스러워서 몇 번이나 소리를 줄였지만 그럴 때마다 모두들 볼륨을 높이라고 야단이었다.

리따는 조심조심 여성스럽게 춤을 추었고, 두냐는 조그만 체구에도 방이 좁다는 듯이 이리저리 헤집고 다녔다. 어디 가나 성격이 나온다. 마샤는 여기서도 자기가 제일 잘났다는 듯이 나를 보고 자기를 쳐다보라는 신호를 보냈다. 양팔을 머리 위로 올리고 다리를 꼬듯이 춤추면서 마치 쇼걸이라도 된 양 했다. 네가 제일 잘 춘다는 의미로 엄지손가락을 들어 주었다. 그렇게 해주지 않으면 계속 신호를 보내리라는 것을 안다. 그것이 질투와 시기의 화신 마샤의 성격이었다.

갈리나는 덩치만큼이나 큰 가슴을 흔들었다. 쳐다보기 민망했다. 스페인이나 남미의 술집에서 큰 가슴을 흔들며 춤추는 댄서 같았다. 크게 흔들리는 가슴이 멋쩍은지 나를 보고 웃었다. 멋쩍으면 안 흔들면 되지, 왜 흔들고 멋쩍어하는지. 나도 빙그레 웃어 주었다. 토샤가 춤을 추면서 자꾸 리따 앞으로 다가가자 리따가 토샤를 피해 다녔다. 모두들 춤추는 모습은 달랐지만 많이들 춰 본 솜씨였다.

러시안을 포함해서 보통의 서양인들은 춤추는 걸 부끄러워하지 않는다. 춤출 상황만 되면 언제라도 바로 춤을 춘다. 이런 분위기에 익숙지 못해 춤 못 추는 나만 바보다. 가지고 내려갔던 CD 중에서 춤 출 만한 곡은 거의 한 번씩 다 틀었다. 가끔 자신들이 제목을 몰라 틀지 못했던 곡을 틀어주면 소리를 지르며 좋아했다. 음악에 관심을 가지고 있던 갈리나는 춤추다 말고 노래 제목이 무엇인지 자주 물었다.

한 시간도 넘게 췄나 보다. 아무리 주말이라지만 늦은 밤에 그러는 건 정말 미친 짓이다. 한국이었다면 지금쯤 동네 파출소에 쭈그리고 앉아 있었을 거다. 이미 자정이 넘었고, 오직 우리 방만 미쳐 날뛸 뿐, 나머지 세상은 고요했다.

그만 쉬자는 뜻으로 음악을 더 틀지 않자 모두 자리에 앉았다. 리따가 왜 춤을 추지 않느냐고 물었다. 춤도 출줄 모르지만, 남에게 해가 되기 때문에 이렇게 늦은 시간에 음악을 크게 틀어 본 적이 없고, 한국에서는 이렇게 늦은 시간에 음악을 크게 틀면 누군가 경찰에 신고한다고 했다.

"경찰이 오면 어떻게 할 거야?"

"경찰이 왜 와? 자기들도 놀면 되지!"

내가 나무라듯이 말하자 마샤가 큰 눈을 부라리고 씩씩거리면서 말을 받아쳤다. 아직 사회성을 배우지 못한 어린애 같은 논리다. 난 '그래그래' 하면서 고개를 끄덕였다. 마샤가 메롱 거리며 방을 나가자 갈리나와 두냐가 침대에 벌렁 누웠다. 한 시간도 넘게 흔들어 댔으니 힘들만도 하지. 춤이 끝난 후에도 토샤가 리따를 졸졸 따라 다녔지만 리따는 애써 피하는 눈치였다. 또 하자는 말이 나올 것 같아서 방을 나왔다. 하루의 끝을 요란하게 장식했다.

41

이해하기 힘든 공중파 방송

TV를 보다보면 공중파 방송에 편성의 도가 이해되지 않는 경우가 있다. 내용을 모두 이해할 수 있는 건 아니지만, 자꾸 보다 보니 어떤 종류의 프로그램인지 대충 알 수 있다. 어떤 면에서는 국민을 세뇌하는 것 같기도 하고, 어떤 면에서는 깨우치려 하는 것도 같다. 편성 의도가 뭔지 정말 궁금하다.

대표적인 프로그램 두 개를 예로 들자면, 하나는 우리나라에서도 가끔 보여주는 '그 시절 그 추억'과 유사한 과거 영상 프로이고, 또 하나는 전문적인 과학 토의처럼 보이는 토론 방송이다. 두 방송 모두 자주 봐서 이제는 언제쯤 하는지도 대략 안다.

'그 시절 그 추억' 프로는 우리 것과 비슷하다. 과거 수십여 년 전 시골 농부가 소를 이용해 밭을 가는데 어린 소년이 쟁기 위에 올라타 장난치는 영상이라든지, 노무자들의 철도건설 장면, 어렵게 살던 시절에 주부들이 가사 일을 하는 모습, 6~70년대에 미국을 능가하는 과학 기술력을 보여주는 내용, 가가린이 인류 최초로 우주를 날고 귀

환해서 국민들로부터 대대적으로 환영받는 내용 등이다. 이런 건 어느 정도 이해가 된다. 추억이기도 하고, 한편으로는 자랑이기도 하다. 그러나 이와는 달리 초기 공산주의시대에 여성전사가 남자를 능가하는 모습으로 사회를 선동하는 내용이나 획일적인 공산주의시대의 사회생활 모습, 과거 소련군의 정갈한 제식 장면이나 군생활을 보여주는 것 등은 이해가 되지 않았다. 마치 핑크플로이드의 'The Wall' 뮤직 비디오에 나오는 섬뜩한 장면을 연상케 했다. 그런 게 심심치 않게 나왔다.

　도대체 무슨 의도일까? 만일 시청자들이 초기 공산시절을 지난날의 추억으로 받아들이려면 적어도 지금은 그런 처지로부터 멀리 벗어나 있어야만 한다. 그럼 지금 벗어나 있다고 생각하고 있는 건가? 내가 보기에는, 이 사회는 아직 그런 영상들을 추억으로 받아들일 만큼 개선된 상황이 아니다. 사회주의에서 민주주의로 간판을 바꿔 달기는 했지만, 간판을 바꿔 달았다는 것만으로 그런 영상을 아득한 옛날 얘기로 치부하기에 아직 멀었다. 오히려 상당수의 국민들은 과거를 더 그리워하고 있다. 국민들이 밥은 먹고 산다고 할 수 있을지 몰라도 생활방식이나 사회의식이 나아진 건 아니다. 이방인인 나도 그걸 느끼는데 방송관계자가 그걸 모르는 건가? 도대체 무슨 의도일까? 세뇌? 지구의 반을 지배했던 과거를 보여주고 현실이야 어떻든 간판 바꿔 달았으니 자부심을 가지라고 세뇌하는 건가? 아니면 모두에게 그 시절처럼 정신 차리고 열심히 일하라는 뜻인가? 그것도 아니면, 자본주의 하고 보니 어려운데 차라리 그 시절로 돌아가자고 선동하는 건가? 편성 의도를 정말 이해하지 못하겠다.

　심야 과학토의 프로그램은 그것과는 상황이 전혀 다르다. 공중파 방송에 그런 프로가 있다는 것 자체가 부럽기도 하고, 한편으로는 누가 그런 프로를 보는지, 시청률이 얼마나 되는지 궁금했다. 과학자 같은 사람이 나와서 청중들에게 강의를 하는데, 수학인지 과학인지 어떤 분야인지는 모르겠지만 뭔가를 열심히 설명하면서 여러 개의 공식과 그림, 그래프를 그렸다. 강의 중에 참석자가 질문하면 강연자는 그 질문에 답하려고 또다시 몇 개의 공식을 칠판에 써가며 설명했다. 대학 수준일까? 대학원 수준일까? 아니면 평생교육원인가? 어떤 질문을 했기에 저렇게 공식과 그래프를 그려가며 설명을 할까? 말은 못 알아들었지만 그 정도의 수학적 내용으로 설명하는 것을 보면 질문자도 박사급일 것 같다.

이런 게 공중파 방송에 나온다. 밤이 긴 러시아니 잠 못 드는 사람 중에 별별 사람이 다 있겠지만, 우리나라 같으면 도저히 상상도 못할 프로그램이다. 시청률이 얼마나 될까? 시청 수요가 정말 있긴 있는 건가?

42

러시아의 밤은 너무 길고

러시아에서 TV 없이 살기는 정말 어렵다. 겨울로 접어들자 아침 8시가 넘어야 동이 트고, 오후 4시면 해가 지기 시작해서 5시면 완전히 깜깜해졌다. 책상에 앉아 있다가 밖이 깜깜해서 '아차! 끼니를 챙겨야지' 하고 시계를 보면 5시밖에 안 됐다. 다시 책상 앞에 앉아 있다가 시계를 보면 7시, 저녁식사가 끝나면 8시나 9시다. 식사 후에 다른 일이 없으면, 긴 밤을 채우려고 TV를 켠다.

세상에 별난 스포츠가 다 있다. 뭐든지 경쟁만 할 수 있으면 모두 게임이 되나 보다. 힘자랑 게임을 하는데 내용이 아주 원시적이다. 출전한 선수들이 모두 미련 곰딴지 같다. 배 둘레가 50인치도 넘어 보였다. 그런 선수들이 물놀이 풍선공만 한 돌을 낑낑거리고 들어 올려 가슴 높이의 돌기둥 위에 올려놓는 게임도 하고, 승용차를 뒤에서 들면서 누가 오래 들고 있나 시합도 한다. 시계 바늘처럼 도는 지렛대에 무게 추를 달고 그걸 들어 올린 채로 누가 많이 움직이나 경쟁도 하고, 승용차를 끈으로 당기면서 누가 빨리 당기나를 겨룬다. 이것도 스

포츠라고 EURO TV에서 중계를 했다. 정말 가관이다. 그런 원시적인 게임이 있다는 것과 그런 게임에 열광하는 관중들이 있다는 게.

문화적으로 정착된 스포츠도 있다. 요즘 제일 재미있는 게 테니스다. 자주 나오는 선수는 윌리엄스 자매, 마르티나 힝기스, 스베틀라나 선생님이 제일 예쁘다고 칭찬하는 러시아의 한투초바, 신경질 나면 라켓도 집어던지고 심판에게 수건도 던지는 성질머리 러시아 선수 사핀, 게임에 져도 여유가 있는 안드레 아가시. 이들이 나오면 게임이 너무 재미있어서 다른 일을 못하겠다.

이런 스포츠뿐만 아니라 권투, K-1 킥복싱, 유럽축구 등을 수시로 방송했다. 그런데 권투는 좀 이상하다. 우리나라에서는 권투경기를 중계방송하려면 어느 정도 수준급 경기를 보여주는데 이네들은 형편 없는 선수 시합을 시도 때도 없이 보여줬다. 한참 보다보면 저 선수 연습이나 제대로 하던 사람인지 의구심이 들 때가 많다. 완전 동네 애들처럼 마구잡이로 싸우는데, 그건 권투도 아니다. 선수들 기량이 너무 형편없어 웃음이 나온다. 동네에서 싸움 잘하는 애들 몇 명 골라서 TV에 나오게 해주겠다고 꼬드겨서 돈이나 받아 챙긴 것 같다. 어이없다.

저녁식사 후에 접시를 돌려주려고 일당 방에 내려갔더니 모두들 TV를 보고 있었다. TV에서는 요즘 한창 인기가 많은 '툰드라' 라는 드라마를 방영 중이었다. 재미있어서 나도 매주 보려고 애쓰는 프로다. 내 방에 가서 보려고 일당 방을 나가려 하자 두냐가 소리쳤다.

"가지마! 우리하고 같이 봐야 말이 늘어."

두냐가 가까이 오라고 손짓을 했다. 참 배려심도 깊지… 그게 좋겠다 싶어 그녀 옆에 앉아 이해할 수 없는 부분을 물어봤다. 두냐가 자기 얘기에 도취해 침을 튀기며 열변을 토했다. 어떤 부분은 알아듣겠고, 이떤 부분은 그래도 모르겠다.

드라마 내용은 대략 이렇다. 어떤 이유로 시베리아에 사람들이 고립되었는데, 그 사람들이 끝없이 넓은 시베리아를 헤쳐 나오는 과정에서 서로의 이해관계가 달라 죽음의 암투를 벌이는 얘기다. 처음부터 보지 않아서 고립된 이유는 모르겠다. 동료들과 합심해 죽음의 눈밭을 헤쳐 나가 살아남으려는 선한 자 그룹과, 동행에는 별 뜻 없이 언제라도 상대가 틈만 보이면 자기 욕구만 채우려는 악한과의 대립. 악한은 저항할 힘이 없는 여자를 범하거나 약한 자의 물건을 빼앗았는데, 그런 긴장된 순간에도 선한 자 그룹은 악한에 대한 대처 방안과 생존 방식에 대한 의견이 서로 달라 갈등을 겪었다. 인간을 한계 상황으로 몰아넣고 인간성을 살펴보는 드라마로, 심리묘사가 아주 잘돼서 늘 긴장이 흘렀다.

드라마 중간에 결정적인 장면에서 자꾸 광고가 나오자 두냐가 신경질을 내며 소리를 질렀다. 여기서는 우리나라 7~80년대처럼 공중파 드라마 중간에 광고가 자주 나온다. 옛날에 우리나라 드라마에서도 그랬던 기억이 났다. 두냐가 한국도 그러냐고 묻기에 웃으면서 아니라고 대답했다. 내가 두냐처럼 짜증을 내지 않은 건 아마도 드라마 대사를 다 알아듣지 못했기 때문일 거다.

43

사회주의의 직업

우리 기숙사 옆에 있는 이발소에는 일곱 명의 종업원이 근무한다. 서울에서 미용실도 아닌 이발소에 일곱 명이 근무한다고 하면 놀랄만한 일이다. 근무자가 많아 엄청 큰 이발소를 상상하겠지만 이발용 의자가 달랑 세 개, 서울과 다를 바 없는 보통 이발소다.

처음 이발소에 갔을 때 고려인 여자가 있어서 편하게 머리 깎고 염색을 했다. 한 달 정도 지나, 당연히 그녀가 있을 거라 생각하고 갔는데 보이지 않았다. 그새 그만 둔 건지. 아를료녹호텔 한국 미용실로 가야할까 보다 하고 며칠을 지내던 중에, 우연히 그녀가 다시 보였다. 반가운 마음에 얼른 들어가 의자에 앉았다.

"그동안 왜 보이지 않았어요?"

이발 보자기를 쓰면서 단골손님인 양 아는 체를 했다. 아쉬운 게 나니 친한 척 해야 한다. 이발소에는 모두 일곱 명이 근무하는데 오전, 오후 혹은 일교대로 나눠서 근무한단다. 재미있다. 이 작은 이발소에 일곱 명이 근무하고 있는 거나, 교대로 근무 한다는 것이. 그 일곱 명은 봉급을 얼마씩 받을까?

처음에 기숙사에 들어와서 희한하다고 느낀 것 중에 하나는 사무원들의 업무영역에 관한 것이었다. 한동수와 기숙사에 처음 등록하러 왔을 때, 3층 사무실에서 몸이 뚱뚱하고 인상 좋은 40대 아줌마에게 서류를 제출했다. 그 아줌마가 등록을 모두 처리해 주는 줄 알았더니 자기는 비자와 체류지 증명만 담당한다고 하면서 아래층에서 학비와 기숙사 비를 내라고 했다.

2층으로 내려가 담당자에게 증명서를 내보이자 도도해 보이는 30대 젊은 여자가 학비와 기숙사비를 계산한 고지서를 발급해 주면서 다른 담당자에게 비용을 내라고 했다.

'아니, 이게 세 사람씩이나 거칠 일이야?'

의아해 하면서 경비데스크 옆방에 있는 여자에게 돈을 내자 다시 완납 영수증을 발급해 주었고, 그걸 들고 다른 방에 있는 어학원 책임자에게 가서 한 번 더 등록하고 또 다른 영수증과 체류증명서를 받았다. 어학원 책임자 방에는 책임자 말고도 3명의 젊은 직원이 더 있었다. 나중에 알고 보니 두냐네 방 옆에 부원장 방이 또 있었고, 그곳에도 어학원 소속 여직원들이 여러 명 있었다. 그리고 몇 명의 관계자가 더 보였는데 누가 누군지, 무슨 일을 담당하고 있는지 도대체 모르겠다. 정말 이 인력이 다 필요한 건지.

1층은 빼고, 우리 2층 기숙사 경비는 세 명이다. 그리고 시설 담당자가 있다. 도대체 우리 어학원 수강생은 몇 명이고, 기숙사 관계자는 몇 명인가? 게다가 교수까지 합치면 도대체 어학원 관계자가 모두 몇 명인가. 효율성 없는 인원이 너무 많은 것 같다.

며칠 전 종덕이 샤우르마를 먹자고 해서 함께 갈릴리레스토랑에 갔다. 그곳은 우리 기숙사 레스토랑과는 달리 평소 학생 손님들이 제법 있는 곳이었는데, 그날은 학생들이 그리 많지 않았다. 우리는 카운터 가까운 곳에 자리 잡고 앉아서 종업원을 기다렸다. 한참을 앉아 있었지만 아무도 나타나지 않았다. 너무한 거 아니냐고 우리가 불평을 시작할 때 쯤, 여종업원 한 명이 나와 테이블을 정리했다. 종덕이 말을 건넸다.

"메뉴판 좀 줘요."

"난 주문 받는 종업원이 아냐."

그녀는 힐끔 쳐다보더니 한마디 툭 던지고 돌아서서 자기 일을 계속 했다. 우리는 그녀의 태도를 보고 너무 어이없어서 서로 얼굴을 바라봤다. 웃음이 나왔다. 잠시 후 종덕이 주문받는 종업원을 불러달라고 하자, 그녀는 못마땅한 표정을 지으면서 마지못해 알았다고 대답했다. 치우는 종업원에게 주문 받는 종업원을 불러 달라고 하는 건 식당 이용규칙에 어긋나는 행위라는 걸 알았다.

기다려도 주문받는 종업원은 오지 않았다. 얘기나 전했는지, 치우는 종업원만 서너 명 왔다 갔다 했다. 결국 주문하는 데만 30분도 더 걸렸나 보다. 식사하면서 보니 주문 받는 종업원도 서너 명은 되었는데 도대체 어디서 뭘 하고 있었는지 알 수가 없었다. 주방에도 직원이 몇 명이나 있고, 카운터 직원도 따로 있고, 손님 숫자보다도 종업원 수가 몇 배나 더 많았지만 이들은 손님이 음식을 시키는 것과는 전혀 관계가 없는 사람들처럼 보였다. 도대체 누구에게 뭘 팔아서 수익을 남기자는 건지, 사장은 있는 건가?

이발소고 기숙사고, 식당이고 간에 정말 인력 운영에 효율성이 없다. 이들이 갈 길은 아직 먼 거 같다. 슈퍼에 가서 물건을 사고 지폐를 내면 종업원은 잔돈을 집어 던지듯 했다. 액수가 작아서 잔돈이 아니라 집어 던져서 잔돈이 된다. 위대한 사회주의는 말 못하는 개에게 철학을 심어줬는지는 모르겠지만, 아이러니하게도 노동자 천국에서 '일하는 즐거움'을 심어주지 못한 것 같다.

44

두냐의 '백만송이 장미'

오늘은 '국제우호친선의 날'이라는 기념일이라서 학교에 수업이 없다. '국제우호'라는 단어가 있어서 무엇을 기념하자는 건지는 알겠는데 언제, 왜 생겼는지는 모르겠다. 특히 누구와 함께 기념일을 축하하는 건지 모르겠다. 하여간 고된 수업으로 거의 녹초가 되었는데 오늘이 휴일이라서 겨우 살아났다.

선생님이 어찌나 심하게 수업을 강행하는지 중간에 들어온 한국 아줌마와 중동 출신 눌리와 하삼은 교대로 수업을 빼먹었다. 아마도 그러다가 아예 그만둘 것 같다. 난 기숙사에 살고 있어서 어디로 도망칠 수도 없고, 반드시 말을 배워야 하는 절박한 처지 때문에 꼬박꼬박 숙제도 해가고 열심히 할 수밖에 없었다. 덕분에 늦게 시작했어도 수업을 따라가는 데 지장이 없었고, 말도 많이 는 것 같다. 말이 늘었다는 점에 있어서는 특히 두냐 일당의 덕을 많이 본 것 같다. 혼자 다녀도 별 걱정이 없다. 그런 나 자신이 신기하기도 했다.

저녁에 종덕과 천석이 놀러와 오랜만에 함께 외식하고 방으로 올라오다가 주방 앞에서 두냐와 갈리나를 만났다. 그녀들은 종덕과 천석을 보고 무척 반가워했다. 천석은 두냐의 생일파티 이후 처음인가 보다. 그들의 인사말이 길어지기에 방에서 옷을 갈아입고 주방으로 와 보니 두냐가 탁자 앞에 서서 노래를 부르고 있었다. 종덕이 노래를 부르라고 시킨 건지, 아니면 기숙사 방문 기념으로 두냐가 노래를 불러주겠다고 한 건지는 모르겠다. 한국이라면 어떤 아가씨가 멀쩡한 정신에 식탁 앞에 서서 노래를 부를까?

참 대단하다. 두냐는 자기가 노래를 잘 하는지 못 하는지 전혀 개의치 않았다. 무슨 노래인지 몰라도 여자애가 목소리 굵게 군가처럼 씩씩하게 불렀는데, 음정이 모두 도에서 미 사이만 왔다 갔다 했다. 마치 '나는 음정 박자를 다 지키고 있으니 즐기지 못하면 그건 너희 탓'이라는 것 같다. 그녀가 '백만송이 장미'를 불렀다 해도 못 알아들었을 거다. 그녀의 '부끄러워해야 할 목록'에 '남 앞에서 노래부르기'는 없는가 보다. 음치라서 용감한 건가?

"우리 사무실 여직원도 그래요."

종덕이 방에 들어오자마자 웃음을 터뜨리며 말했다. 자기네 사무실 러시아 여직원도 외관상으로는 아주 여성스럽지만 속마음은 모두 남자 이상이란다. 회식 자리에서 노래를 시키면 처음부터 끝까지 음의 높낮이 없이 읊조리고, 뭔가 주장해야 할 일이 있으면 여잔지 남잔지 거의 구분이 안 된다는 것이다. 여자라서 주장을 하면 안 된다는 것이 아니라 표현 방법과 태도가 정말 그렇다. 전사 같다. 왠지 모르게 그런 느낌을 자주 받는다. 외모로 보면 우리나라 여자들보다 더 여성스러운데, 행동을 보면 정말 남자 이상이다. 기숙사에서도 여직원들이 경비아저씨에게 뭐라고 지적하면 경비아저씨들은 아무 대꾸도 못하고 묵묵히 듣기만 했다. 이의 다는 길 못 봤다. 여자들이 남자들 위에 군림하는 듯한 그런 분위기가 사회 전반에 깔려 있는 것 같다.

과거 소련 시절에 여성의 사회 참여를 이끌어내기 위해 국가에서 의도적으로 여권을 신장시켰다는 말을 들은 적이 있다. 그것 때문에 그런 게 아닌가 싶은데, 남자들이 이렇게까지 주눅이 들 정도가 되었다면 이것 또한 문제가 아닌가? 신장된 여권으로 얻은 이익보다, 상대적으로 남자들이 무기력해져서 본 손실이 더 크다면 그건 정책 미스다. 여하튼 세상은 균형이 중요하다.

45

부끄러운 한국인

 굳이 볼쇼이극장이 아니더라도 모스크바 시내 곳곳에 있는 아무 극장만 가도 이들의 문화적 수준을 충분히 알 수 있다. 공연장 1층 로비에서 질서 있게 코트를 맡기고, 조용히 극장 안으로 들어가 관람한 후 공연이 끝나면 들어갈 때와 마찬가지로 질서 있게 나온다. 그 많은 사람이 일행과 대화를 나누면서 한꺼번에 쏟아져 나오는데도 전혀 시끄럽지가 않다.

이런 모습을 보면 지금의 러시아 경제사정과 이들의 문화교양 수준은 전혀 무관하다는 생각이 든다. 물론 이들의 예술 관람과 같은 문화적 소양은 오랜 기간에 걸쳐 형성된 것이고, 경제적으로 어려운 것은 최근 몇십 년 안에 발생한 일이긴 하다. 그래서 그런지 비록 경제적으로 어려워도 면면히 내려온 문화적 자존심은 전혀 무너지지 않았고, 오히려 수준 있는 문화 예술에 대한 긍지를, 잃어버린 국력 대신으로 가슴에 품고 사는 것 같다. 부럽다.

그러나 우리는 어떤가? 상대적으로 갑자기 형편이 좋아지긴 했지만 러시아에 비하면 문화 예술적으로 뒤진 게 사실이고, 내놓고 자랑할 만큼의 경제력을 가지고 있는 것도 사실 아니다. 난 모스크바의 박물관 하나만 보고도 이들의 문화유산에 놀랐었다.

우리에게 이것도 저것도 안 되면, 동방예의지국이라도 내세우고 싶은데 요즘에는 가정교육도 제대로 받지 못한 채 세상 밖으로 나오는 사람들이 많아서 그것도 안 된다. 정말 부끄러울 때가 한두 번이 아니다. 같은 국민이라는 게 창피하고 어디에 숨고 싶은 심정이 들 때가 많다. 어쩌면, 내 눈의 들보는 보지 못하고 남의 눈의 티끌을 탓하고 있는지도 모르겠지만….

46

내 맘대로 선택을?

"노마, 앰게우(모스크바 국립대학)에 구경
하러 가자."

오후 4시쯤, 토샤가 내방에 찾아와 불쑥
말을 꺼냈다. 며칠 전에 가자고 하기에
쉬는 날 가자고 했었는데, 오늘 가기로 결정했나보다. 출발 시간이 좀
늦었지만 여러 명이 함께 가니 신경 쓸 일 없겠다 싶어 따라 나섰다.
좋은 관광명소라고 해서 가보고 싶기도 했다.

대학 앞 정류장에서 버스를 타고 차비를 내려고 주머니를 뒤적거리
는데, 마샤가 가만히 있으라고 슬며시 내 팔을 당겼다. 왜 그러지? 일
행을 둘러보니 모두 시침을 뚝 떼고, 마치 오래전에 버스에 탄 사람처
럼 창밖을 내다보고 있었다. 무임승차다. 주변 사람들 누구도 우리에
대해 신경 쓰지 않는 것처럼 보였다. 주머니에 넣었던 손을 슬그머니
뺐다. 이들의 익숙한 듯한 행동을 보고 재미있기도 했지만 한편으로
는 들킬까봐 조마조마한 마음으로 유고자빠드늬까지 갔다.

"차비 안내고 타는 건 개뿐이야. 노마, 우리는 전부 개야."

버스에서 내리자 토샤가 배를 움켜쥐고 웃으며 말했다. 모두들 한

바탕 박장대소를 했다. 버스 요금을 내지 않고 있다가 들키면 몇 배의 벌금을 물어야 하지만, 돈 없는 학생들이니까 그냥 대충 버틴단다. 그럴 수도 있겠다. 설사 들킨다 해도, 어려운 학생들에게 벌금을 강요한들 뭐가 나오겠는가.

유고자빠드늬에서 전철을 타고 앰게우에서 가까운 전철역에 내려 바라비요프 언덕으로 걸어 올라갔다. 그 언덕 위에 앰게우가 있다. 바라비요프는 '참새'라는 뜻이다. 사회주의 시절에 레닌언덕이라고 했다가 민주화되면서 원래 이름을 회복했단다. 참새가 많아서 그렇게 부른다고 했다.

이미 해가 져서 어두웠지만 며칠 전에 내린 눈 덕분에 길이 하얗게 빛났다. 언덕에는 드문드문 가로등과 우리 일행만 있었다. 다른 이들은 아무도 없는 넓은 길을 마치 우리 것인 양 차지하고 시시덕거리며 걷는 것에 치기어린 재미가 있었다. 비난할 이 아무도 없는 곳에서, 부모 몰래 나쁜 짓을 하는 비행소년의 해방된 느낌이 이런 것일까? 앰게우를 구경하는 것보다도 그 자체가 더 즐겁다는 생각이 들었다.

마샤와 두냐, 리따가 앞서 떠들며 가고, 바로 뒤에 토샤와 갈리나, 내가 함께 걸었다. 내가 언덕 아래에 펼쳐진 시내 야경을 보느라고 걸음이 늦어지자 토샤가 다가와 말했다.

"노마, 갈리나 손을 잡아. 갈리나가 기다리고 있다구. 어서…."

흠칫했다. 이놈이 앰게우에 구경 가자고 했던 이유가 결국 이것이었나? 기숙사에서 나올 때, 넷 중 아무나 선택해서 재미있게 보내라고 귓속말을 하길래 쓸데없는 소리 말라고 입을 막았는데 정말 끈질긴 놈이다. 듣기 싫다고 그를 옆으로 밀치자 싸울 듯이 다가왔다.

"왜 그래? 왜 혼자 지내려는 거야?"

그의 목소리가 작지 않았다. 바로 앞에 가고 있던 갈리나가 다 들었을 것만 같았다. 그녀가 신경 쓰여서 아무 말 않고, 토샤를 다시 앞으로 밀었다. 그는 이해되지 않는다는 듯이 고개를 가로 저으며 빠른 걸음으로 마샤 일행에 합류했다.

'정말 웃기는 놈이네. 느닷없이 무슨 손을 잡아….'

난처했지만 벗어날 묘안이 떠오르지 않았다. 토샤가 앞줄 마샤 일행과 함께 하는 바람에 갈리나가 중간에 혼자 걷고, 내가 그 뒤를 이어 걸었다. 분명히 그녀가 우리 대화를 들었을 거다. 거리에는 차도 없고 다른 사람도 없어서 사방이 고요했고, 토샤의 목소리가 작지도 않았다. 갈리나가 기다리고 있다는 토샤의 말이 자꾸 마음에 걸렸다.

갈리나는 먼 산 보듯이 기운 없이 터벅터벅 걸었다. 나는 몇 걸음 뒤에서 조심스럽게 따라 갔다. 걸음을 빨리할 수 없었다. 만일 토샤가 그런 말을 하지 않았다면, 그녀가 우리말을 듣지 않은 것 같았다면, 난 갈리나가 혼자 걷도록 하지 않았을 것이다. 시간이 갈수록 그녀가 우리 얘기를 들은 것 같다는 생각에 한 걸음, 한 걸음이 더욱 불편했다. 어색한 시간이 지속됐다.

잠시 후 앞서 가던 리따가 뒤를 돌아보더니 걸음을 늦춰 갈리나와 함께 걸었다. 리따가 뭔가를 질문하자 갈리나는 말없이 고개를 끄덕여 대답했다. 불현듯 이들이 나 모르게 뭔가를 꾸민 것 같다는 느낌이 들었다. 토샤가 꿍꿍이를 계획하고, 일당들도 묵시적으로 동의하고… 내가 원치 않는 일이다. 돌아다니는 내내 아무 내색도 하지 않았다. 갈리나도 신경 쓰지 않는 것 같았다.

날은 좀 추웠지만 구경은 잘했다. 대학 본관 건물이 우리나라 국회 의사당 건물 몇 개를 합쳐 놓은 것처럼 어마어마하게 크고 웅장하면

시 아름다웠다. 조명이 비쳐서 그런지 더욱 인상 깊게 보였다. 나음에
다시 와야겠다는 생각이 들었다.

47

비밀의 숲

오늘은 니꼴라이 생일이다. 니꼴라이는 자기 생일 때마다 눈이 온다고 은근히 축복이라도 받은 양 자랑했다. 그 말은 맞다. 오늘은 내가 모스크바에 온 이래 최고로 눈이 많이 왔다. 요즘은 거의 매일이다시피 눈이 오는데, 어떤 날은 비듬처럼 떨어지는 눈이 쉬지 않고 내려 수북이 쌓이기도 하고 어떤 날은 짧은 시간에 많이 내리기도 한다. 우리나라로 따지면 여름 장마철 같은 계절이다. 그러니 생일 때마다 눈이 오는 게 당연하지. 미안하지만 특별히 축복 받아 그렇다고 볼 건 아닌 것 같다. 생일 선물로 CD를 한 장 샀는데 그가 바쁘다고 오지 않았다. 아버지한테 갔나? 나중에 줘야겠다.

기숙사 앞에서 차들이 엉금엉금 기었다. 아니, 기었다기보다는 이리로도 저리로도 가지 못하고 마냥 붕붕거렸다. 눈길을 헤치고라도 어디론지 가야 하는가 본데, 오늘 안에 가능할지 모르겠다. 여기는 눈이 와도 제설 작업을 하지 않는다. 처음에는 이해가 되지 않았는데, 가만히 생각해보니 거의 매일이다시피 눈이 오는데 치운들 뭐하고 또

어니나가 치우셨나. 치울 만한 공터도 눈이 쌓여 들어 갈 수도 없고, 차로 나른다 해도 그 차 또한 눈길을 헤치고 가는 게 쉽지 않다. 그러니 제설 작업을 아예 하지 않는 거다.

제설은 그렇다 쳐도, 큰 차고 작은 차고 체인을 감고 다니는 차가 한 대도 없는 건 정말 신기하다. 어디를 가 봐도 체인 감고 덜거덕 소리 내고 다니는 차가 한 대도 없다. 온통 눈이 쌓여 엉금엉금 기면서도 끝까지 그냥 간다. 어차피 눈을 치울 수가 없어 눈길이 계속 될 거라면, 체인을 감고 다녀야 안전할 것 같은데 아무도 체인을 채우지 않는다. 대단하다는 생각만 든다.

저녁 늦게 토샤가 찾아와 눈싸움하러 나가자고 했다. 어이가 없었다. 내가 몇 살인데 눈싸움을 하러 가나? 헛웃음을 웃으며 안 간다고 하자 몇 번을 종용하다가 실망하고 내려갔다. 그것으로 끝날 줄 알았더니 잠시 후에 두냐와 리따가 다시 올라 왔다.

"남자가 하나 모자라. 노마가 꼭 가야돼.'

리따가 얼굴을 바싹 들이대고 말했다. 마샤는 나가고 없고, 두냐와 리따, 갈리나, 토샤와 그의 친구 알렉산드르가 있는데 남자 하나가 모자란단다. 리따가 내 팔을 잡아끌었다. 혼자서는 돌아가지 않을 기세였다. 마지못해 아래층에서 기다리라고 했다. 정말 못 말리는 애들이다. 마지막으로 눈싸움을 해본 게 언제인지, 속으로 실없는 웃음이 나왔다. 마샤는 이 늦은 시간에 혼자 어딜 갔을까? 모스크바 시내에 아는 사람이라고는 빅토르 밖에 없는데.

자작나무 숲으로 향했다. 주변에는 불빛 하나 없었지만 하얗게 눈이 내려 온 세상이 실루엣처럼 보였다. 숲을 지나 도착한 운동장에는 눈이 수북이 쌓여 숲과 운동장의 경계가 없어져 버렸다. 어린애 주먹

172

만 한 함박눈이 계속 내렸다. 눈송이가 너무 커서 시야가 어질어질했다. 하늘을 처다보니 마치 우주쇼가 벌어진 것 같아 나도 모르게 탄성이 나왔다. 세상 모든 잡음이 눈 속에 파묻혀 적막강산이 되었다. 이런 눈 속에 젊은 연인들이 있었다면 이보다 더 사랑을 고백하기 좋은 분위기 연출은 세상에 없으리라. 내리는 눈이 정말 아름다웠다.

환상을 깨듯 토샤가 모두를 불러 모으더니 자기는 리따와 한편이고, 나는 갈리나와, 알렉산드르는 두냐와 한 편이라고 했다. 무슨 눈싸움을 세 편으로 갈라서 하는지? 리따가 남자 한 사람이 모자란다고 해서 얼핏 이상하다고 생각하면서 내려왔는데, 쌍쌍이 묶으려니 남자 한 사람이 모자랐던 거다.

어제는 바라비요프언덕에서 갈리나와 나를 엮으려 해서 짜증을 낼 뻔했는데, 오늘은 아예 발뺌을 못하게 처음부터 하나로 묶어버렸다. 순간적으로 토샤의 함정에 빠졌다는 걸 알았다. 내가 상황을 인식하고 생각 없이 쫓아 나온 걸 후회하고 있던 잠깐 사이에 두냐가 뭉치고 있던 눈을 토샤에게 던졌다. 더 이상 말이 필요 없이 눈싸움이 시작됐다. 모두들 각자의 편대로 흩어져 눈을 던지기 시작했다.

맞다. 그들은 모두 자기 편이 누구인지 미리 알았고, 나만 모르고 있었다. 갈리나는 분명히 어제 일을 기억하고 있을 텐데도 토샤의 편 가름에 아무런 이의를 제기하지 않았다. 갈리나 뿐만 아니라 모두가 토샤의 편 가름을 당연하다는 듯이 받아들였다. 더 이상 깊이 생각할 여유가 없었다. 갈리나와 함께 한 편에 자리 잡고, 가까운 곳이나 먼 곳에 있는 상대를 향해 눈을 던졌다. 이리 몰렸다가 저리로 도망갔다가 그저 아무생각 없이 눈을 뭉쳐 던졌다.

나와 갈리나가 알렉산드르와 시베리아 전사 두냐를 상대로 소리치며 싸우다가 불현듯 토샤와 리따가 시야에서 사라졌다는 것을 알았다. 운동장엔 없었다. 어딜 갔는지, 왜 없어졌는지 이상하다는 생각은 들었지만 눈싸움을 하기에 바빴다.

싸움 도중에 갈리나가 언 손을 호호 불었다. 그녀는 눈싸움을 하기에 너무 얇은 털장갑을 끼고 있었다. 얼른 가죽 장갑을 벗어 주었다. 그녀는 몇 번이나 사양했지만 호호거리는 것을 보고만 있을 수가 없었다. 우리가 장갑을 바꿔 끼고 있는 사이에 두냐와 알렉산드르가 가까이 와서 눈을 마구 퍼 던졌다. 갈리나와 나는 일시 도망을 쳤다. 쌓인 눈 때문에 도망가는 것도, 누구를 쫓아가는 것도 서로 편치 않았다. 던지고 도망가기를 반복하면서 주위를 의식하지 못하고 있던 어느 순간에, 토샤와 리따가 불쑥 나타나 우리를 따라 두냐와 알렉산드르를 공격했다. 두냐와 알렉산드르가 네 명의 공격을 받고 도망가기 시작하자 리따와 갈리나가 그들 뒤를 쫓아갔다. 모두가 시야에서 멀어지자 토샤가 내게 다가왔다.

"빨리 갈리나와 숲 속을 다녀와! 내가 알렉산드르를 쫓아갈 게."

그는 자기네는 먼저 숲 속을 다녀왔으니 이제는 내가 다녀올 순서라는 듯이 양팔로 짐승 쫓는 시늉을 했다. 어이가 없었다.

"니옛(아니)!"

내가 목에 힘을 주어 소리치고, 어림없다는 듯이 눈을 뭉쳐 녀석에게 던졌다. 정말 감쪽같이 속았다. 세 편으로 가른 것에 이런 뜻이 있었다니… 도대체 숲속에 가서 뭘 하라는 거야? 너희 둘은 숲에서 뭘 하고 왔는데? 불현듯 그녀들도 눈싸움의 의도를 다 알고 있을 거란 생각이 들었다. 그런데 갈리나가 이걸 알고도 나와 한 짝이 된 건가? 혹시나 갈리나의 부탁으로 그렇게 한 거야? 도대체 어디까지 얘기를 나

눈 건지. 숲속에 가면 뭘 해야 하는 거지? 손을 잡아줘야 하는 거야, 아니면 사랑 고백이라도 해줘야 하는 기야? 그것도 아니면 껴안고 키스라도 해줘야 하는 건가?

내가 녀석의 말을 무시하고 눈을 뭉쳐 던지자 우리 쪽으로 오고 있던 리따와 갈리나도 우리를 따라 서로에게 눈을 던지기 시작했다. 난 다시 편을 갈라 눈싸움을 하도록 만들었다. 그게 내가 갈리나와 숲속으로 가지 않을 수 있는 가장 손쉬운 방법이었다. 누구에게도 눈싸움 외에 아무런 기회를 주지 않는 것. 내가 부지불식간에 갈리나와 한 편이 되어 눈싸움에 휘말렸던 것처럼, 토샤가 더 이상 쓸데없는 짓을 못하게 막는 가장 쉽고 정확한 방법.

이번에는 두냐와 알렉산드르가 나타나지 않았다. 이것으로 눈싸움의 의도가 분명해졌다. 리따와 갈리나는 두냐와 알렉산드르를 쫓아갔지만 그들이 멀리 도망치자 더 이상 쫓아가지 않았다. 더 이상 쫓아갈 이유가 없었던 거다. 실소가 나왔지만 한편으로는 재미있다는 생각도 들었다.

그들이 숲속에서 뭘 하고 오든, 난 관여치 않기로 했다. 어색한 기색도 드러내지 않았다. 얼마간 눈싸움을 더 하다가 두냐와 알렉산드르가 돌아오자 싸움을 끝냈다. 돌아오는 내내 갈리나는 아무 말도 하지 않았고, 나도 딱히 할 말이 없어서 그냥 누군가 앞에서 떠들면 소리 내어 웃어주기만 했다. 눈은 계속 펑펑 내렸다.

두냐네 방으로 올라갔다. 나와 토샤, 알렉산드르는 대충 털고 침대와 의자에 걸터앉아 TV를 켜고, 일당들은 작은방을 왔다 갔다 하면서 옷을 갈아입고 치우느라 분주했다. 이런저런 얘기를 하고 있는데 마샤가 시무룩한 표정으로 외출에서 돌아왔다. 모두들 마샤의 얼굴을 보고 무슨 일이 있구나 하고 의심하는 눈치였다. 그녀는 모자와 목도리를 풀어 책상위에 휙 집어던지고 작은방에서 옷을 갈아입고 왔다.

"마샤, 무슨 일이 있었어?"

걱정스런 생각이 들어 내가 무슨 일이 있느냐고 물었다. 그녀는 내가 알아들을 수 있도록 천천히 말했다. 자기 남편이 몸이 아프다는 핑계로 마약을 해서 몸이 엉망이란다. 그녀는 마약이라고 하면서 주사기로 팔을 찌르는 흉내를 냈다. 매일 기침을 심하게 하고, 일도 못한다고 했다. 일전에 자기 남편이라고 자랑하듯이 보여준 사진과는 아주 다른 얘기다 싶었다.

"시어머니가 아무 때나 방문을 열어."

마샤는 입을 삐죽 내밀며 불평을 털어 놓았다. 시어머니가 부부관계를 방해한다는 의미였다. 얘기가 엉뚱한 방향으로 흐른다 싶었다.

'그게 오늘 시내에 가서 확인하고 온 거야?'

난 그녀의 얘기를 건성으로 듣고 고개만 끄덕여 줬다. 그녀가 그렇게까지 초점을 흐리고 싶다면 더 들어줘야 할 말이 없었다.

나를 제외한 나머지 사람들은 마샤가 왜 시무룩하게 돌아왔는지 그이유를 잘 알고 있을 듯 싶었다. 그러나 더 이상 관심을 갖지 않는 것이 이들과 적당히 거리를 둘 수 있는 방법이라고 생각했다. 아무것도 더 묻지 않았다.

48

자본주의와 사회주의

러시아 사람들이 지금의 제도와 과거의 사회주의 제도를 어떻게 받아들이고 있는지 늘 궁금했다. 제도를 바꾸기는 했지만 대부분의 사람들이 시장경제 효과를 누리지 못하고 있는 게 현실이다. 설사 시장경제제도로 가야 하는 것이 궁극적으로는 맞는다 해도, 현재의 경제적 어려움에 대한 거부감은 심하리라 생각했다.

두냐네 방에서 TV 뉴스를 보다가 어느 제도가 더 좋으냐고 물었다. 이들의 대답은 단호했다. 하나같이 과거가 지금보다 훨씬 좋았다는데 그땐 모두가 직업이 있었고, 모든 걸 국가에서 해결해 주었단다.

의견이 뚜렷한 마샤가 먼저 말을 꺼냈다. 과거에는 자기 할아버지와 여름휴가도 갔고, 휴일이면 놀러 다니며 쉬기도 했는데 지금은 매일 일하고도 휴가를 못 간단다. 물가가 얼마나 많이 올랐는지 6루블이면 사던 감자를 지금은 25루블은 줘야 하고, 때가 되면 학교에서 디스코장 티켓을 나눠줘서 춤추러 가기도 했지만 지금은 자신들이 벌어서 가야 하는데 돈이 없어 갈 수가 없다는 거다. 사회주의든 자본주의든 모든 게 돈 문제라고 했나. 많아도 문제, 적어도 문제라고. 결혼을 해서 그런지 그녀는 현실적인 지적을 잘했다. 모두가 마샤의 말에 동의했다.

갈리나가 말을 이었다. 사회주의 시절에는 한 줌 거리도 안 되던 일본이 지금은 러시아를 우습게 알고, 일본뿐만 아니라 유럽 여러 나라도 러시아를 등한시한단다. 그녀는 러시아가 어려움에 처해 일본이나 다른 소국에 뒤지고 있다는 현실에 분개했다. 표현은 하지 않았지만 질시의 대상엔 한국도 끼어 있겠지. 그러면서 과거에는 나라에서 직장을 주었는데 지금은 자기가 직장을 구해야 하고, 그나마도 일할 곳이 없어서 모두들 어렵다고 했다. 자기 오빠 빅토르도 시내에서 좋은 직장을 구하는 중이라고 한숨을 쉬었다. 착한 친군데 어서 잘 됐으면 좋겠다.

두냐는 자기 아버지가 과거에 시베리아에서 장사를 크게 했는데, 제도가 바뀌면서 장사가 안 돼 하샤뷰르트로 이주하였다고 했다.

"정말 그래서 장사가 안됐어?"

경제체제가 바뀌면서 장사가 어려워 졌다는 말에 내가 의아해서 물으니 그녀는 정말이라고 힘주어 말했다. 수긍하기 어려운 얘기였다. 자본주의로 바뀌면서 어려워졌다는 것은, 그 시기쯤부터 어려워졌다는 점에서는 맞을지도 모르지만 여건 변화에 적절히 대처하지 못했거나, 혹은 국가 전체적으로 경기가 나빠져 구매수요가 급격히 감소했던 점을 인식하지 못한 부정확한 얘기라는 생각이 들었다. 그 부분을 지적하기에는 내가 너무 말이 짧았다. 확실한 건, 그 당시에는 러시아 전체가 경제적으로 아주 힘든 시기였다.

"러시아 마피아가 세계 어디에나 있는데, 한국은 어때?"

두냐가 궁금하다는 듯이 묻자 일당들이 모두 날 쳐다봤다. 의외의 질문이었다. 한국에서 러시아 마피아가 활동하고 있다는 말을 들은 기억이 없다.

"한국에는 마피아가 없는 것 같은데…"

"아니, 네가 몰라서 그렇지 한국에도 있을 거야."

두냐가 손사래를 쳐가며 내 말을 반박하는 바람에 난 엉겁결에 한국에 대해서 잘 모르는 한국 사람이 됐다. 한국은 마피아가 활개 치기에는 부적합한 나라다. 두냐가 우리나라 환경을 잘 모르고 짐작으로 한 말이라는 걸 알면서도 굳이 거스르고 싶지 않았다. 생각해 보니 부산항에 러시아 사람들이 몰려온다는 뉴스를 들은 적도 있는 것 같아 그럴지도 모르겠다고 얼버무려 인정했다.

리따는 내 소득이 얼마나 되냐고 물었다. 그대로 얘기하면 이들의 질문이 계속될 것 같아 화제를 다른 것으로 돌렸다. 스베틀라나 선생님이 한 달에 30만 원 정도 받으니 시골에 사는 두냐 일당은 그보다 더 적을 것이다. 게다가 현재의 경제체제에 불만이 적지 않은 걸로 봐서 생활이 넉넉지 않은 것 같은데, 거기에 대고 무슨 소득 얘기를 하겠는가. 해봤자 서로 마음만 불편해진다.

이들에게서 자본주의와 사회주의에 대한 평가를 기대한 건 아니었지만 이들은 과거 소련에 대해 너무 몰랐다. 아니, 모르는 게 당연할지도 모른다. 소련붕괴 시기에 이들은 너무 어렸다. 부모가 자신들을 위해 마련해 준 의식주로 세상모르고 산 시절이었다. 소련이 사회주의의 마지막에 다다랐을 때, 전 세계가 소련의 연착륙을 얼마나 조마조마하면서 지켜봤는지, 나락으로 지고 있는 조국을 구하기 위해 고르바초프나 옐친이 목숨을 걸고 무엇을 했는지, 그리고 왜 그러한 일이 일어날 수밖에 없었는지를 너무 어려서 알 수가 없었다. 한 회사의 간판을 바꾸는 것도 엄청난 모험인데, 하물며 온 국민을 등에 업고 죽을지 실지도 모른 채 나라의 체제를 바꾸려 했다면 오죽했으면 그랬겠는가. 감히 상상도 못할 일이다.

자본주의가 완전한 제도는 당연히 아니지만, 이들은 공산주의가 얼마나 불합리한 이론에 바탕을 두고 출발했는지를 잘 모르고 있다. 비행기를 타고 가도 가도 끝도 없는 푸른빛의 노천 동광을 두고, 얼마나 매장되어 있는지도 모를 만큼의 시베리아 석유를 두고, 노천 석탄광맥에 불이 붙어도 끄지도 못할 만큼의 자원을 두고 왜 '우주를 나는 빈곤'의 수렁에 빠져 있는지 그 원인을 모르고 있는 것이다. 경쟁은 자연의 원리다. 인간은 그 원리를 근본적으로 벗어날 수 없다. 다만, 약아빠진 인간들이 자연이 만든 무한경쟁의 문제점을 깨닫고 어떻게든 빠져나가보려고 애쓰고 있을 뿐이다.

붕괴 전의 소련에서는 오랜 기간 농산물 교환이 이루어지지 않아서 감자를 생산하는 마을은 감자만, 수수를 생산하는 마을은 수수만을 먹고 살았다고 한다. 공업적으로도 생산물 순환체계가 무너져 각 지역에서 1차로 생산된 원료가 공장이 몰려있는 모스크바로 전달되지 못해 무용지물이 되었고, 그래서 한 마을에서 생산된 고무와 다른 마을에서 생산된 천이 신발공장에서 만나지 못해 운동화를 만들 수가 없었던 것이다.

이들은 그토록 절망적이었던 그 시대 상황은 모르고, 어린 시절의 좋은 추억만 마음속에 간직하고 있었다. 추억이야 좋은 거지만 무엇보다도 두냐 일당에게 걱정되는 것은, 자본주의가 기회가 될 수도 있다는 사실을 피부로 느끼지 못하고 있다는 점이다. 어차피 이제는 시장경제에서 벗어날 수가 없다. 이들이 아직은 젊기 때문에 빨리 그걸 깨달아야 하는데 그렇지 못한 것 같아서 안타까웠다.

49
갈리나의 자존심

책을 들고 아래층에 내려갔더니 방안에 은은하게 커피향이 퍼져 있었다. 오랜만에 맡아보는 원두커피 냄새였다. 반가워서 두냐에게 한 잔 달라고 했다.

"노마, 넌 어떤 커피를 마시지?"

"응, 인스턴트커피…."

두냐가 커피를 따르다 말고 인스턴트커피가 아주 좋은 거라고 부러운 듯이 말했다. 예상외의 평가에 의아했다.

"아냐, 원두커피 향기가 얼마나 좋아."

나는 따뜻한 잔을 두 손으로 감싸 쥐고 커피향을 맡았다. 별것 아니라 생각하고 던진 말이었는데, 두냐는 찻숟가락을 흔들어가며 내말을 인정하려 들지 않았다. 그들은 필터 없이 가루에 뜨거운 물을 부어서 가라앉으면 마셨기 때문에 찌꺼기가 남아서 그렇게 생각하는 것 같았다. 모두들 두냐의 말에 동의해 인스턴트가 좋은 거라고 거들었지만 갈리나는 커피만 마실 뿐 아무 말도 하지 않았다. 인스턴트가 좋다는 것을 나도 뻔히 알면서 자기들을 위로하기 위해 가식을 부리고 있다는 표정이었다. 말해도 소용이 없을 것 같아 조용히 커피만 마셨다.

갈리나는 다른 이들보다 자의식이 강했다. 말수가 적은 만큼이나 자존심도 셌고, 공부도 넷 중에서 가장 열심히 했다. 다른 사람들이 놀 때도 혼자 공부하는 모습을 자주 봤다.

얼마 전 유고자빠드늬 대형 마트에 여자 모피코트 값이 아주 싸기에, 기숙사로 돌아와 왜 그렇게 싸냐고 물었다. 서울과는 비교도 안 되는 가격이었다.

"그게 진짜처럼 보여도 가짜야. 사면 안 돼."

두냐가 전문가인 양 나서서 절대로 사면 안 된다고 하더니 느닷없이 내가 입고 다니는 무스탕이 진짜냐고 물었다. 날씨가 추워지고 난 후 수시로 무스탕을 입고 나갔는데 그걸 봤던 모양이다. 화제를 돌릴 생각으로 얼렁뚱땅 대답하고 말꼬리를 흐렸다.

"그래? 한 번 보자."

내 대답이 미심쩍었나? 다음에 보여주겠다고 했지만 두냐는 끈질기게 가져오라고 우겨댔다. 공개재판이다. 가짜로 판명 되면, 우스운 놈 되는 건 한 순간이었다. 갈리나는 못 들은 척하고 딴전을 피웠다. 나이 먹고 이게 무슨 꼴이람. 애들에게 코트 검사나 받고… 머뭇거리다가 극성에 못 이겨 하는 수 없이 가지고 내려왔다.

두냐는 옷을 들어보더니 가볍다고 하면서 안쪽에서 털을 뽑아 라이터로 태웠다. 그런 건 어디서 배웠는지 모르겠다. 냄새를 맡아 보고는 심각한 표정으로 말했다.

"진짜네…."

그녀는 머리를 끄덕이며 예상했던 대로 가격이 얼마냐고 물었다. 잘 모르겠다고 대답했다. 어떻게 얼마라고 대답할 수 있겠는가. 그 대답을 들으면 갈리나가 또 굳은 표정을 지을 텐데. 두냐가 말썽이다. 평소에 갈리나가 예민하게 반응하는 것 같아서 조심해왔다. 나로서는 악의 없이 하는 평범한 행동이 그녀에게는 '있는 나라 놈의 잘난 척'이 됐던 거다.

방으로 올라와 앞으로 더욱 언행을 조심해야겠다고 생각했다. 내가 조금만 생각 없이 행동하면 갈리나가 오해할 소지가 다분했다.

'우리 집은 가난하다. 정원사도 가난하고, 가정부도 가난하고'

이어령 선생이 아주 오래전에 우리나라의 현주소에 대해 쓴 책의 글귀 하나가 어렴풋이 생각났다. 우리나라가 어려웠던 시기에, 부잣집 어린애가 부모로부터 '밖에 나가서 부자인 척하지 말라'는 주의를 듣고 학교에서 글짓기 시간에 자기 집 정원사, 가정부가 모두 가난하다고 했단다. 부자인 사실을 숨기려 했지만 좀 어수룩했다. 내가 부자는 아니지만 무엇이 갈리나의 귀에 거슬릴지 알 수가 없었다.

사실 이런 거, 저런 거 다 필요 없다. 잘난 놈의 무의식적인 행동을 음모적으로 보기보다는, 차라리 자기가 잘난 놈이 되기 위해서 불철주야 노력하는 게 자신의 미래나 정신건강을 위해서도 더 낫다. 어떤 짓이 현명한 짓인지, 인간은 늘 생각해야 한다.

방에 돌아와 TV를 틀었더니 푸틴이 어떤 사람과 둘이서 대화하고 있었다. 대담 프로에 푸틴이 나오는 걸 처음 봤다. 일국의 대통령이 허름해 보이는 스웨터 차림으로 꽃병 하나 놓인 조그마한 탁자에서 진행자와 얼굴을 마주보고 얘기했다. 소박하고 꾸밈없는 지도자라는 생각이 들었다. 우리나라 같으면 어땠을까? 머리카락 한 올 흐트러지지 않게 반듯하게 단장한 후에 깔끔한 배경 앞에서 카메라 각도 맞추고, 예정에 없는 질문은 하지도 못하는 뻣뻣한 대담을 했을 거다.

이곳 사람들 말에 의하면, 스탈린은 너무 숙청을 많이 해서 공포의 인물로 남아있고, 레닌은 혁명으로 정권을 탈취한 후에 별로 이룩한 것이 없으며, 푸틴은 러시아의 모든 정치인들 중에서 가장 국민들의 사랑을 받는 지도자라고 했다. 여기 사람이 그렇다니 그런 점도 있는가 본데, 공산주의 역사를 일으킨 레닌이 그런 평가를 받는지는 몰랐다. 위대한 소련이 무너져서 그런 건지⋯ 여하튼 푸틴의 소박함은 존경스러울 정도였지만, 그가 지시한 테러진압은 무고하게 희생된 사람들 때문에 긍정적인 생각이 들지 않았다.

50

동토의 조국을 지키려면

오전에 니꼴라이와 크레믈린 궁전에 가기로 했다. 날씨가 무척 추운데도 그의 외투가 얇아 보여 춥지 않느냐고 했더니 젊어서 괜찮다고 으쓱했다. 젊다는 말은 잘한다. 두꺼운 외투가 없는 것 같아 안쓰러워 보였다. 초겨울부터 계속 같은 외투만 입고 다녔다.

그동안 나와 함께 해준 것에 대한 보답으로 파카라도 하나 사줘야겠다. 선생님은 나를 생각해서 자기 아들을 보내주었지만 그렇다고 남들처럼 시간당 얼마씩 개인 교습비를 받는 것도 아니고, 그도 학생인데 내게 시간을 빼앗기는 게 미안했다. 물론 영어를 배운다는 목적으로 오기는 했지만 영어보다는 거의 러시아 말을 했다.

시내에 도착해서 지하철을 갈아타는데 통로 한쪽에서 젊은 남자가 아코디언을 켜고 있었다. 악기에 어울리는 영화음악과 우리가 알만한 대중음악들을 연주했다. 몽마르트 언덕의 길거리 악사 같다. 니꼴라이와 함께 앞으로 다가가 연주를 들었다. 지나는 사람 아무도 쳐다보지 않다가 우리가 앞으로 다가서자 신이 났는지 연주에 힘이 들어갔다. 몇 곡을 더 듣다가 주머니에서 동전 몇 개를 꺼내 돈 통에 넣었다. 연주를 하면서 고맙다고 몇 번이나 굽신 했다. 날씨가 추운데 얼마나 벌 수 있으려나….

광장역에 도착했다. 스베틀라나 선생님은 그 지역을 '붉은 광장' 이라고 부르는 걸 싫어했다. 러시아 단어 '끄라스나야' 는 '붉은' 의 뜻과 '아름답다' 의 뜻이 있다. 소비에트정부 시절에는 '붉은' 의 의미로 썼지만 지금은 그렇게 쓰면 안 된다는 것이다.

선생님은 내가 '아름다운 광장' 이라고 하는지 '붉은 광장' 이라고 하는지 모른다. 한국말로 '아름다운 광장' 이라고 말하려면 불편하다. '붉은 광장' 이 더 편하다. 말이 나왔으니 말이지만 우리 한글은 정말 우수하다. 단어가 짧다. 우리말로 '여선생' 은 러시아어로 '쁘리빠다 바첼리니짜' 라고 하는데, 알파벳이 자그마치 17개나 들어간다. 우리말을 읽는 습관으로는 한눈에 읽기가 힘들다. 다른 면에서, 러시아어는 구조가 아주 압축적이기 때문에 외국어로 옮기기가 쉽지 않다고 한다. 특히 시가 그렇다는데 시를 읽을 수준이 되지 않아서 그 의미를 정확히 모르겠다.

'크레믈린' 이란 원래 '성벽' 이라는 뜻이다. 그래서 전쟁을 염두에 둔 러시아 고도(古都)에는 모두 '크레믈린' 이 있다. 모스크바에만 있는 게 아니다. 성이 이색적으로 아름답다. 외벽이 붉은색인 것도 그렇고, 탑이 둥글고 화려한 금색으로 칠해져 있는 것도 그렇다. 궁전 지붕은 연한 녹색인데 느낌이 아주 부드럽고, 외벽과 색 조화가 얼마나 잘됐는지 한 폭의 파스텔화 같이 예쁘다. 감탄을 자아내게 하는 모스크바의 보물이다.

"궁전에 방이 700개나 있어."

니꼴라이가 자랑스럽다는 듯이 씽긋 웃으며 말했다. 700개. 도대체 궁전이 얼마나 크기에 방이 700개나 되나. 누가 치우고 무슨 돈으로 관리하지? 겨울만 있는 나라에서 국민들 고생깨나 했겠다.

성 주변을 돌다가 세상에서 제일 크다는 '짜르 대포'와 '짜르의 종'을 구경했다. 대포는 한 번도 사용하지 못했다고 한다. 대포 앞에 3개의 대포알이 있는데 문외한인 내가 봐도 그런 크기의 대포알은 발사될 것 같지도 않다. 온 나라 안 화약을 전부 모아다가 한번이나 쏠 수 있을까? 대포 한 방에 적을 몰살 시키지 못하면 화약이 모자라서 전쟁에서 지는 거다. 차라리 안 쏜 게 다행일지도 모르겠다. 사용한 적이 없다니까 애초부터 과시용으로 만들었나 보다.

'짜르의 종' 역시 한 번도 울리지 않았단다. 높이가 아파트 2층은 되어 보였는데, 종이 깨져 있어서 이상하다고 하자 니꼴라이는 주조해서 만들 때 공장에 불이 나서 식지 않은 종에 물을 부어 깨졌다고 했다. 원주민이 설명하니 사실이겠지만, 만드느라 애쓴 사람들 허탈했겠다. 그런데 깨진 종은 왜 전시해 놨을까? 옛날 중국 사람들은 전쟁터에 나가다가 깃대만 부러져도 불길이니 어쩌니 하고 의미를 부여했는데 깨진 종에, 쏴보지도 않는 대포가 자랑거리라도 되는 건지. 하여간 성이고, 대포고, 깨진 종이든 간에 뭐든지 만들기만 하면 다 큰가 보다. 대국이라는 것을 과시하고 싶었나?

붉은 광장으로 발길을 돌렸다. 광장 중심부의 한쪽 편에는 레닌 묘가 있고, 건너편에는 러시아 최대 백화점 '굼'이 있다. '굼'은 국영백화점이라는 뜻이다. 광장 안쪽으로 역사박물관이 보였는데, 큰 건물이 선명하게 붉은색이라서 두드러지게 눈에 띄었다. 붉은 광장에 붉은색 건물. 후세에 공산혁명이 일어나 붉은 광장으로 불릴 것을 예견

해서 붉은색으로 건물을 올린 건가? 건물 색이 참 특이하게 예쁘다.

굼 백화점은 루브르궁전 같이 멋있다. 내부도 아주 화려했는데, 러시아 최고의 백화점답게 유럽의 여느 백화점처럼 고급 장식의 유명메이커 상점들이 입주해 있었다. 똑같이 화려해서 파리인지 모스크바인지 구분이 안 된다. 그런 상점들은 서울과 마찬가지로 비싸기 때문에 그냥 한 바퀴 돌고 나왔다.

바실리 사원은 러시아 관광책자를 사면 어느 책에서나 표지 사진으로 나온다. 둥근 첨탑이 어렸을 때 먹던 왕사탕 같기도 하고, 눈을 어지럽게 하는 팽이 같기도 하다. 평소 사진을 보면서 내부가 어떻게 생겼는지 궁금했었다. 호기심에 다가가 보니 사진으로 볼 때와는 달리 관리가 잘 안 돼서 낡고 허술했다. 내부가 미로 같아서 구조도 복잡했다. 니꼴라이는 종교적 의미로 십자가를 흉내 내서 그렇다고 설명했다. 창문이 작아 내부가 어둡고 음침했는데, 그렇게 음침한 느낌이 드는 게 신성한 신을 모시는 데 적합한 건지 모르겠다. 이곳저곳을 구경하다가 비디오테이프와 안내 책자를 사가지고 내려왔다. 니꼴라이는 그 비디오테이프가 한국과 녹화 방식이 달라서 못 볼지도 모른다고 했다.

사원을 나와 지하철역으로 내려가는데 초등학교 1~2학년 정도로 어려 보이는 학생들이 2~30여 명 무리지어 광장으로 올라오고 있었다. 소풍을 온 건지, 학생들은 선생님을 따라가면서 몹시 재잘거리고 까불까불했다. 추운 날씨에 어찌 저리 즐거워 할 수 있을까? 그 아이들 얼굴에 추위는 없었다. 내가 발걸음을 멈추고 신기한 듯이 바라보자 니꼴라이가 흔히 있는 일이라면서 어깨를 으쓱하고 싱긋 웃었다. 그렇지, 이 추위를 이기지 못한다면 어떻게 눈보라의 조국을 지키겠나. 그들은 모두 동토왕국의 어린 수호자들이었다.

51
신이 내린 미모

수업시간 중에 선생님께 혼자 공부할 수 있는 어학 테이프를 사고 싶다고 했더니 대학 서점에서 적합한 교재를 골라 주겠다고 했다. 교과서는 너무 문어적 표현에 치우쳐 있고, 두냐 일당과 나누는 대화도 한계가 있어 다양하게 생활 회화를 배우고 싶었다. 어학은 반복해서 많이 듣고 중얼중얼 거리는 게 가장 빠른 습득 방법이다.

대학 본관에 들어가는데 경비원이 신분증과 가방 검사를 했다. 테러 때문인지, 도난 방지 때문인지, 이유는 정확히 모르겠지만 깐깐한 공항검색대를 지나는 것 같았다. 금속 탐지기를 지나 가방까지 열어 보이면서 검색을 통과하고, 여기저기 기웃거리다가 로비 중앙에서 프런트 데스크를 보았다.

'대학 로비에 웬 프런트 데스크?'

학생들이 알아서 등록하고 강의실을 찾아가면 되지, 뭐 대단하게 안내 할 게 있다고 호텔 로비처럼 긴 데스크가 있는 건지 호기심이 들었다. 마치 볼 일이라도 있는 사람처럼 성큼성큼 다가가 보니 데스크에는 안내원도 없고, 메모지 한 장, 볼펜 한 자루 없었다. 그러면 그렇지, 관광객이 드나드는 호텔도 그저 그런데 여기야 오죽하랴. 새삼 놀랄 일도 아니라고 생각하면서 돌아서는데 2층에서 수업을 마친 여학생들 한 무리가 내려왔다. 선생님과 만나기로 한 약속시간이 남아 있던 차에, 구경거리다 싶어 데스크에 기대고 서 있었다.

60~70여 명은 됐나 보다. 이곳에서 생활한 지 어느 정도 됐으니 재빨리 상황을 파악하고 그 자리를 피했어야 했는데 눈치를 채지 못했다. 여학생들이 하나같이 내 쪽으로 걸어왔다. 이상하기는 했지만 그래도 굳이 피할 건 아니라고 생각했다. 결국 그들이 코앞까지 다가와 빠져나갈 틈도 없이 완전히 둘러싸이고 나서야 데스크에 맡긴 외투를 찾으러 왔다는 것을 알았다.

많은 여학생들을 코앞에서 마주보고 있는 건 정말 난감했다. 슬며시 뒤를 돌아보니 언제 나타났는지 여직원이 학생들이 내민 번호표대로 외투를 돌려주고 있었다. 이런 상황에서 프런트 쪽으로 돌아서는 건 더 웃기겠다는 생각이 들었다. 번호표를 내밀어 옷을 찾을 것도 아닌데 돌아서서 뭘 할 건가. 이렇게 난처한 상황은 처음이다. 나도 모르게 얼굴이 조금 달아올랐다. 적당히 빠져 나가려고 주변을 살펴봤지만 틈이 없었다. 숫자가 줄어들 때까지 그대로 있는 수밖에 다른 도리가 없었다.

그러다 알았다. 애들이 모두 대단한 미인들이었다. 그냥 편하게 있자고 생각하면서 뻔뻔해지기로 마음먹자 학생들 하나하나가 눈에 들어왔다. 어쩌면 그렇게 하나같이 모델처럼 이목구비가 확실하고 균형 잡힌 체형을 가지고 태어났는지.

"여기 여학생들은 예쁘고, 옷도 잘 차려 입고 다녀요."

언젠가 수업시간에 여학생들이 예쁘다고 하니까 선생님은 이전에 프랑스 남학생도 같은 말을 했다고 은근히 맞장구를 쳤다. 그러면서 나이 먹은 여자들은 그렇지 않지만, 젊은 여자들은 예쁜 것 같다고 수위를 조금 낮췄다.

"아니요, 기숙사에서 일하는 아줌마들도 예쁘게 하고 다녀요."

내가 고개를 저어가며 선생님 말을 부정하자 마지못해 웃음으로 동의했다.

여기에서는 멀리 지방 출신 여학생이나 직장인이 모스크바에 오게 되면, 형편이 어려운 여자들은 친지한테 돈을 빌려서라도 멋진 코트나 옷을 사서 입고 나중에 갚는 경우가 많다고 한다. 다소 무리를 해서라도 예쁘게 꾸며 능력 있는 배우자를 잡기 위해서다. 살다보면 때때로 그런 노력이 필요할 때도 있다. 문제는 모두가 예뻐서 어지간해서는 눈에 띄기가 어렵다는 거다.

로비를 어슬렁거리다 선생님을 만났다. 약속 시간보다 조금 늦었다. 선생님은 미안하다면서 말을 꺼냈다.

"어제 뉴스에서 북한 핵문제를 얘기하던데 봤냐?"

사실 뉴스를 봐도 잘 모른다. 많이 알아듣기는 했지만 그럴 정도로 실력이 는 건 아니다. 모르겠다고 했더니 선생님은 몹시 걱정하는 투로 김정일이 자꾸 핵으로 위협하는데 걱정되지 않느냐고 되물었다. 사실 그 문제의 당사자인 우리들은 이들처럼 심각하게 걱정하지 않는다. 정말 이상한 일이긴 하다. 누군가 핵으로 생존을 위협한다면 국가적으로 난리를 치고 해야 정상인데 정작 우리는 덤덤한 것이다.

김정일이 모스크바에 와서 푸틴에게 무기를 달라고 했다가 잘 되지 않자 러시아 주재 북한대사를 파면했다는 얘기를 들은 적이 있다. 맨

날 '우리민족끼리'를 떠들어 대면서 누구에게 쓸 무기를 달라고 한 것일까? 차라리 공장 돌릴 석유를 달라고 하지. 핵무기는 또 뭐고.

"나르말리노…. (괜찮아요)"

선생님의 우려 섞인 질문과는 달리, 나는 머리를 긁적이며 우물우물 대답했다. 걱정은 되지만 내가 취할 행동 범위를 넘은 주제다. 내가 김정일의 핵무기에 뭘 할 수 있겠는가.

선생님은 외국인을 위한 어학교재가 많지 않다고 하면서 내 수준에 맞는 회화책과 테이프를 골라주었다. 처음 가본 서점이라 뭐가 더 있을까 해서 좌판을 둘러보는데 진열된 책들 사이로 세계지도가 보였다. 펼쳐보니 대륙이 배치된 건 우리네 것과 같은데 깨알 같은 러시아 글로 한국, 일본, 중국이 적혀 있었다. 이런 게 있구나 싶었다.

"기념으로 샀어요."

내가 웃으면서 지도를 펼쳐 보이자 선생님은 한국이 어디에 있나 찾아보다가 갑자기 좋은 생각이 났다는 듯이 말했다.

"다른 곳에 가면 6·25때 기록이 있는 옛날 자료를 구할 수 있는데 가볼래?"

동방의 조그마한 반도가 남한은 황토색으로, 북한은 분홍색으로 나뉘어져 있는 것을 보고 6·25가 생각났던가 보다. 선생님의 옛날 자료라는 말에, 일본의 와다 하루끼 교수가 러시아에서 공개한 6.25 자료를 분석한 후에 브루스 커밍스의 6·25 북침론을 비판했던 사실이 생각났다. 브루스 커밍스를 KO패 하게 만든 그런 자료인가 보다. 아직 브루스 커밍스가 커밍아웃 했다는 말을 못 들었는데, 그 자료를 사다가 보내주면 어떨까 하는 장난스러운 생각이 들었다.

"그건 제가 읽기가 어려울 것 같아요."

내가 난처한 표정을 짓자 선생님도 그럴 거라면서 고개를 끄덕였다. 서점을 나와 대학 앞 버스 정류장까지 같이 걸었다. 선생님이 캠퍼스 이곳저곳을 설명해줬다.

저녁에 성민이 찾아왔다. 얼굴에 희색이 돌았다. 복도나 거리에서 남들도 쳐다보지 않고 항상 무표정하게 뭔가 외우고 다니는듯하던 그가 싱글거렸다.

"좋은 일이 있어요?"

혹시나 해서 물었더니 처가 딸을 낳았단다. 첫 아기다. 얼마나 보고 싶을까.

나도 아내가 첫 딸을 낳았을 때 얼마나 기뻤는지 지금도 잊을 수가 없다. 비록 인생살이가 만만치 않아도 일단 세상에 나왔다는 건 축복받을 일이다. 기념으로 함께 저녁을 하자고 했다. 살류트호텔에서 삼겹살 소주 파티를 하면서 모처럼 즐거운 시간을 가졌다. 조만간 귀국했다가 다시 온다고 했다.

52

토샤의 영문 메모

오늘이 며칠 째인가? 일주일도 넘게 해
가 없나 보다. 여긴 한번 해가 없어지면
보통 일주일 이상 안 나타나는 때가 허
다하다. 비가 오는 것도 아니고, 눈이
오는 것도 아니고, 그냥 구름 낀 날 오후처럼 무채색으로 흐리기만 하
다.

혼자 공상하는 것을 좋아하는 나로서는 요즘처럼 흐린 날이 그다지
싫지 않다. 이런 날 커피를 마시면서 창밖을 내다보면 마음이 차분히
가라 앉아 좋기도 했다. 세상 모든 게 새롭게 인식 되는 것도 같다. 겨
울나무에 몇 개 남지 않은 열매를 쪼아대는 까치, 현관에서 이삿짐을
내리거나 싣는 사람들, 기숙사 앞에서 다 낡은 자동차를 고치고 있는
정비공… 시계추는 항상 좌우로 흔들리고, 사람들은 같은 원을 늘 새
롭게 돈다던 서머셋 모옴의 얘기가 바로 나같이 모자라는 게으름뱅이
를 두고 한 말 같다.

밖을 내다보다 문득 나 자신도 어느 샌가 이곳 사람들처럼 무표정
하고 무뚝뚝한 사람이 되어 있을지도 모르겠다는 생각이 들었다. 이

곳 사람들이 늘 무표정하고 우울해 보여서 이곳의 해 없는 날씨 때문에 그런 게 아닌가 생각했는데, 어느새 나도 무채색의 날씨를 즐기고 있다. 사람은 환경의 동물인데….

태초에 러시아의 선조들은 왜 그 많은 따뜻한 땅을 두고 이렇게 추운 곳에 와서 자릴 잡은 걸까? 햇볕도 없고 허구한 날 흐린데. 무엇에 쫓겨 온 건가, 아니면 오로라를 본 건가. 2차 대전에서 독일군 얼어 죽게 하려고 미리 자리를 잡은 건 아닐 거고….

오후에 니꼴라이가 놀러와 의학연구소 건물에 있는 레스토랑에 갔다. 레스토랑 이름이 읽기 어렵다. 그곳에 레스토랑이 있는 것은 이미 알고 있었지만, 출입구가 내 동선과 반대편에 있어서 가지 않았다.

토요일이라 그런지 젊은이들이 테이블마다 웃고 떠들고 했다. 시끄러운 사람들을 피해 한쪽 구석에 자리를 잡고, 난 마티니를 시키고 니꼴라이는 콜라를 시켰다.

"당구 칠 줄 알아?"

빨대를 만지작거리던 니꼴라이가 갑자기 물었다. 귀가 번쩍 뜨였다.

"당구장이 있어?"

내가 반가운 기색으로 묻자 니꼴라이가 가자고 일어섰다. 레스토랑 내 좁은 복도를 지나니 안쪽으로 당구장이 있었다. 불이라도 나면 좁은 복도가 사람 잡는데 한 몫 하겠다. 가득한 담배연기 속에서 젊은이들이 소리치고, 웃고 왁자지껄 했다. 반가웠다. 여기도 당구가 있긴 있구나.

'아니, 여기 애들은 모두 근시야?

4구는 없고, 포켓볼만 있었는데 당구공이 잘 익은 배 만큼 커서 놀렀다. 참새도 권투선수 주먹만 하고, 까치도 독수리만 해서 놀랐는데, 이번에는 당구공이네… 유럽에 큰 당구공과 당구대가 있다는 말을 듣기는 했지만 공이 그렇게 클지 몰랐다. 큐대도 대걸레 자루보다 더 큰가 보다.

게임을 시작했다. 포켓볼은 서울에서 딱 한 번 해봤다. 들어갈 듯, 말 듯. 공이 생각처럼 쉽게 포켓에 빠지지 않았다. 니꼴라이도 잘 치지 못해 그럭저럭 한 게임을 끝냈다. 이보다는 역시 4구가 매력적이지. 한국에서는 남자들이 포켓볼보다 4구 게임을 많이 한다고 설명하고 끌어당기기나 밀어치기를 시범으로 보여줬다. 공이 너무 크고 둔탁해서 제대로 되지는 않았지만, 니꼴라이는 공이 스핀을 받고 회전하는 것을 보고 신기해했다. 자기도 될까 해서 따라하다가 잘 되지 않자 고개를 갸우뚱거리며 웃었다. 니꼴라이, 갸우뚱 한 고개 바로 세우는데 시간과 돈 깨나 들어가는 거야. 몇 번이나 나에게 다시 해보라고 해서 우쭐한 기분으로 시범을 보여줬다. 재미있었다.

기숙사로 돌아와 경비데스크를 지나다가 3층에서 내려오는 리따와 만났다. 날 만나러 올라갔다가 내가 방에 없는 걸 확인하고 내려오는 길이었다.

"보여줄 게 있어… 방으로 가자…."

그녀의 표정이 편치 않아 보였다. 방에는 두냐 혼자 TV를 보고 있었다. 리따는 서랍에서 작은 메모지를 꺼내 보여주었다.

"이게 무슨 뜻인지 말해줘…."

리따의 목소리가 잠겨 있었다. 토샤가 영어로 쓴 메모였다.

"우리는 잘 될 거야. 고향에 가서도 잘 될 거야. 걱정하지 마."

뜻을 바로 말해주지 못하고 잠시 주저했다. 짧은 말에는 함축된 의미가 많다.

"토샤는 어디 있어?"

"그가 시장에 가면서 이 메모를 줬어…."

리따가 어두운 표정으로 나지막이 대답했다. 어떻게 말해주어야 하나. 단어야 별거 아니지만, 내가 리따와 토샤 사이에 벌어진 내용을 대충은 알고 있었기 때문에 뭐라고 해석해 주든 꺼림칙했다.

곰곰이 생각해보니 토샤라는 녀석이 정말 맹랑하다는 생각이 들었다. 리따가 영어를 모르니 분명히 남에게 부탁할 텐데, 리따 주변에 영어를 아는 사람이 나밖에 더 있나? 이런 내용을 내가 알아도 상관없다는 말인가? 사정이 이렇게 되었으니 너도 알고 있으라는 의미인가? 책상 위에 있던 리따의 약혼자 사진을 저도 봤고, 나도 봤고, 고향에 돌아가면 그녀가 결혼한다는 걸 모두가 알고 있는데, 그걸 무시한 채 사고를 쳐놓고 이게 무슨 짓인가. 그런데다가 하고 싶은 말이 있으면 러시아 말로 할 것이지 뭔 의미를 부여하고 싶어서 영어로 해? 멜로 영화 찍나?

문득 내가 고민할 필요가 없는 일이라는 생각이 들었다. 토샤가 리따에게 무슨 짓을 했다면 그건 리따도 두 눈 뜨고 응한 거다. 뭘 숨기고, 뭘 돌려 얘기하겠나. 있는 그대로의 의미를 해석해줬다. 리따가 손톱을 물어뜯었다. 옆에 있던 두냐가 걱정스런 표정으로 리따를 바라봤다. 그녀도 리따와 토샤의 일을 알고 있는 것 같았다. 아니, 새삼스레 두냐가 알고 있는 것 같다고 표현할 일도 아니다. 지난번에 눈싸움하러 갔을 때 리따와 토샤가 숲속으로 사라졌다 나타났고, 이어서 두냐와 알렉산드르도 그랬다. 누가 산책 삼아 숲속에 다녀왔을 거라고 생각하겠나. 산책만 하고 다녔다면, 리따가 수수께끼 같은 메모 때문에 나를 찾아다닐 일도 발생하지 않았을 것이다.

고향에 가서도 잘 될 거라는 말은 무슨 뜻인가? 여기에서 있던 일을 약혼자에게 얼마든지 숨길 수 있다는 건가, 아니면 약혼자를 버리고 같이 살자는 건가? 그의 메모에는 그런 말이 없어서 거기까지 해석해줄 수는 없었다. 어떻게 하는 것이 잘되는 것인지는 나도 모르겠다. 리따가 손톱을 물어뜯은 이유도 바로 그거다. 고향에 돌아가면 여기 일은 모두 잊고 약혼자와 행복하게 살라는 건지, 아니면 약혼자와 헤어지고 토샤 자신과 살자는 얘긴지가 분명하지가 않다는 것.

토샤라는 놈이 정녕 질서를 깨고 있다. 이들에게 무슨 일이 더 있었는지 구체적으로 알 수는 없었지만, 확실한 건 토샤 때문에 지금 이들이 무너지고 있다는 것. 질서가 깨지면 나도 이들과의 관계가 편치 않을 거라는 생각만 들었다.

"갈게….."

작은 소리로 인사하고 슬며시 방을 나왔다. 그녀는 밑그림도 없이 조각퍼즐 맞추기를 시작한 것 같았다.

계란을 사려고 매점에 내려가다가 외출에서 돌아오는 갈리나와 마샤를 만났다. 빅토르를 만나고 오는 길이라고 했다. 빅토르는 갈리나의 오빠인데 왜 걸핏하면 마샤가 쫓아가서 만나고 오는지, 얘도 기어코 질서를 깨려는가 싶었다.

53

웅장한 앰게우

오전에 내 방을 찾아온 니꼴라이가 콜록거렸다.

"젊은데 아프네?"

평소 니꼴라이가 '젊다'는 말을 자주 써서 복수하듯이 놀려대자, 속뜻을 알아채고 아픈 게 아니라고 멋쩍게 웃었다. 아니긴 뭐가 아냐. 기어들어가는 목소리가 웃겨서 장난치듯이 그의 어깨를 두들겨 줬다.

얼마 전에 니꼴라이에게 점심에 자장면 먹고 앰게우에 가자고 했었는데, 오늘이 그날이다. 니꼴라이 컨디션을 생각해서 택시를 타고 아를료녹호텔로 갔다. 호텔 내 한국식당에서 면 만드는 장면을 보여줄 생각이었다. 식당에 들어서 주방이 잘 보이는 쪽으로 자리를 잡고 자장면을 시켰다. 잠시 후 주방장이 등장해 밀가루 반죽을 주무르다가, 마술처럼 손을 놀려 국수 가락을 곱으로, 곱으로 늘려갔다. 니꼴라이는 신기하다는 듯이 뚫어져라 쳐다봤다. 호두까기인형 발레 공연보다 더 재미있었을 걸? 몇 번을 반복해 면이 다 만들어지자, 니꼴라이는 주방장처럼 팔을 휘저으면서 웃었다.

자장면이 나왔다. 니꼴라이가 젓가락을 못 쓸 것 같아서 종업원에게 포크를 달라고 했는데, 숨겨왔던 능력을 보이고 싶었는지 굳이 젓가락을 쓰겠다고 고집을 피웠다. 보통 반찬을 젓가락으로 대충 집어먹는 것과 자장면을 먹는 것은 차이가 있는데도 그게 그거로 보였나 보다. 몇 번 고생을 하다가 도저히 안 되겠는지 포크를 달라고 했다.

"젊잖아?"

내가 다시 젊다는 말로 키득거리며 놀려 줬다. 당분간 내 앞에서 젊다는 소리는 안할 것 같다. 그에게 자장면 소스는 처음이었다. 오랜만에 먹는 자장면은 정말 맛이 있었다.

식사 후에 엠게우로 향했다. 아를료녹에서 도보로 15분 정도 떨어져 있다고 했지만 니꼴라이를 생각해서 다시 택시를 탔다. 바라비요프 언덕 아래로 모스크바 시내가 한눈에 들어왔다. 멀리 스키 점프대도 보이고, 모스크바 강과 공장도 보였다. 언덕이 아주 높아서 눈 아래 펼쳐진 광경이 시원했다.

대학 본관 건물이 정말 크다. 이탈리아 베드로성당도 크다고 생각했지만 엠게우는 큰 건물 몇 개가 하나로 이어져, 전체로 보면 여기가 더 큰 것 같다. 32층의 높은 본관 건물을 중심으로 20층쯤 되는 건물이 좌우로 붙어 있는데 웅장함과 아름다움이 같이 있었다. 뒤로 이어진 건물까지 방이 전체 4000개 정도 되고, 동선을 다 이으면 100km가 훨씬 넘는단다. 학생들이 큰 뜻을 품지 않고는 못 배길 것 같다. 엠게우와 비슷한 건물이 모스크바 시내에 6개나 더 있다는데, 정말 대국이라는 생각이 든다.

건물 뒤에 있는 노벨상 수상자 흉상을 지나면서 내가 말했다.

"언젠가 저 옆에 너도 있겠지?"

니꼴라이가 빙긋 웃으면서 앰게우에서 역대 열두 명의 노벨상 수상자가 나왔다고 자랑했다. 그 정도면 자랑할 만하다. 카메라가 없어서 사진을 찍지 못한 게 아쉬웠다.

저녁에 천석이 우리 집 사진을 가지고 왔다. 천석의 회사에 정기적으로 우편물이 송달되는 걸 알고 그에게 부탁했었다. 두냐 일당과 스베틀라나 선생님이 우리 집을 보고 싶어 해서, 아내에게 보내라고 했었다. 안방, 애들 방과 거실에서 식구들이 강아지를 안고 찍은 사진이 왔다. 베란다에 통유리와 화분들이 보였다. 정겨운 나의 집이다.

두냐 일당에게 사진을 보여주자 눈이 휘둥그레 해졌다. 거실에 큰 통유리가 있는 게 이들에게는 이해가 가지 않는 일이다. 여기라면 식물원에서나 볼 수 있는 꽃나무 화분이 베란다에 가득한 것도 신기했을 거다. 안방에도 베란다 쪽으로 큰 유리문이 있는 것을 보고 이게 정말 너네 집이냐, 이렇게 큰 유리문이 방에도 있냐고 물었다. 러시아 아파트에는 기본적으로 통유리를 사용할 공간이 없다.

마샤는 자기네 아파트가 80㎡라고 하면서 그림을 그려가며 구조를 설명하다가 생뚱맞게 시어머니 흉을 봤다. 좁은 집에서 시어머니와 함께 사느라고 어렵다고 했다. 시어머니 얘기를 자주 하는 걸로 봐서 스트레스가 있기는 있나보다. 러시아에도 고부 갈등이 있는지 물어보고 싶었지만 말이 어려워 그만 두었다. 자기네 집에도 다차가 있다고 했다. 이곳 사람들은 다차가 있는 것을 큰 자랑으로 여긴다.

54

이해할 수 없는 마샤

요즘은 기숙사가 조용하다. 추워져서 그런지 단기 유학생도 별로 없고, 학기도 거의 끝나서 기숙사 관계자들도 잘 안 보인다. 특히 주말이면 기숙사에 남아 있는 학생이라고는 성민과 나, 두냐 일당, 도미니카 루이스, 나이지리아 추장 남매 이게 전부다. 조용해서 아주 좋다.

최근에는 주방에 자주 가지 않았다. 여기에서 생활한 지 좀 되고 해서, 사는데 노하우가 생겨 된장이나 고추장을 사다가 방에서 음식을 만들어 먹었다. 다만 음식 냄새가 너무 심해 심야에 창문 열고 만들었다가 식혀서 냉장고에 보관했다. 다행히도 혼자 살기 때문에 룸메이트 눈치는 안 봐도 됐다. 한번 끓이면 이틀 정도 먹었는데, 집만큼은 아니지만 처음 왔을 때보다는 여유 있게 맛을 즐기며 산다.

오랜만에 주방에서 점심을 준비하는데 리따가 올라왔다. 며칠간 안 보인 게 웬일인가 싶었는지 잘 지내냐고 물었다.

"응, 그런데 집이 많이 그립네…."

"혼자 있어서 그래. 우리 방에 자주 놀러와."

집이 그립다는 말을 괜히 했다 싶었다. 고맙다고 대답은 했지만, 일당들 방에 질서가 깨지고 있다는 생각에 그녀의 말이 반갑게 들리지 않았다.

언젠가 두냐가 자기네 동네라고 하면서 하샤뷰르트 사진을 보여줬다. 계절은 겨울 같지 않았는데 멀리 눈 덮인 산이 보였고, 우리가 흔히 보아온 시골처럼 한적한 농촌풍경이 들어 있었다. 두냐 일당은 그런 곳에서 자란 순박한 애들이다. 비록 살기는 어려워도 돈에 찌들어 있지 않았고, 이해 타산적이지도 않았다. 절약하는 습관이 몸에 배어 있어서 작은 돈도 꼼꼼히 계산하고 소중히 여겼다. 검소하다는 느낌에 그들을 더욱 좋게 생각했다. 그만큼 순박한 애들이라고 생각했는데, 오늘 이들이 내 머리를 완전히 뒤흔들어 놓았다.

오후에 성민이 찾아와 곧 출국하게 되었다면서 친구들과 저녁식사를 하고 싶다고 했다. 아기를 보기 위해 출국한다고 마음먹으니 많이 기뻤나 보다. 그 마음을 알 것 같다. 종덕과 천석도 부르고, 두냐 일당도 부르고 싶다고 했다. 금요일이나 토요일이었으면 좋았을 텐데, 일요일 저녁이다 보니 조금 부담은 됐지만 모두에게 연락해보겠다고 대답했다.

종덕과 천석에게 연락하고, 일당에게 얘기했더니 갈리나가 머뭇거리며 말을 꺼냈다.

"빅토르가 오기로 했는데 같이 가도 되나?"

성민이 빅토르를 모르는데 어찌해야 하나. 안된다고 하지는 않겠지만, 남이 내는 자리를 내 맘대로 사람을 넣고 빼고 할 수는 없는 일이었다. 성민에게 찾아가 사정 얘기를 하자 흔쾌히 승낙했다. 대식구 파티가 됐다. 두냐 일당은 한국 음식으로 저녁식사를 하게 되었다고 좋아했다. 빅토르가 도착해서 모두 살류트호텔로 출발했다. 가는 도중에 종덕, 천석과 '식구가 많아서 돈이 많이 들 테니 우리가 조금씩 나눠서 부담하자' 고 의견을 모았다.

삼겹살과 소주를 시켰다. 러시아에서는 우리처럼 돼지고기를 삼겹살로 구분해 먹지 않는다. 일당에게 삼겹살은 처음이었고, 고기를 굽기 위해 식탁위에 불을 피우는 것도 처음이었다. 신기한 눈으로 바라봤다. 고기가 익자, 노랗게 잘 익은 삼겹살을 마늘과 함께 상추에 싸서 먹는 것도 가르쳐 주고, 한국 술이라고 소주 맛을 보여주기도 했다. 삼겹살을 먹는 중간에 내가 풋고추를 된장에 찍어 먹자 호기심 많은 두냐가 나를 쳐다봤다.

"이건 매워서 안 돼."

내가 손을 가로 저으며 어린아이 나무라듯이 사전 경고를 보냈다. 두냐는 맵다는 말에 반감이 들었는지, 하샤뷰르트 외곽 사람들도 매운 고추를 먹는다며 자기도 먹을 수 있다고 나섰다. 안 된다는 말이 거꾸로 호기심을 키웠다. 용감한 두냐. 모두들 두냐를 쳐다봤다. 조심스럽게 된장에 풋고추를 찍어 먹던 그녀가 우물거리며 먹을 만하다고 하자 나머지 일당들도 고추를 하나씩 집어 들었다. 많이 매운 건 아니었지만, 그래도 견디고 먹는 게 장해 보였다.

갈리나는 간장을 처음 먹어본다고 했다. 그런 소스가 있다는 것은 알았지만 맛을 본 적은 없단다. 호박전과 두부전을 간장에 찍어 먹었다.

"이게 뭘로 만든 거야?"

두부를 먹던 갈리나가 식감이 특이했는지 호기심 가득한 표정으로 물었다. 그러고 보니 두부도 처음이다. 두부를 보고 원재료가 콩이라는 것을 상상하기는 쉽지 않다. 콩으로 만든 것이라고 했더니 신기해했다. 삼겹살을 초간장에 찍어 먹어도 맛있다고 하자 모두들 따라했다.

빅토르를 포함해서 남자들끼리는 소주를 몇 병이나 마셨다. 한 사람 당 한 병은 먹었나 보다. 소주 값이 비싸서 술을 보드카로 바꿨다. 맛은 떨어졌지만 그래도 즐거움만큼은 왕궁 파티가 부럽지 않았다. 술도 마시고, 식사도 하고 모두가 즐거웠다. 파티가 끝나 종덕과 천석은 택시편으로 출발하고, 우리는 술도 깰 겸해서 기숙사까지 걸었다. 돌아오는 길에도 웃고 떠들고 즐거움이 가시지 않았다.

"방으로 내려와."

두냐가 3층으로 올라가는 성민과 나에게 차를 마시러 오라며 손짓을 했다. 식사로 끝낼 두냐가 아니다. 술이 약한 성민이 흔들흔들 하면서 잠자는 시늉을 하자 빅토르가 나에게 신호를 보냈다. 웃으면서 고개를 끄덕여줬다. 방에 올라와 옷을 갈아입고 양치질을 했다. 그러고 보니 오랜만에 마늘을 많이 먹었다. 그럼 언제, 일당들도 먹었는데….

호실 방문이 조금 열려 있었다. 노크가 없어도 되겠구나 싶어 문을 밀고 들어갔다. 일당들은 양치질에 세수하느라 분주했다. 난 혼자 사니까 빨리 끝나도 이들은 여러 명이 살기 때문에 나보다 몇 배는 시간이 더 걸린다. 내려 왔다고 인기척을 내고 큰방으로 들어가려고 문을 열었다. 난감한 광경….

'아, 내려오지 말 걸… 나도 성민처럼 그냥 잔다고 할 걸….'

어찌해야 할 바를 모르겠다. 마샤가 풀어헤친 잠옷 차림으로 몸을 반쯤 드러낸 채 침대 위에서 빅토르와 뒹굴고 있었다. 그녀의 허벅지가 다 드러나 보였다. 방문 열리는 소리가 분명히 들렸을 텐데도 문소리 따위는 안중에도 없다는 듯이 비벼대느라 바빴다. 마치 몇 달 만에 남편이라도 만난 듯한 행동이었다. 봐서는 안 될 걸 봤다는 생각에 그대로 문을 닫았다. 나머지들은 아직도 화장실과 작은방, 목욕실에 있어서 당황하는 나를 보지 못했다. 호텔에서 걸어와 어느 정도 술이 깬 줄 알았는데 갑자기 술기운이 얼굴로 확 올라왔다. 숨을 크게 쉴 수가 없었다.

'어떻게 하지?'

잠시 머뭇거리다 이들과 마주할 자신이 없어서 조용히 방으로 올라왔다. 냉장고에서 찬물을 꺼내 마셨다. 혼란스러움이 진정되지 않았다.

며칠 전에 마샤가 스웨터를 보여주며 남편에게 줄 것이라고 자랑했다. 그때 난 마샤가 빅토르와의 관계를 잘 정리했나 보다 하고 그런 그녀를 대견하게 생각했다. 그래도 남편이 있으니까 제자리로 돌아갔구나. 그런데 그게 아니었다. 요즘 마샤가 혼자 시내를 몇 번 다녀왔다. 두냐 일당에게 빅토르 말고는 모스크바 시내에 아는 사람이 없다. 그걸 알기 때문에 마샤에게 어딜 다녀왔는지 물어보지 않았다. 그녀의 입에서 빅토르라는 말이 나올까봐 일부러 피했다. 그 말이 듣고 싶지 않았다. 그만큼이나 그녀가 제자리로 돌아가기를 바랐는데, 기대대로 되지 않은 것 같다. 끝난 게 아니라 오히려 더 많이 발전했다. 갑자기 이들에 대한 신뢰가 절벽처럼 무너져 내렸다.

'일당들은 알고 있었어. 그러니 대놓고 침대에서 뒹굴 수 있던 거지.'

도대체 어떻게 된 건가? 마샤 자신이 모스크바 여자들이 미쳤다고 한 것은 단지 길거리에서 술 마시고 담배 피우는 것만을 말한 건가? 그러니 길거리에서 술 안 마시고, 담배만 안 피우면 무슨 짓을 하던 상관없다는 거고? 내게 스웨터를 보여주며 남편 것이라고 자랑했던 게 바로 엊그젠데 오늘 행동은 뭐야. 이 많은 눈을 가지고 고향에 가도 괜찮아?

내 머리로는 도저히 상황을 이해할 수가 없었다. 놀랍다는 생각만 들었다. 마샤와 빅토르가 용감한 건지, 아니면 그저 흔히 있을 수 있는 일을 나만 이해 못하는 것인지. 모두가 그렇기 때문에 토샤가 내게 갈리나의 손을 잡으라고 한 건가? 나도 그렇게 하라고? 도대체 어디부터 어떻게 이해를 해야 할지 알 수가 없었다.

그들은 계속 엉뚱한 일을 벌이고, 이해하지 못하는 나만 삭히느라 맘고생을 한다. 고향에서의 자기네들 기준도 그렇지 않은데 집 나와 있다고 행동을 막 하는 건지, 아니면 이 사회에서는 흔히 있는 일인데 내가 이들의 정서를 몰라 혼자 속을 썩고 있는 건지. 내가 자초한 기숙사의 굴레, 정말 벗어나고 싶다.

55

삶이란 무엇인가

오늘 성민이 출국했다. 그의 처가 예정
보다 빨리 아기를 낳아 부랴부랴 출국
한 거다. 그와 마주할 기회는 많지 않았
어도 그가 러시아어 전공자라서 급하게
필요할 때는 도움을 청하곤 했었는데 이젠 그럴 수도 없다.

세상에 나 혼자 남았다는 생각에 허전했다. 고국을 떠나올 때 절대
감상에 젖지 않겠다고 다짐했고, 그래서 외롭다는 생각이 들라치면
일부러 단어를 외우거나 해서 스스로를 못살게 굴었다. 나름대로 최
선을 다해 왔는데 어쩔 수가 없나 보다. 기분도 가라앉고 의욕이 떨어
지면서 자꾸 집 생각이 났다.

혼자 있는 모양이 좋지 않아서 1층 알리바바는 자주 가지 않았는데,
방에 앉아 있기가 착잡해서 내려갔다. 해가 진 지 오래 됐지만 손님은
아무도 없었다. 희미한 등불 아래 정적으로 꽉 찬 레스토랑이 빛바랜
옛날 사진처럼 느껴졌다. 구석진 곳에 앉아 마티니를 한 잔 시켜놓고
어두운 창밖을 하염없이 내다봤다.

그동안 지내온 생활이 하나씩 하나씩 머릿속을 스치고 지나갔다.

모스크바에 처음 도착해서 당황했던 일, 공부한다고 이 사람 저 사람에게 물어보고 다닌 것, 처음으로 혼자 외출하면서 흐뭇해하던 일, 그리고 두냐 일당을 만나 겪은 일 등등.

어린 시절, 죽음 같이 어두운 사춘기에 빠졌을 때 '왜 사는가?', '산다는 게 무엇인가?' 하는 문제로 오랜 시간 방황했었다. 답은 구하지 못한 채, 어둠에서 헤쳐 나올 때쯤 손에 쥐고 있던 건 '그 답을 알 수 있을 때까지 살아보자' 였다. 그리고 늘 답을 구하려고 애써왔다. 혹시나 열심히 살면 알 수 있을까 해서 몸도 아끼지 않았지만, 손에 쥔 건 오로지 허무뿐이었다. 태어나고 죽고, 만나고 떠나고, 산다는 게 뭔지… 안다는 게 불가능하다는 것을 뻔히 알면서, 이제는 뭘 기다리고 있는지 조차도 잘 모르겠다.

어서 12월이나 되었으면 좋겠다. 방학이 되면 한국 학생들이 단기로 모스크바를 방문한다. 그들에게 도움 받을 일이야 별로 없겠지만, 단지 같은 정서를 가지고 대화만 해도 살 수 있을 것 같다.

56

추운 날씨

 휴일이라서 늦게 일어났다. 밤새 바싹 마른 코에서 코피가 났다. 날씨가 많이 추워지자 기숙사에 설치되어 있는 라디에이터로는 부족하다고 경비데스크에서 전기히터를 주었는데, 그것까지 틀어놓고 자다 보니 방안 공기가 너무 건조했다. 수건을 흥건히 적셔 널고, 옷을 널고 했어도 소용이 없었다. 너무 고통스러워서 가습기를 사려고 돌아다녔지만 파는 곳을 찾지 못했다. 긴 겨울을 어찌 지내야 할지 걱정이다.

요 며칠 사이에 무력감이 심해져 이래서는 안 되겠다고 기숙사를 나섰다. 날씨가 추워 택시를 타고 운전사에게 몇 도냐고 물으니 영하 18도란다. 18도란 말에 잠시 멍했다. 과연 러시아다. 내가 말을 잇지 못하자 그가 빙그레 웃었다. 마치 '그 정도는 보통이지 뭐' 하는 것 같았다. 오늘 밤에는 영하 27도까지 내려간다고 겁을 줬다.

여기 사람들에게 이 정도 추위는 정말 일상인 것 같다. 휴일 오전이면 기숙사 앞 작은 놀이터에 젊은 엄마가 아이와 놀고 있는 모습이 자주 보인다. 우리 나이로 3~4살 쯤 되어 보이는 어린 아이가 추위에 아랑곳하지 않고 꽁꽁 언 모래밭을 아장아장 뛰어 다녔다. 아이를 동토의 전사로 키우려고 일부러 그러는 건 아닐 테고, 아마도 애가 칭얼대니 달래려고 데리고 나온 것 같은데, 여기 아이들은 추위에 대한 특별한 인자를 가지고 태어나는 건지 의아하다는 생각만 든다. 우리나라 같으면 상상도 못할 일인데.

밤에 환기를 시키려고 창문을 열면 바깥 공기가 한꺼번에 확 밀려 들어오지 않았다. 따뜻한 방안 공기가 위로 빠져 나가고, 차가운 공기가 창문 아래쪽으로 용암 흐르듯이 깔려 들어와 무릎 아래로만 시렸다. 희한하다. 공기가 끈적끈적한 액체 같다.

아를료눅에서 자장면으로 점심을 먹었다. 좋아하는 메뉴였는데도 맛있다는 생각이 들지 않았다. 우울한 기분을 전환하고 싶어서 호텔 구석구석을 돌면서 구경했지만, 성민이 떠난 후로 나 혼자 남았다는 느낌을 지울 수가 없었다. 일당들과 너무 다른 정서가 그렇게 만든 것 같다. 외롭다는 생각에 집 생각이 더 났다. 다들 어떻게 지내고 있을까….

슈퍼에서 어묵을 사가지고 돌아오는 길에 도로가에 있는 전광판을 보니 한낮인데도 영하 15도를 알리고 있었다. 일상이 되어버린 혹한이 인생살이 서투른 이방인에게 무언가 크게 가르치려는 것 같다. 굳이 그렇게 하지 않아도 난 이미 순한 양이 되기로 했는데….

57

크레믈린궁의 둥근 금탑

지난 일주일간 일당 방에 내려가지 않
았다. 마샤와 빅토르의 행위를 목격한
충격이 가시지 않아서 되도록이면 피하
려 했다. 시간이 흘렀어도 이들을 보면
무슨 말을 꺼내야 할지 적당한 말이 떠오르지 않았다.

그러나 어쩌면 그건 나만의 문제이지, 그네들에게는 아무런 문제가
아닐 런지도 모른다. 누군가 방에 들어섰는데도 부둥켜안고 있었다는
것은 누가 보던 상관하지 않겠다는 의미다. 그러니 부주의해서 내게
들킨 것도 아니고, 누구에게 숨길 일도 아니라는 것이다. 분명히 그런
개념인 것 같은데, 나는 아직도 어찌해야 할 바를 모르겠다.

금요일과 토요일은 내내 돌아다녔기 때문에 일당과 만나지 않았지
만, 오늘은 일요일이니 온종일 방에 있게 되면 분명히 노크할 거라는
생각이 들었다. 피하고 싶어서 아침 식사를 마치자마자 가방을 둘러
메고 방을 나왔다. 종덕에게 전화하려고 아래층으로 내려가면서 일당
과 마주칠까 걱정했는데 다행히 아무도 만나지 않았다. 마침 그가 스
케줄이 없어서 같이 시내 구경을 하기로 했다.

종덕의 승용차를 타고 아파트 단지를 빠져 나오다가 중년 남자가 상의를 벗고 스키 타는 걸 보았다. 마치 크로스컨트리 선수처럼 스키로 뛰었는데, 아직 해도 높지 않은 추운 시간에 그런 모습으로 운동하는 것을 보고 종덕과 내가 깜짝 놀랐다. 종덕도 그런 모습은 처음 본다고 했다. 러시아 사람들에게는 정말 겨울이 겨울이 아니다. 추위는 자신들 삶의 일부고, 자기들이 지켜 나가야 할 조국의 일부라고 여기는 것 같다.

종덕은 자기 차로 출퇴근을 하기 때문에 길을 잘 알았다. 아파트 사이의 지선도로를 요리조리 빠져나와 레닌대로에 들어서자 신호대기에 걸렸다. 멀리 서 있던 교통경찰을 보고 그가 말했다.

"여기서는 경찰한테 걸리면 빨리 100루블을 줘야 해요."

무슨 뜻인지 의아해서 묻자, 안 주고 버티면 무슨 꼬투리를 잡아서라도 경찰서로 데려가는데 끌려 가봐야 좋을 게 하나도 없단다. 언제 처리해 줄지도 모른 채 마냥 기다려야 하고, 벌금 액수도 올라가 오히려 더 복잡해진다. 경찰서로 데려가는 꼬투리도, 어떤 경찰은 왜 세차를 안 했냐고 시비를 건다니 안 걸려들 운전자는 없다. 재미있는 얘기다. 일단은 경찰을 안 만나는 게 최선이고, 걸리면 빨리 100루블을 주고….

레닌대로에 가가린 동상이 어느 쪽에서나 잘 보이게 우뚝 솟아 있다. 마치 아카데미영화상 트로피 같다. 인류 최초로 우주를 날던 그가 '지구는 파랗다'고 했던 말이 생각났다. 지구가 파랗고 아름다운 별이라는 걸 모두가 깨달았으면 좋았을 걸 그랬다. 그랬다면 지금의 러시아도 살기 좋은 나라가 됐을 거고, 쓸데없는 이념 싸움으로 많은 사람들이 다치지도 않았을 텐데… 그런데 아직도 우리는 그 아름다운 별에서 욕심과 욕망을 떨쳐 버리지 못하고 있다. 마치 싸워서 이겨야만 세상의 정의와 진실을 손에 쥘 수 있다는 듯이.

모스크바강에 'LG다리'가 있다. 구불구불 흐르는 모스크바 강에는 중심부로 이어지는 세 개의 다리가 있는데, 크레믈린 궁의 왼편에 놓인 다리가 LG다리다. 서울로 치면 마포대교나 양화대교 쯤 되나 보다. 원래 이름은 '까멘느이 다리', 곧 '석교(石橋)'인데 LG다리라는 별칭이 붙어 있다.

과거에 러시아가 경제적으로 위기에 처해 여러 외국기업들이 탈출하듯 떠날 때, LG와 삼성이 끝까지 남아 모스크바 사람들이 그것을 기려 그렇게 부른단다. 이곳 사람들에게 어느 정도로 인식되어 있는지는 몰라도 일단 기분은 좋았다. 여기가 세계의 반을 지배하던 대국 러시아의 수도 모스크바가 아닌가.

강폭이 넓지 않아서 다리가 그리 길지는 않다. 다리 위에 가지런히 늘어선 가로등마다 마치 국경일 태극기처럼 LG 깃발이 나란히 꼽혀 있다. 종덕과 나는 우리나라의 세계 진출을 다시 한 번 자랑스럽게 얘기했다.

다리를 건너다보니 멀리 크레믈린궁 옆으로 커다란 삼성 로고가 보였다. 감격적이다. 짜르가 지배하던 나라의 시내 한복판에 동방의 작은 나라 한국이 고결하게 난장을 치고 있다. 몇 백 년 고도를 닦아 놓으니까 재주있는 놈이 와서 똬리를 튼 것 같다. 그래도 미안하다는 생각은 들지 않았다. 크레믈린궁의 둥근 탑에 칠해진 금이 구한말 조선에서 수탈한 금이 아니라고 누가 확인했던가? 로고 자리가 기가 막히게 좋다. 크레믈린 궁 바로 옆에 있는데, 각도 잘 잡아서 사진 찍으면 삼성표 크레믈린이 된다. 우리 둘은 기분이 좋아져서 가까이 가보자고 했다.

　로고가 서 있는 레닌도서관으로 차를 돌렸다. 도서관 근처에 차를 세우고 건물 옥상에 위압적으로 자리 잡은 로고를 다시 보았다. 굵고 큰 글자가 마치 '세상아, 나를 따르라!' 하는 것 같았다. 도서관을 드나드는 러시아 학생들이 한국을 선진국으로 여길 만하다. 레닌도서관이 아니라 삼성도서관 같다.

　얼마 돌아다니지 않은 것 같은데 점심때가 됐다. 레스토랑에서 가볍게 요기하고 KGB건물, 아르바뜨거리, 푸시킨 광장, 볼쇼이극장, 동물원 등을 돌았다. 잠깐씩만 들렀는데도 날씨가 추워서 그런지 피곤했다. 기숙사로 돌아와 잠에 푹 빠졌다.

58

노트

모스크바에 와서 첫 노트를 쓸 때 이 노트를 다 채울 얘기가 있을까 하고 생각했는데, 오늘 두 번째 노트를 열었다.

옛날에 군에 갓 입대해서 제대 말년인 고참을 보고 '난 언제 저런 때가 올까?' 하고 남은 시간을 한스러워했던 적이 있었다. 집 떠나 생활해 본 일이 별로 없던 어린 시절에, 낯선 곳에서 하루하루를 어렵게 살다보니 말년 고참이 부러웠다. 그러나 억겁같이 느껴졌던 세월이 훌쩍 지나 제대를 했던 것처럼, 어느새 한 권을 다 채우고 두 권 째를 시작한다. 별 의미 없이 시작한 노트였는데, 지금은 나의 속마음을 보듬어주는 소중한 친구가 됐다.

주중에 아래층으로 계속 안 내려갈 수는 없었다. 해가 지고 나면 모르는 숙제를 물어볼 사람도 없는데다가, 언제라도 주방에서 마주칠 수밖에 없는 동선에 한계가 있어서 싫어도 빗장을 풀어야만 했다. 다시 교류가 시작되고 내려가게는 됐지만, 되도록 오래 머물지 않고 필요한 것만 물어보고 바로 올라왔다. 내려갈 때마다 마샤는 보이지 않았다. 굳이 어디 갔냐고 묻지 않았다. 내가 기숙사 여학생 사감도 아니고, 빅토르의 라이벌도 아니니.

이따금 두냐가 올라와 토샤나 빅토르가 놀러 왔다고 했지만, 다행스럽게도 그때마다 공부를 하고 있어서 할 일이 많다는 핑계로 내려가지 않았다. 그런대로 잘 넘어갔다. 빅토르와 마샤, 토샤와 리따의 관계가 어떻게 됐는지 알 수 없었다. 이들을 생각하면 머리가 복잡해져서 생각하는 것조차도 피했다.

저녁 때 두냐가 올라왔다.

"노마, 대학에서 공연이 있는데 같이 가자."

그녀는 교묘한 이유로 일당들을 피하고 있는 나에게 어떤 방식으로든 관계 회복의 기회를 주려는 것 같았다. 숙제가 많아 갈 수 없다고 하자 재미있을 거라고 호들갑을 떨었다.

"춤도 춰."

두냐는 몸을 흔들어 보이면서 가자고 손짓을 했다. 정말 생각과 행동이 자유로운 애다. 껄껄 웃으면서 돌려보냈다. 크게 실망하는 눈치였다.

59

위험한 게임

어제 밤 TV 일기예보에서 오늘 무척 추울 거라고 했다. 그 예보 때문에 아침부터 괜스레 몸이 움츠러들었지만 씩씩하게 수영장으로 나섰다. 모스크바에 있는 한은 모스크바에 적응해야 한다. 길거리 전광판을 보니 영하 9도였다. 그 정도면 별로 추운 게 아닌데?

택시기사는 저녁에 영하 20도까지 내려간다고 했다. 서울에서라면 20도 소리에 그냥 몸이 굳었을 텐데 그냥 '추운가 보다' 했다. 나도 많이 적응한 거다. 요즘은 기본이 영하 20도는 된다. TV에서 시베리아 위쪽에 영하 40도로 표시된 곳도 있었는데 사람이 사는 곳인지 궁금하다. 물론 사람이 사니까 예보를 한 것이겠지만 어떻게 살까? 냉장고가 아니라 온장고가 있겠지.

모스크바에 온 지 얼마 되지 않았을 때, 내 옆방에 러시아 동부·출신 모녀가 살았다. 그 엄마는 딸이 대학에 입학할 예정에 있어서 수속 과정과 학교 분위기가 어떤지 미리 알아보러 왔다고 했다. 그 모녀는 한동안 사람을 피하다가 얼마간 시간이 지나자 친숙해져서 서로 인사하고 지내는 사이가 됐다. 어느 날인가 우연히 그 모녀와 종덕, 성민과 함께 식당에서 얘기를 하게 됐는데, 종덕과 성민이 대화를 나눴고 나는 통역으로 들었다.

그때는 8월 하순, 가을에 이미 들어섰다. 학생들이 밤늦게까지 기숙사 주변에 몰려다녔고, 슈퍼 앞이나 레스토랑 근처에는 껄렁껄렁해 보이는 학생들이 무리를 지어서 술 마시고 담배 피우고, 부둥켜안고 키스하는 게 널려 있었다. 마치 미국 영화에서처럼 불량배들이 우범 지대에서 무리를 이루고 있는 것 같은 장면. 흑인 학생이 백인 학생보다 월등히 많았고, 간간이 백인 여학생들도 끼어있었다. 누가 봐도 좋은 모습은 아니었다.

그 엄마는 이곳 학생들이 모두 미쳤다고 하면서 자기네 지역에서는 그런 건 있을 수도 없고, 상상도 못할 일이어서 미친 사람으로밖에 표현할 수 없다고 했다. 그 말을 듣고 깜짝 놀랐다. 같은 러시아라도 문화가 많이 다른가 보다 하고 생각하며 그녀의 말에 동감했다. 나도 같은 생각을 하고 있었기 때문이었다.

대화 중에 상기된 그 엄마가 뭐라도 마시자고 제안해 난 통역으로 듣고만 있던 게 미안해서 매점에서 쥬스와 콜라를 사왔다. 주방으로 올라와 보니 그 엄마는 자기네 방에서 먹던 보드카 한 병과 안주로 먹던 레몬을 갖다 놓았다. 희한하다는 생각이 들었다. 술 마시는 그들은 욕을 하면서 아직 점심때도 되지 않은 시간에 무슨 보드카란 말인가. 이렇게 오전부터 술 마시는 게 남에게 비난으로 비춰질 수 있다는 생각은 하지 않은 것인지 의아했다.

우리 일행은 아무도 보드카에 손대지 않았지만 그녀는 개의치 않고 자기 잔에 술을 따라 한 모금, 한 모금씩 마시면서 레몬을 씹었다. 레몬 안주. 서울에서 소금을 안주로 하는 사람을 봤는데… 술이 들어갈수록 그녀의 톤이 조금씩 강해지면서 어린 딸이 나쁜 학생들과 어울릴까 봐 걱정된다고 같은 말을 또 했다.

딸을 키우는 입장에서 충분히 공감 가는 말이었지만 대낮부터 술 마시는 건 딸이 배워도 되는 건지 염려스러웠다. 어떤 것은 공감이 가고, 어떤 것은 이해할 수 없어서 이곳 사람들의 정서를 알려면 많은 시간이 필요할 것 같다고 생각했다. 그리고 몇 달이 지난 지금, 아직도 이들의 정서를 제대로 이해하지 못해 혼돈스럽다.

저녁을 일찍 마치고 숙제를 하다가 밤이 늦어지자 속이 출출했다. 방안에서 음식을 만들면 환기 때문에 방이 추워지는 게 싫어서 야식거리를 들고 주방으로 갔다. 이 시간이면 주방에 요리하러 오는 사람도 거의 없다.

어묵을 끓이고 있는데 예기치 않게 두냐가 올라왔다. 날 보러왔다가 주방에서 만난 거다. 그녀가 어묵을 보고 무엇이냐고 물어 한국이나 일본, 중국 사람들이 즐겨먹는 음식이라고 했더니 호기심을 보였다. 모르는 척 하기가 좀 그랬다. 요리가 다 되면 주겠다고 하고 사람 수를 생각해서 몇 개를 더 넣었다.

"고마워. 토샤가 왔으니 내려와."

두냐의 말을 듣는 순간 나도 모르게 미간이 찌푸려졌다. 토샤 때문에 올라 온 거야? 그가 오면 내가 통역이라도 해줘야 하는 건가? 뭘 어쩌자고 어묵을 더 넣었는지, 슬그머니 부아가 치밀다가 급기야는 웃음이 나왔다. 사람이 상황에 맞지 않게 웃기 시작하면 살살 미쳐가기 시작하는 거다. 내키지 않았지만, 피하기도 곤란해 음식만 먹고 바로 올라오리라 마음먹고 내려갔다.

모두가 방에 있었다. 내가 들어서자 마샤는 잘 지냈느냐고 평소처럼 인사했다. 나는 마샤의 인사에 대답은 하면서도 그녀의 얼굴은 슬며시 피했다. 마샤와 빅토르 사건은 이미 지난 지 오래 됐지만 그렇다고 아무 일도 없었던 것처럼, 그녀의 얼굴을 마주할 만큼 내 머릿속에서 지워진 일은 아니었다. 그러나 그 사건 이후에 다시 교류하면서 알게 된 것이, 그 날 일로 충격 받고 혼돈에 빠진 건 나 혼자고, 일당들은 무슨 일이 있었는지 조차도 의식하지 않는다는 걸 알게 됐다. 나 혼자 북치고, 장구치고… 내가 이 자리에서 미쳐 죽는다면, 사람들은 내가 왜 갑자기 발광하다 죽었는지 경찰에게 이유를 말해 줄 수가 없는 거다. 생각할수록 어이없다.

어묵을 간단히 설명했다. 음식을 설명하는 것도 예전에 내가 이들에게 대접하고 싶은 마음이 있었던 때처럼 흥이 나지 않았다. 어묵을 초간장에 찍어 먹는 시범을 보이자 모두 따라 했다. 국물도 마시고, 모두 맛있다고 했다.

어묵을 다 먹고 올라가려고 그릇을 챙기는데 토샤가 내 의도를 알아채고 같이 게임을 하자고 붙잡았다. 내가 자신들과 거리를 두려 한다는 것을 알고 더 그러는 것 같았다.

"올라 가야돼."

토샤의 만류에도 가야 한다고 돌아서자 그가 양팔을 벌려 방문을 가로막았다. 잠시 주춤했다. 일당들도 모두 가세해서 한마디씩 거들었다. 그 상황에서 끝까지 가겠다고 주장하는 것은 분명히 거리를 두겠다는 의미가 됐다. 계속 거부하기가 곤란해 그릇을 갖다 놓고 오겠다며 방을 나왔다. 책상 앞에 앉아 어떻게 할까 고민하다가 단어 몇 개를 찾아 사전을 들고 다시 내려갔다.

"곤란한 경우가 생기면 난 올라 갈 거아."

이들에게 내 의사를 밝혔다. 굳이 '곤란한' 이라는 단어를 찾아 말한 이유를 이들은 짐작할 것이었다.

"그럴 일 없어. 단어 게임 할 거니까."

두냐가 나서서 안심을 시키면서 내가 말을 빨리 배우려면 그런 게임을 많이 해야 한다고 선생님이 학생 타이르듯 한마디 더했다. 재미있는 건, 나만 빼고 이들은 무슨 게임을 할지를 이미 알고 있었다는 점이다.

게임은 한 사람이 임의의 단어를 종이에 적어 책상 위에 덮어놓고 손짓, 발짓 마임으로 그려대면 나머지 사람이 그 단어를 맞히는 것이었다. 게임이 시작되자 서로 번갈아 가며 단어를 맞히고, 맞힌 사람이 일어나 다시 문제를 냈다. 난 단어를 몰라 사전을 찾아가며 한 문제만을 맞혔다. 처음 했지만 어렵지 않았고, 그런대로 유익한 게임이었다.

'이 녀석을 너무 경계했나?'

나라는 인간은 속이 물러 터져 구제 불능이다. 토샤가 나를 배려해서 제안한 게임이라는 생각에 미안한 마음이 들었다. 한 시간 가량 게임을 하던 중에 두냐와 리따가 싸워서 게임이 끝났다. 리따가 '공산주의'를 문제로 냈는데 나중에 그 단어를 맞히기는 했지만 리따의 마임이 공산주의와 맞지 않았다고 두냐가 화를 낸 거다.

리따는 우리가 단어를 맞히지 못하자 마임을 길게 했다. 두냐의 지적이 억울했는지, 리따는 자기가 했던 마임을 다시 보여주었다. 공산주의 시절 붉은 스카프를 목에 두르는 흉내, 소년단이 제식하면서 경례하는 모습, 소련국기를 상징하는 낫과 망치 등등. 짧게 의미를 전달하지 못해 마임이 길어지자, 여러 형태로 보여줬던 마임이 섞여서 도저히 알 수 없는 상태가 된 것이었다.

말다툼이 끝나고 진정이 되자 두냐가 재미있었냐고 물었다. 난 리따가 제식을 하며 경례하는 모습을 흉내 내면서 웃었다. 잠시 후 돌아가야겠다는 생각에 주섬주섬 일어서려니까 토샤가 다시 방문을 가로막고 말했다.

"지금부터 아무도 밖으로 못 나가."

그리고는 심각한 표정으로 방문을 열쇠로 잠가 버렸다. 우리가 방 안에 있는데 안에서 문을 잠그는 것은 소용없는 짓이었지만, 나가지 말라는 강한 경고가 됐다.

'얘가 갑자기 왜 이래?'

이제까지 그가 해온 엉뚱한 짓은 항상 나를 당황하게 했다. 또 무슨 짓을 하려는지 불편한 마음이 들었다. 내가 마지못해 자리에 앉자 그는 다시 게임을 하자면서 리따에게 귓속말로 뭔가를 설명했다. 새 게임은 사전에 약속된 것이 아니었나보다. 리따가 알았다고 고개를 끄덕이더니 서랍에서 카드를 찾아 왔다. 설마 카드마술을 보여주려는 건 아니겠지. 토샤는 조심스레 카드를 한 장 꺼내 입술에 대고, 숨을 훅 들이마셔 떨어지지 않게 했다. 그리고는 리따에게 입술을 들이밀자, 리따가 의미를 알아채고 숨을 들이마셔서 자기 입술로 카드를 받았다. 입으로 밥만 먹는 게 아니라는 건 이미 알고 있었지만, 이런 게임에도 사용할 수 있는지는 몰랐다.

'이놈이 또 수작을 부리고 있네.'

처음 보는 게임이었지만 어떻게 진행 하는지 바로 알 수 있었다. 맹랑하다고 비난할 틈도 없이, 토샤는 모두에게 빙 둘러 원을 그려 앉도록 했다. 그리고 나에게도 끼어 앉으라고 재촉 했다.

"너희가 하는 걸 보고, 히고 싶으면 할세."

어떤 상황이 벌어질지 뻔히 속이 보여 그냥 의자에 앉아 있었다. 곤란한 경우가 생기면 올라가겠다고 말한 게 인정되는 눈치였다. 토샤가 먼저 앉고 시계 방향으로 리따, 갈리나, 두냐가 앉고, 마샤는 전화하고 오겠다며 방을 나갔다.

게임이 시작됐다. 그건 단순한 놀이가 아니라 누군가와 대놓고 입맞춤을 하겠다는 의도였다. 예상대로 우연인지 불가항력인지 일당들은 수시로 카드를 놓쳐 옆 사람과 입을 맞추고 깔깔거리며 좋아라 했다. 시간이 갈수록 카드를 놓치는 횟수가 증가했고, 입맞춤 기회도 늘어났다. 웃고 떠들고 있는데 마샤가 돌아와 머뭇거림 없이 토샤와 두냐 사이에 자리를 잡았다. 토샤의 왼편에는 리따, 오른편에는 마샤. 덕분에 두냐는 토샤와 입맞춤 할 기회가 없어져 버렸다. 분명히 젠장이라고 했을 것 같다.

"카드 떨어뜨린 사람은 빠지자."

게임 도중에 갑자기 마샤가 벌칙을 제안했다. 기발하다. 마샤의 생각이 살짝 보였다. 게임이 다시 시작되자 갈리나와 두냐가 카드를 떨어뜨려 빠지고 리따, 토샤, 마샤가 남았다. 이어서 우연인지, 실수인지 토샤가 카드를 놓치자 싱겁게 게임이 끝났다. 게임이 계속 이어지려면 토샤와 누군가 한 사람이 남아야 했던 거다. 자연스럽다. 그런 과정을 통해서 상대에게 관심을 보여주거나, 또는 상대 생각이 어떤지 타진 할 수 있었다. 지극히 유치하면서도 속내가 교활했다.

겨울이면 오후 3시경부터 해가 지기 시작해서 다음날 아침 8시는 되어야 날이 밝는 이곳에서, 해가 졌다고 초저녁부터 잠을 잘 수도 없고 매일 파티를 열만큼 물자가 풍부한 것도 아니고, 밖에는 외출할 곳도 없으니 다양한 가내 문화가 생겨날 수밖에 없겠다는 생각을 했었다. 맞다. 이게 바로 그 중 하나였다.

남으로부터 비난을 받거나 눈치를 볼 일도 없다. 게임이니까. 그러나 자신이 이런 방법을 통해서 또 다른 상대를 고르듯, 자신의 배우자 또한 이런 방법으로 다른 상대를 찾을 수도 있다는 생각을 안 하는 건 아니겠지? 그렇다면, 자신과 배우자에게 공공연한 배반의 기회를 줄 수 있는 이런 위험한 게임을 하고도 사회가 유지될 수 있는 건가? 당연히 여기 사람들 모두가 그런 것은 아니겠지만, 적어도 이들은 너무 위험한 게임을 쉽게 하고 있다는 생각이 들었다. 왜냐하면 이들 중에는 끼어서는 안 될 사람들이 단지 게임이라는 핑계로 아무런 거리낌 없이 끼어 있기 때문에.

어느 날 리따의 책상 위에 있던 약혼자 사진이 없어졌다는 걸 알았다.

"사진이 어디 갔어?"

평소에 리따가 애지중지해서 평생 그녀 곁을 따라다닐 물건이라고 생각했는데, 갑자기 보이지 않자 내가 의아해서 물었다. 예상치 못한 질문이었는지, 리따가 우물쭈물했다.

"돌아 갈 날이 가까워서… 싸두었어…."

내가 놀란 눈치를 보이자 두냐가 나서서 정말 그렇다고 리따를 거들었다. 아니, 아직 한 달도 넘게 남았는데 벌써 치워? 그 많은 날들을 어떻게 지내려고? 주방에서 음식을 만들다가도 약혼자 전화가 올 거라며 안절부절 못했고, 액자 가까이에는 물건도 어지럽히지 않던 네가… 진실은 그게 아니겠지. 그 사진 아래에서는 마음 편치 않은 일이 있어서 치운 거겠지. 사람의 원리는 모두 같은 거야.

언젠가 리따가 한국에서는 결혼하는 남녀 나이 차이가 얼마나 되냐고 물었다. 나는 그녀가 우리나라의 결혼문화를 알고 싶어 하는 줄 알고 보통 서너 살 차이가 난다고 했더니, 자기는 약혼자와 나이 차이가 많이 난다고 했다. 왜 묻지도 않았는데 느닷없이 그런 말을 했는지 얼핏 이해가 되지 않았다. 그러나 이제는 알 것 같다. 내가 자기와 토샤의 관계를 알고 있다고 생각해서, 그게 마음에 걸려 변명을 한 거였다.

토샤는 리따의 마음속 한 공간을 확실히 차지하고 있다. 그게 먼 장래까지 생각한 지위인지, 아니면 단기 해갈용 지위인지는 잘 모르겠다. 분명한 건, 오늘 카드 게임에서 그게 여실히 보였다는 것이다.

마샤와 빅토르가 처음부터 어떻게 해서 그 날에 이르게 되었는지 과정을 직접 본 적은 없다. 그러나 그들이 어떤 과정을 거쳐 지금에 이르게 되었는지 충분히 상상은 할 수 있을 것 같다.

오래된 얘기지만, 우리들은 어렸을 때 서로 다른 이성과 어울리면 흔히 놀림감이 됐다. 초등학교 다닐 때쯤의 일이다. 그렇게 이성과 어울리는 걸 놀리는 분위기가 되서는 어린 시절부터 이성에 자연스러울 수가 없다. 물론 어떤 분위기, 환경에서도 잘 어울리는 사람은 있다. 흔치는 않지만. 여하튼 이들은 우리와는 조금 다른 개념으로 어린 시절부터 이성에 자연스럽게 가까이 지낸 것 같다. 덕분에 나름대로 노하우가 있어서, 어떤 상황으로 이성과 엮이든 자연스럽게 머리핀 굴곡처럼 원하는 결과에 도달할 수 있다.

앰게우에 가거나 눈싸움을 하거나, 혹은 게임을 하거나, 경우에 따라서는 짧은 쪽을 따라 가기도 하고 혹은 긴 쪽을 따라 가기도 하지만 결국엔 원하는 결론에 자연스럽게 도달할 수 있는 것이다.

———

60

부끄러워 마시는 술

푸시킨 박물관에 세계적인 명화가 전시되어 있다는 말을 듣고 얼마 전에 니꼴라이에게 같이 가자고 했었다. 러시아에서 푸시킨은 거의 신격화된 인물이다. 평소에 톨스토이나 도스토옙스키, 푸시킨 등이 다 같이 러시아의 대문호라고 생각했는데, 이곳에서는 유독 푸시킨을 영웅시했다. 극장과 광장, 박물관, 미술관 등등 어디에나 푸시킨 이름이 붙어 있다.

미술에 관해서라면 뜨레쨔꼬프 미술관이 더 대단하다는 말은 들었지만, 명화에 대한 호기심보다도 푸시킨을 알고 싶다는 생각이 더 컸다. 톨스토이나 도스토옙스키는 놔두고 왜 푸시킨만을 영웅시할까? 박물관에 가면 그 이유가 풀릴까?

그는 여느 러시아인들과 생김새가 다르다. 이상하다고 생각했었는데 교과서를 읽어보니 그의 외조부가 표토르 대제를 섬긴 흑인이었단다. 아프리카에서 노예로 끌려와서 대제를 섬기다가 능력이 뛰어나 작위를 받고 귀족이 되었다는데, 대단히 똑똑한 인물이었던가 보다. 삶이 그대를 속이지 않은 케이스다.

니꼴라이와 함께 기숙사를 나섰다. 한낮인데 기온이 영하 20도는 됐나보다. 이상하게 니꼴라이와 나서는 날은 항상 추운 것 같다. 두꺼운 기모바지를 입었는데도 그냥 추운 정도가 아니라 무릎 부근에 가벼운 통증이 느껴졌다.

박물관에서 푸시킨의 유품과 고대 그리스, 이집트, 로마의 유물을 보고, 미술품으로 고호, 고갱, 샤갈, 피카소, 르느와르, 세잔느, 칸딘스키 등 어린 시절부터 익히 들었던 세계적인 거장들의 작품을 보았다. 하나하나 작품을 대할 때마다 어디선가 한 번쯤 본 것 같은 작가의 개성이 보여 나도 모르게 '아, 바로 이거 였구나.' 하고 탄성이 나왔다. 언제 다시 볼 수 있을까 하는 생각에 발걸음을 옮기기가 정말 어려웠다. 박물관 전체를 꼼꼼히 돌아보고 싶었지만 가도 가도 끝이 없어 일부 명작들만 보고 나머지는 과감히 포기했다.

푸시킨박물관은 그를 기념해서 이름을 그렇게 붙였을 뿐, 왜 유독 푸시킨만을 영웅시하는지의 이유는 전시되어 있지 않았다. 마치 세종로나 충무로에 가도 세종대왕이나 이순신장군이 어떤 일을 했는지 알수 없는 것처럼. 내가 궁금증을 풀지 못하자 니꼴라이는 톨스토이가 귀족출신이라 서민과 어울리지 못해 푸시킨처럼 대접을 못 받는다고 했다. 아무래도 부족한 설명이다. 이런 부분은 에세이나 푸시킨 전기를 읽는 편이 더 나을 것 같았다.

기숙사에 도착하자마자 쓰러져 잤다. 찬바람을 쏘이면 유난히 피곤을 느낀다. 얼마나 곤히 잤는지, 깨어보니 창밖이 깜깜했다. 저녁식사를 마치고 교과서를 뒤적이고 있는데, 두냐가 올라와 토샤가 왔다고 전했다. 반가운 소식은 아니었지만, 별 의미 없이 웃음을 보이며 알았다고 대답했다.

방에 들어서자마자 기다렸다는 듯이 두냐가 단어 맞추기 게임을 제안했다. 어쨌거나 나를 배려해서겠지. 그러나 이미 김빠진 놀이다. 모두가 다 안다. 날 배려할 필요 없이 처음부터 카드 게임을 하는 게 옳았다. 잠시 후 단어 맞추기가 시들해지자 토샤가 카드게임을 제안하면서 나에게도 자리에 앉으라고 재촉했다.

"보기만 할게."

내가 손사래를 치며 정색하자 다시 놀이에서 빼줬다. 게임 도중에 토샤는 계속 자리에 끼어 앉으라고 했지만, 나는 '다음에'를 연발하면서 웃어주었다. 내가 감당할 수 있는 범위는 거기까지였다. 그것으로 족했다.

두냐 일당과 처음 만났을 때, 이들은 밖에서 나뒹구는 어느 여학생들과는 정말 다르다고 생각했고, 그래서 이들이 순수하다고 좋아했다. 순수….

어린왕자가 생각난다.

"뭐하시는 건가요?"

"술을 먹는단다."

"술을 왜 먹지요?"

"잊으려고 먹지."

"뭘 잊으려고요?"

"부끄러운 걸 잊으려고."

"뭐가 부끄럽지요?"

"술 먹는 게 부끄럽지."

인간은 모순 덩어리다.

61

베트남 여학생

 오전에 니꼴라이가 놀러왔다. 주방에서 프렌치토스트를 만들어 먹으면서 한국과 모스크바의 날씨에 대해 얘기하다가 화제가 겨울 모자로 옮겨갔다.

"그런데 넌 왜 모자를 안 쓰고 다녀?"

여기 사람들이라면 당연히 겨울 모자를 쓰고 다닌다고 생각했는데, 문득 니꼴라이가 평소에 모자를 쓰지 않는다는 걸 깨닫고 내가 물었다.

"남학생들은 모자를 잘 안 써."

니꼴라이가 멋쩍은 듯 군인처럼 짧은 머리를 아래위로 쓰다듬으며 말했다. 모자를 썼다가 벗으면 머리 모양이 이상해지고 하니까 아주 추운 때 아니면 안 쓴단다. 젊은 애들은 한국이나 여기나 다 똑 같다. 그깟 추위 조금 참는 게, 스타일 구기는 것보다 나은 거다. 그 나이에는 충분히 그럴 수 있다. 내가 이해 한다는 듯이 웃자 니꼴라이도 따라 웃었다.

차도 마시고, 음악도 듣다가 니꼴라이가 집에 가겠다고 일어서는 길에 나도 모자를 사러 나가겠다고 일어섰다. 요즘 외출할 때마다 나이 든 경비 유리가 모자를 쓰라고 해서 하나 장만해야겠다고 몇 번이나 생각은 해놓고도 매번 까맣게 잊고 돌아왔다.

운동 삼아 니꼴라이와 유고자빠드늬까지 걸었다. 가는 도중에 러시아말로만 얘기했더니 말이 많이 늘었다고 칭찬했다. 니꼴라이가 영어를 배우고 싶어 해서 대화가 조금 어렵다 싶으면 영어로 말했는데, 오늘은 작정하고 러시아말로만 했더니 그가 좀 놀랐나보다. 모두 스베틀라나 선생님 덕이라고 하자 그가 웃었다. 그동안 열심히 하긴 했다.

시장을 몇 바퀴나 돌았지만 마음에 드는 모자를 구하지 못했다. 니꼴라이는 다른 곳에 가면 좋은 모자를 구할 수 있으니 내일 다시 나오자고 했다.

기숙사로 돌아와 오랜만에 편한 마음으로 음악을 듣고 있는데 노크 소리가 들렸다.

"쁘러하지.(들어와)"

충분히 들릴 만큼 큰 소리로 들어오라고 했는데 문이 열리지 않았다. 어떤 귀하신 분이 오셨기에 마중을 나오라고 하시나? 궁금해서 방문을 여니 며칠 전에 우리반 수업에 들어왔던 베트남 여학생이 머뭇거리며 서 있었다. 조금 놀랐다. 그 학생은 우리반 수준이 얼마나 되나 알아보려고 왔었다. 나이는 20살이라는데 순하고 앳돼 보였.

어쩐 일로 왔냐고 물었더니 어학원 상담 차 왔다가 들렀단다. 재미있는 일이다. 아랍사람을 만나리라고는 상상도 못하고 모스크바에 왔다가 지금 함께 공부하고 있는데, 이번에는 베트남 여학생이다. 외국인을 위한 어학원이니 온 세상 사람들이 오는 게 당연한 건데도, 새 학생을 만나면 늘 놀랍고 신기했다. 우리와 연이 깊은 나라에서 왔다고 해서 그랬는지 친근감이 들었지만, 어딘지 모르게 표정에 그늘이 있었다. 할아버지와 부모, 동생과 함께 러시아에 이민을 왔다고 했다. 베트남전쟁과 어려웠던 우리의 과거가 생각났다. 어쩌면, 살기 어려운 고국을 등지고 멀리 이민을 떠났던 옛날 우리 동포들도 그녀처럼 얼굴에 그늘이 있었을지도 모르겠다. 잘 대접해 주고 싶었지만 대화가 편치 않았다. 영어가 서툴렀다.

그 학생은 자기에게 적합한 반을 찾으려고 했는데 쉽지 않은 것 같았다. 우리 반이 제일 초급이라는 얘기를 듣고 수업에 참석했지만, 막상 수업을 들어보니 우리 반도 어렵다고 했다. 그랬겠지. 초급이라 해도 대학교재로 꾸며진 교과서 한 권을 거의 다 배우고, 한 학기가 끝나가고 있다. 게다가 보조교재가 몇 권이나 있었다. 처음부터 시작하는 반에 들어가는 게 나을 거라고 조언해줬다. 젊으니까 열심히 하면 빨리 배울 수 있을 거라고 말해주었는데 그녀가 얼마나 열심히 할 수 있을지 모르겠다. 내가 그 나이의 젊은이였다면, 어떤 어려움이라도 견디고 열심히 배울 것 같다. 물론 그녀도 알아서 잘 하겠지만.

그녀의 그늘진 표정이 마음속에서 지워지지 않았다.

62

중고 모자

 어제 모자를 사지 못해 니꼴라이와 다시 시내에 나갔다. 니꼴라이는 등산용품을 살 거라면서, 등산을 좋아해서 평소 조금씩 장비를 구입해 왔다고 했다. 그런 곳이라면 겨울 파카도 있겠다 싶어 돈을 넉넉하게 가지고 나갔다.

등산이 대중화된 스포츠가 아니라서 그런지 장비 파는 곳이 가까이 있지 않았다. 버스를 갈아타고, 전철에서 내려 한참을 걸어 상점에 도착했다. 니꼴라이가 등산장비를 보는 동안 나는 파카를 보았다. 가격이 적당하면서 모양 있는 옷을 골라 니꼴라이에게 물었다.

"이 옷 어때? 색깔 괜찮아?"

"파카가 있는데 왜 또 사려고해?"

그는 내 질문에 답할 생각은 않고, 고개를 갸우뚱하면서 내게 되물었다. 설명이 필요한 시점이었다. 점원에게 잠깐 시간을 달라 하고는 니꼴라이를 한쪽으로 불렀다.

"네게 겨울 파카가 있어야 할 것 같아. 너에게 선물하려는 거야."

나의 갑작스런 제안에 니꼴라이가 놀라서 손을 가로 저었다.

"엄마가 알면 뭐라 할 거야. 안 돼."

"난 살 거야. 색이나 모양이 마음에 안 들면 얘기해."

내가 주장을 굽힐 것 같지 않자 니꼴라이는 어쩔 수 없이 이 옷, 저 옷을 살펴보다가 내가 고른 옷을 선택했다. 입고 있던 얇은 반코트는 등가방에 접어 넣고 새 파카를 입었다. 가볍고 따뜻하다고 아주 좋아했다. 그가 좋아하는 모습을 보니 내 마음도 흐뭇했다.

점심을 먹으려고 근처 레스토랑에 들어갔다. 메뉴판에 생선요리가 보였다.

"생선요리 먹은 지 오래 됐네…."

니꼴라이가 웃으면서 진짜 그러냐고 반문했다. 생각해보니 언제 먹었는지 정말 기억이 나지 않았다. 그가 메뉴를 보고 청어를 권해 둘이 같은 메뉴를 시켰다. 요리는 청어에 치즈를 덮어 구운 것이었는데, 한국적인 맛은 아니었어도 오랜만에 익힌 생선이어서 맛있게 먹었다.

돌아오는 길에 유고자빠드늬 시장에 들렀다. 어제와는 다른 시장이었지만, 이미 해가 져서 오늘도 어려운가 보다 하고 들어서는데 입구에서 젊은 여자가 모자를 팔고 있었다. 넓은 매대에 달랑 백열등 한 개가 켜져 있어 물건이 제대로 보이지 않았다. 장사를 하려면 물건이 잘 보이게 켜 놓을 것이지… 너무 어두워서 어떤 걸 골라야 할지 기웃기웃하고 있는데 그녀가 속 털이 아주 두텁고 가죽이 부드러운 모자를 하나 골라주었다. 첫 느낌에 만족스러웠다. 1000루블. 물건이 좋은 것 같아 솔직히 비싸다는 생각은 들지 않았지만, 니꼴라이와 내가 900루블로 깎았다. 내친 김에 가죽 장갑도 샀다. 그것도 안쪽으로 털이 두툼해서 장갑 크기는 큰데도 막상 끼려고 하니 손이 겨우 들어갔다. 둘 다 마음에 들었다.

기숙사에 돌아와 경비 유리에게 모자를 보여줬더니 따뜻하겠다고 하면서 꼭 쓰고 다니라고 당부 하듯이 말했다. 흡족한 마음으로 싱글싱글하면서 방에 올라와 거울 앞에 섰다. 그런대로 잘 어울리는 것 같았다. 유럽의 사냥모자 스타일이 내 마음에 들 줄 몰랐다. 어떻게 써야 좋을지, 이리저리 돌려 써보는데 가죽 색깔이 좀 이상해 보였다. 밖에서 볼 때는 분명히 검정색이었는데, 환한 불빛 아래서 보니 완전 검정색이 아니었다. 내 눈이 잘못 됐나 싶어 다시 살펴보았다. 어이없다. 모자도 장갑도 모두 중고였다. 재질은 좋은 것이었지만 누군가 사용하던 물건이었고, 약칠을 해줘야 할 만큼 색이 빠져 있었다.

'어쩌지… 이 밤중에 가서 무를 수도 없고….'

분명히 새것처럼 걸려 있었는데, 실망스러웠다. 니꼴라이도 경험이 없어서 잘 몰랐을 거다. 곰곰이 생각해보니 그 아가씨가 속이려고 한 건지, 아닌지도 정확치 않았다. 그나저나 누가 쓰던 모자와 장갑이었을까? 유리 지바고? 라라가 사준 건가? 뭐, 영화소품으로 쓰던 게 몇 십 년 만에 나온 건지도 모르지. 마음은 편치 않았지만, 잘 못 샀다고 구박할 사람도 없으니 그냥 쓰기로 했다.

63

이승을 떠난 노인

오전부터 비듬 같은 눈이 내렸다. 점심
후에 차를 마시며 창밖을 내다보다가
불현듯 휴일이라고 방에만 있어서는 안
되겠다는 생각에 가방을 메고 나섰다.
오랜 만에 자작나무 숲과 동네를 빙 둘러 걷고, 식빵이 떨어진 게 생
각나 빌랴예보 마트로 향했다. 이른 오후였는데도 눈이 와서 날이 몹
시 흐렸다. 눈송이가 제법 커져 잠바에 달린 모자를 뒤집어썼다. 바람
막이 모자를 쓰면 세상과 내가 분리되는 느낌이 들어 혼자임을 즐기
며 걷기에 좋았다.

마트 부근 길거리에 사람들이 웅성거리며 모여 있었다. 모스크바에
도 야바위 장사꾼이 있나? 관심 없이 그냥 지나치려는데 사람들 틈 사
이로 쓰러진 사람이 얼핏 보였다. 섬뜩한 생각이 들었다. 이 추위에
길에 누웠다면… 나도 모르게 발길이 옮겨갔다. 일흔은 되어 보이는
노인이 하얀 이를 반쯤 드러낸 채 소파에 누운 것처럼 옆으로 누워있
다. 이미 이승 사람이 아니었다.

하얀 눈송이가 하나씩, 하나씩 노인의 얼굴에 떨어지는 게 또렷하

게 보였다. 얼굴에 눈이 떨어지는데도 표정에 아무런 변화가 없다는 게 무섭게 느껴졌다. 조금 전에 나는 눈발을 피하려고 모자를 덮어 쓰고, 눈이 안경으로 떨어졌을 때는 닦기도 했다. 그러나 노인은 그러지 않았다. 얼굴은 백짓장처럼 하얗고, 코 밑에는 성에가 꼈다. 죽기 전까지 술기운에 거친 숨을 내쉬었던 것 같았다. 사람들은 쯧쯧거리며 안타까워하기만 할뿐 아무도 나서지 않았다.

노인의 한쪽 손에는 검정색 비닐봉투가 꼭 쥐어져 있었다. 무엇이 들어 있기에 저렇게 꼭 쥐고 있을까. 몸이 불편한 아내에게 줄 간식? 아니면 유일한 반려자인 개의 먹이? 웃으며 갔는지, 아니면 아직은 아니라고 하다가 갔는지. 술 한 잔 하고, 뭔가를 바리바리 싸서 손에 꼭 쥐고 길을 가다가도 저렇게 허무하게 스러지는 게 인생이구나 하는 생각이 들었다.

얼마 전 길거리에서 어떤 할머니가 다가와 돈을 달라고 했다. 이런 할머니들에 대해서 이미 들은 바가 있다. 우리 같은 동양인들이 돈을 잘 준다는 것을 알고 동냥으로 얼마를 모으면, 그것으로 술을 사 마신다는 거다. 여기는 술에 취하는데 남녀노소가 없다. 대낮에도 술 취해 다니는 사람이 흔했는데 특히 겨울이 되니까 더 많이 보였다. 젊은이보다는 대개 은퇴한 사람들이었다. 직장이나 뚜렷한 소일거리도 없고, 긴 밤에 홀로 있으니 쉽게 알코올에 의지하게 된다. 할머니가 돈을 달라고 했을 때 안 줄 수는 없었다. 주머니에 있던 동전을 몇 개 주었지만 마음이 편치 않았다. 돈이 모이면 술을 산다는 것을 알기에.

종덕이 변두리 지하철역 입구에서도 얼어 죽은 사람을 몇 번 봤다고 했다. 여름에는 술에 취해도 상관없지만 겨울에는 정말 문제다. 이렇게 술에 취해 얼어 죽는 사람들이 심심치 않게 발생하는데도 나라에서는 아무런 조치를 취하지 않는 건지 안타까웠다.

기숙사로 돌아오는 내내 마음이 무거웠다. 묘하게도 모스크바에 와서 죽음과 고독, 외로움, 이런 부정적 단어가 피부에 가까워진 느낌이다. 우울한 기분이 가시지 않아 알리바바에 내려갔다. 성탄절이 가까워 창문에는 장식용 전구가 반짝거리고 있었지만, 현세의 고통을 나 몰라라 하는 다른 세계의 깜박임처럼 무심하게 보였다. 길에서 본 노인의 창백한 얼굴과 눈썹에 하나 둘 쌓이던 눈송이, 코 밑에 껴있던 성에가 자꾸 떠올랐다. 노인은 지금 어디쯤 가고 있을까?

산다는 게 뭔지, 살아있다는 게 뭔지, 내가 지금 뭘 하고 있는 건지, 답도 없는 질문들이 꼬리를 물었다. 모든 게 다 부질없는 짓 아닐까. 노인이 손에 쥔 봉투 속에는 뭐가 들어 있었을까.

'生者爲過客 死者爲歸人'(생자위과객 사자위귀인)

살아 있는 이는 생을 지나는 길손이요,

죽은 이는 원점으로 돌아가는 사람이다.

갑자기 이백(李白)의 한시가 떠오른다. 삶이란 게….

64

목각 인형 마뜨료시카

"노마, 엠게우에 가서 사진 찍자."

오전에 방에 올라온 두냐가 고향에 돌아갈 날이 얼마 남지 않았다면서 함께 엠게우에 가자고 했다. 이들이 돌아갈 날이 얼마 남지 않았다는 말에 '벌써 그러냐?' 하고 아쉬운 표정을 지어 보이기는 했지만, 솔직히 속마음은 그렇지 못했다. 요즘은 이들과 함께 하는 게 많이 불편했다.

속마음이 그렇다 해도 일당의 제안을 피할 수는 없었다. 이제 이들과 함께 할 날이 얼마 남지 않아서도 그랬고, 지난번에 한국 음식을 한 번 먹자고 했었는데 그걸 잊지 않고 있을 거란 생각도 들었다. 오늘은 또 어떤 일이 겪어야 할지. 이들이 엉뚱한 일만 벌이지 않으면 정말 즐거운 마음으로 함께 할 수 있는데….

토샤를 포함해서 6명이 버스와 전철을 갈아타며 아를료녹 한국식당으로 갔다. 종업원이 안쪽 룸으로 안내했다. 홀에서 주방장이 면 만드는 장면을 볼 수 있다는 걸 뻔히 알면서도, 모르는 척 조용히 따라갔다. 일당에게는 훌륭한 구경거리가 되겠지만 번잡을 떨게 될 것 같아 피했다.

일당들은 내가 메뉴를 선택하도록 했다. 나도 그게 나을 듯싶어 몇 가지를 살펴보다가, 이들에게 추억이 될 수도 있겠다는 생각에 자장면을 시켰다. 음식이 어떤 모양이라고 설명하지 않았다. 국수라는 단어를 모르기도 했고, 사전을 꺼내 찾아보는 것도 번거로웠다. 잠시 후 음식이 나오자 모두 눈이 휘둥그레 했다. 흔히 보던 것과는 달리 면발이 굵은데다가 소스도 검은 빛깔이었으니 생소했을 거다. 일당들에게는 포크를 나눠주고 내가 나무젓가락으로 자장면을 섞기 시작하자 두냐가 가만히 지켜보았다. 호기심에 찬 눈빛. 기어코 자기도 젓가락을 달라고 했다. 역시 두냐였다.

"자장면은 중국 음식인데 중국에는 없고, 한국에만 있어."

한국 음식점이라고 말한 것 때문에 한국 전통 음식으로 알까봐 설명했더니 모두들 넌센스한 경우라고 웃었다. 음식 맛을 얘기하던 중에 두냐가 말을 꺼냈다.

"기념으로 젓가락을 가져가도 되나?"

대나무를 잘 다듬어 만든 젓가락이 흥미로웠던 모양이다. 얘길 듣고 보니 이들에게 기념이 될 수도 있겠다 싶어 종업원에게 사람 수대로 젓가락을 더 달라고 했다. 두냐는 젓가락을 더 달라고 한 것이 괜찮은 건지 걱정했지만, 돈을 더 달라고 할 정도는 아닐 것 같았다. 잠시 후 종업원이 젓가락을 가져와 나눠주었다.

"맛있는데, 음식 이름이 뭐지?"

갈리나가 음식 맛을 보고 말을 꺼내자 모두가 궁금한 표정이었다.

"짜. 장. 면."

난 천천히 발음해서 알아들을 수 있도록 얘기해줬다. 모두 맛있어

하는 모습을 보니 충분히 기념이 될 수 있을 거란 생각이 들었다.

엠게우로 이어지는 바라비요프 언덕에는 기념품 장사꾼들이 많았다. 그중에서도 목각 인형 마뜨료시까가 눈에 띄었다. 푸틴을 그려 넣은 것도 있고, 스탈린을 그려 넣은 것도 있었다. 그중 작고 귀여운 마뜨료시카를 기념으로 샀다. 재미있는 물건이다. 겉껍데기를 열면 그 안에 똑같은 그림의 목각인형이 또 있다. 그것을 열면 똑같은 게 또 있고, 몇 번이나 같은 인형이 계속 나온다. 어쩌다 이런 인형을 만들게 되었는지 궁금해 하다가 불현듯, 나와 두냐 일당과의 관계가 이런 게 아닐까 하는 생각이 들었다. 끝인가 하면 아니고, 끝났나 하면 또 벌어지고. 누군가도 나처럼 그런 상황을 겪다가 인형을 생각하게 된 건지 모르겠다.

기념이 될 만한 장소를 찾아서 함께 사진을 찍었다. 이곳저곳을 돌아다니는 동안 리따는 수시로 "토샤, 토샤" 하면서 그의 뒤를 졸졸 따라 다녔다. 운명의 끈이 그녀를 토샤에게 묶어버린 것 같았다. 모두들 그들에 대해서 신경 쓰지 않는 눈치여서 나도 그런가 보다 하고 마음에 두지 않으려 애썼다.

전철역으로 돌아오는 길에 마샤와 리따, 갈리나, 토샤가 함께 떠들면서 앞서 가고, 굽 높은 구두를 신고 발이 아프다는 두냐와 내가 뒤를 이어갔다.

"많이 아파? 내 손을 잡아."

그녀는 괜찮다고 하면서도 일행의 속도에 맞춰 걷지 못했다. 보기에 안쓰러워 손을 잡아줬다. 앞서가던 일행들은 두냐가 아파한다는 것을 알면서도 아무도 뒤돌아보지 않았다.

전철을 탔다. 리따는 토샤와 둘이서만 속닥거렸고, 나머지는 모두 내 눈치를 보며 뭐라고 얘기하길 기다리고 있는 것 같았다. 그런 상황에서 내가 할 수 있는 게 뭔지… 어색했지만 난 아무 말도 하지 않았다.

오늘도 기숙사에서 나올 때, 토샤가 넷 중 누군가를 택해서 남은 시간을 재미있게 보내라고 말했다. 여기가 서울이었다면 주먹을 한 방 날렸을지도 모르겠다. 지금쯤이면 내 의사를 알만도 한데. 아무 말도 더 하지 말라는 의미로 레드카드 내밀듯이 그의 얼굴에 손바닥을 들이 밀었다. 토샤는 이해할 수 없다는 표정을 지었다.

서먹한 시간이 이어지자 기숙사에서 했던 토샤의 말이 자꾸 떠올랐다. 어쩌면 이들은 토샤의 말대로 나의 선택을 기다리고 있을지도 모른다. 지난번에는 갈리나를 선택하라고 하더니 오늘은 아무나 선택하라고 했다. 혹시나 내가 갈리나를 마음에 들어 하지 않는다고 생각해서 다른 누군가를 선택하라고 한 건가? 그렇다면 두냐를 말하는 건데? 마샤는 빅토르가 있고, 자기는 리따와 한 짝이고. 그래서 두냐가 일부러 발이 아프다고 처졌었나? 정말 나 혼자만의 상상이길 빈다.

전철 안 광고를 읽는 척하고 그들을 쳐다보지 않았다. 간간히 그들이 나를 쳐다보는 것이 느껴졌다. 일부러 광고판의 어려운 발음을 읽는 것처럼 입을 중얼거렸다. 제법 연기를 잘하고 있다는 생각이 들었다. 이 짓도 머지않아 끝난다. 며칠만 기다리자. 깊이 생각 없이 지나가자는 생각만 머릿속에 맴돌았다.

유고자빠드늬 전철역에 도착했다. 우리 일행은 서로 떨어지지 않으려고 애썼지만 사람들이 너무 많아 어쩔 수가 없었다. 모두 어디로 갔는지 모른 채 인파에 밀려 밖으로 나와 보니 마샤가 지하도 입구에 서 있었다. 그녀는 나를 보자 기숙사 방향으로 걷기 시작했다.

"기다렸다가 같이 가자?"

그녀하고만 걷는 게 싫어서 내가 말을 꺼냈다.

"이리로 올 거야. 빨리 와."

마샤는 쓸데없는 얘기 말라는 듯이 한마디 뱉고, 빨리 오라고 손짓을 했다. 대꾸하기가 싫었다. 내 마음속에 그녀에 대해 필요 이상의 경계심이 있었다.

"가족들 선물은 샀어?"

내가 빠른 걸음으로 그녀 곁에 다가서자 그녀가 물었다. 고국으로 돌아갈 날이 아직 많이 남았다는 것을 알고 있을 텐데, 엉뚱한 질문이라는 생각이 들었다.

"시간이 많아서 아직 사지 않았어."

내가 관심 없다는 듯 대답하자, 그녀는 남편과 부모, 시부모를 위해 선물을 더 샀다고 자랑하듯이 말했다. 순간적으로 '더 샀다'는 말이 귀에 거슬렸다.

"선물을 더 샀다고?"

얼마 전에도 남편 스웨터를 샀다고 자랑했었는데, 무슨 선물을 또 샀다는 건지? 남편과 헤어지려는 게 아니었나? 그녀는 의아해 하는 내 표정에는 아랑곳없이 간단하게 그렇다고 대답했다.

"남편이 모스크바에 올 거야."

마샤는 자랑거리라는 듯이 얼굴을 추켜들며 말했다. 그리고는 일주일가량 함께 지내다가 고향에 돌아갈 거라고 좋아했다. 그녀가 들뜬 기분으로 남편이 온다고 말하는 게 이해가 되지 않았다. 그녀와 남편이 잘못 되길 바라는 건 절대 아니지만, 이제까지 남편을 폄하해왔고, 일당들도 장단을 맞춰왔는데 이제 와서 남편이 올 거라고 들떠하는

건 뭔가. 지난번에 남편으로부터 전화가 왔을 때 마샤 자신은 물론이
고, 친구들 모두가 마샤 부부가 헤어져야 한다는 듯이 그를 비난하고
욕하지 않았던가.

빅토르와의 관계는 어떻게 된 거지? 그러고 보니 요즘 며칠 사이에
빅토르가 안 왔다. 그에게 무슨 일이 있는지, 여러 가지로 복잡한 생
각이 든다.

마샤는 내 딸 선물로 러시아 인형이 좋을 것이라고 하면서, 기숙사
에 가서 자기가 준비한 선물을 보여주겠다고 했다. 마음이 내키지 않
아 다음에 보자고 미뤘다.

두냐는 언제 아팠냐는 듯이 따라오고 있었다.

65

이브의 부끄러움

 어제 밤에 마신 맥주 덕분에 푹 자고나니 새벽 네 시였다. 일어나기에는 너무 일렀다. 자리에서 뒤척이다가 어슴푸레 동이 틀 무렵 책상 앞에 앉았다. 맨 정신으로는 잠자리에 들 수 없었던 어젯밤. 아직도 생생한 기억을 어디부터 적어야 할지.

이번 한 주는 비교적 평온하게 보냈다. 이제는 두냐 일당이 무슨 일을 벌여도 놀라지 않을 것이고, 앞으로 십여 일 정도만 있으면 이들이 고향으로 돌아간다는 생각 때문에 마음이 느긋했다. 사실 이들이 내게 벌인 일이란 게 이제까지 세상에 없던, 단 한 번도 세상에 기록되지 않았던 일을 내가 처음으로 당해서 당황스러웠던 건 아니다. 단지 이들을 순수하고 순박한 애들이라고 생각했는데, 예상치 못한 일로 그 기대가 좀 심하게 무너졌다는 것뿐이었다. 굳이 따지자면, 잘 알지도 못한 채 그들에게 높은 등급을 주었다가 기대에 어긋나자 크게 실망한 거다. 그들은 자신들의 등급을 높게 달라고 나에게 요청한 적도 없었고, 잘해보겠다고 약속을 한 적도 없었다. 그게 다였다.

주중에 주방에서 몇 번 봤지만 그때마다 숙제가 많아 내려가지 않았다. 그들도 요즘엔 내가 자신들을 경계하지 않는다는 것을 알고 편하게 생각하는 것 같았다. 실제로 선생님은 학기 끝 무렵이 되자 진도를 빨리 나가면서 숙제를 많이 내주기도 했다. 요즘 숙제는 일당들에게 묻기 보다는 나 스스로 해결해야 할 문제가 많았다. 그런 저런 이유로 해서 긴 대화를 나눌 기회가 별로 없었다.

어제 오전에 니꼴라이가 왔다. 내가 비싸지 않은 그림 몇 장을 한국에 가져가고 싶다고 했더니 그가 '돔 후도즈니꼬프(예술회관)'에 가면 살 수 있다고 했다. 그곳은 미술학교인데, 학교 안에 학생들이나 유명하지 않은 일반 작가의 작품을 전시하며 판다는 것이었다. 그의 말을 듣자 러시아의 대중작가들이 어떤 경향의 그림을 그리는지 궁금했다.

니꼴라이와 함께 시내에 들어가 레닌동상 앞에서 기념사진을 찍고 학교까지 걸었다. 학교는 건물 구조가 조금 특이했다. 우리나라는 대개 학교 정문을 지나면 운동장이 있고 그 운동장 뒤로 본관 건물이 있는데, 이 학교는 대로변에 큰 건물이 있고 그 건물이 뒤 건물까지 이어져 있었다. 추워서 몽땅 이은 건지. 니꼴라이를 따라 2층 전시장으로 올라갔다. 미술품을 전시한 줄 알았더니 학교인지 상점인지 구분이 안 될 정도로 보석 장식품 진열대가 일반 영업장처럼 놓여 있었다. 제품 가격이 싼 걸로 보아 학생 작품 같았는데, 예쁘기는 했지만 흥미롭지는 않았다. 미술대학이니까 보석 장식품 디자인도 하는가보다.

미술품이 전시되어 있는 옥외 전시장으로 내려갔다. 천막으로 만든 부스에 많은 그림이 전시되어 있었는데, 실망스럽게도 대부분이 비슷한 유형의 풍경화였다. 다양성이 떨어진다는 느낌이 확 들었다. 박물관처럼 대단한 기대를 한 건 아니지만, 그래도 내가 모르는 세계가 있을 거라고 생각했는데 그렇지 않았다. 시대성이나 독창성, 희귀성에 모두 문제가 있을 것 같다. 젊은이들이라면 되든 안 되든 새로운 시도를 해보지, 왜 그렇게 같은 방식의 풍경화만 그렸는지 얼핏 이해가 되지 않았다. 전시장 끝에서 모스크바 시내 전경을 그린 수수한 수채화가 좋아 보여 몇 점 사가지고 왔다. 아쉬움은 컸지만, 그래도 돌아볼 가치는 있었다.

저녁에 음식을 만들려고 주방에 갔다가 나를 찾아 올라온 갈리나와 만났다. 그녀는 얼마 전에 내가 식사 대접을 한 것 때문에 그랬는지 자기네들이 저녁을 대접하겠다며 내려오라고 했다. 성의를 무시할 수 없어 아래층으로 내려갔다.

마샤가 반갑게 맞이했다. 그녀는 인사를 하자마자 선물로 산 옷과 전자제품 등을 꺼냈다. 내게 보여주려고 며칠을 별렀던 것 같았다.

"좋은 걸 많이 샀네."

칭찬을 해줘야 했다. 그녀가 곱게 싼 포장을 푸는 게 부담돼서 말렸는데, 괜찮다면서 굳이 하나하나 모두 끌렀다. 시부모 선물, 친정부모 선물을 보여주다가 스웨터를 하나 펼쳐 들고 물었다.

"우리 남편 건데 어때?"

"좋아…."

잘 모르겠다. 그녀가 스웨터를 평가받고 싶어 하는 건지, 아니면 남편과의 관계가 정상이라는 걸 말하고 싶어 하는 건지.

마샤의 선물 구경이 끝나자 두냐가 내 가족을 위해 준비할 수 있는 러시아의 선물 종류에 대해서 얘기했다. 선물할 물건으로 어떤 것은 좋고, 어떤 것은 안 된다고 하던 중에 내가 우리 어머니를 위해 십자가 목걸이를 선물하려 한다고 하자 리따가 정색하며 반대했다. 십자가는 죽음을 뜻하기 때문에 안 된다는 거다. 리따의 말을 듣고 내심 놀랐다. 모두의 표정을 보니 리따와 같은 생각을 하는 눈치였다. 개신교나 천주교와는 조금 다르지만 여기도 하나님을 믿는 정교가 있는데, 십자가를 선물하는 것이 죽음을 의미한다니. 문화적 차이가 정말 크다는 생각이 들었다.

얘기 도중에 알렉산드르가 왔다. 그도 같은 고향 출신이었지만, 두냐 일당이 싫어했다. 그나 토샤나 상황이 비슷한 것 같은데 왜 그만 싫어하는지 이유를 모르겠다. 그는 마샤의 컴퓨터 구입을 도와주고 있었다. 그가 마샤에게 여러 종류의 컴퓨터 사양에 대해 설명하는 동안에도 일당들이 그를 거부하고 있음을 충분히 느낄 수 있었다. 아무도 그에게 눈길을 주지 않았고, 어쩌다 그가 그녀들에게 뭐라고 하면 누군가 아주 퉁명스럽게 대답했다. 초대받지 않은 손님 노릇을 톡톡히 했다. 그도 그런 분위기를 충분히 알고 있는 것 같았다.

갈리나가 주방에서 내려와 식탁을 차리자 그가 가겠다며 자리에서 일어섰다. 아무도 만류하지 않았다. 그건 두냐 일당의 명백한 의사 표현이었다. 그녀들이 왜 그런 분위기를 만드는지 불편했지만 내가 나설 자리가 아니라서 가만히 있었다. 식사 내내 음식이 맛있다는 생각이 들지 않았다.

식사 후에 차를 마시고 있는데 토샤가 들어왔다. 요즘엔 거의 매일 토샤가 이들과 함께 저녁식사를 했는데, 오늘은 왜 함께 하지 않았는지 식사 때부터 궁금하게 생각했었다. 밖에서 무슨 비밀스런 일이 있기라도 했는지 그가 리따에게만 소곤소곤 귓속말을 했다. 갑자기 방 안 공기가 식었다. 늘 재잘대던 두냐가 벽에 비스듬히 기댄 채 손톱만 만지작거렸고, 마샤는 조용히 책상 앞에 앉아있었다. 갈리나는 음식을 차릴 때부터 한마디도 말하지 않았다. 잠시 후 작은방을 왔다 갔다 하던 리따가 토샤를 불러내 작은방으로 건너갔다.

저녁식사도 대접 받았고, 어색한 분위기도 바꿔볼 겸 해서 맥주를 사와 한 컵씩 따라 주었다. 그래도 분위기는 나아지지 않았다.

"오늘 토요일인데 너희들 왜 그래?"

내가 이상하다는 듯이 묻자 그제서야 정신이 들었는지 모두 억지웃음을 보이며 컵을 입에 대는 시늉을 했다. 분위가 바뀌려나 싶었는데, 침대에 앉아 있던 마샤가 갑자기 맥주잔을 책상 위에 탁 놓고 일어서더니 발소리를 쿵쿵 내며 작은방으로 건너갔다.

"흐응, 흐응."

잠시 후 큰방으로 건너온 마샤가 침대에 엎어지면서 작은방에서 본 리따의 성행위 동작과 교성을 흉내 내고 깔깔거렸다. 그리고는 다시 베개를 끌어안고 침대 위를 뒹굴었다. 모두의 표정이 어색하게 굳었다. 그제서야 나는 옆방에서 무슨 일이 벌어지고 있는지, 그리고 조금 전부터 간간히 들리던 이상한 소리가 무슨 소리인지 알게 됐다. 리따가 토샤를 불러낸 손짓은 바로 그것이었다. 기가 막히고 어이가 없었다. 이렇게 친구들과 내가 있는데 도대체 그게 가능한 건가? 그것도 바로 옆방에서 누가 들어와도 상관없다는 듯이 문도 잠그지 않은 채, 과연 그럴 수가 있는 건가? 말이 안 나오고 심장이 두근거렸다. 이들에게 속을 들키고 싶지 않아서 맥주잔을 들이켰다.

이들에게서 더 이상 놀랄 일은 없을 거라고 생각했었다. 그래, 오늘 같은 일이 벌어진다 해도 놀랄 일은 아니지. 세상에 남자와 여자가 성행위하는 게 뭐 놀랄 일인가? 사전적으로는 명사 성교고, 다른 표현으로는 사랑의 행위인데, 사랑의 행위가 뭐 놀랄 일인가 말이다. 그런데도 어이가 없었다.

갈리나는 오늘 벌어질 일을 분명히 미리 알았다. 그래서 저녁식사 때부터 얼굴 표정이 굳어 있었다. 어찌해야 할 바를 몰라서, 마주치고 싶지 않은 상황을 극복시켜줄지도 모른다는 생각에서 이방인인 나를 끌어들였다. 그녀는 나름대로 판단력도 있고 자존심도 있었지만, 잠시 후에 벌어질 불편한 상황을 견뎌낼 자신이 없었던 거다. 어쩌면 저녁식사에 나를 부르려 했던 건 갈리나 혼자만의 생각이었는지도 모른다.

두냐와 마샤도 미리 알았다. 태도가 그랬다. 그러나 갈리나와 달리 그 둘은 그럭저럭 수용할 수 있었던 것으로 보인다. 두냐는 언제나 그렇듯이 당돌하게 '니들이 뭔 짓을 하거나 말거나 난 관심 없다'고 했겠지만 막상 일이 벌어지니까 긴장한 것 같았고, 마샤는 자신도 빅토르와의 일이 있으니까, 또는 이미 결혼해서 충분히 경험이 있으니까 저렇게 뻔뻔스럽게 작은방까지 드나든 게 아닌가 싶었다.

'내가 무슨 도움이 된다고 날 끌어들여? 이건 너희들이 바라던 바가 아니었어? 그런데 이런 일이 오늘 처음인가?'

어쨌거나 난 지금에 와서 이들의 방해가 될 생각은 추호도 없다. 이들의 길과 나의 길은 달랐다. 처음엔 이들이 내 기준에 맞아서 순진하다고 생각했다가 일탈된 행동을 보고 충격을 받았지만, 이들의 관습을 알고 난 뒤로는 더 이상 이들에게서 충격 받을 일도, 놀랄 일도 없다고 생각했다. 비난해서도 안 된다. 그들에겐 그들 방식의 삶이 있고, 내겐 내 방식의 삶이 있다. 내가 어찌 자연의 원리를 비난하겠는가. 이들에 대해서는 단지 다른 문화를 경험한다는 관점에서 흥미로울 뿐이라고 생각했다.

미적미적하다가 기회를 놓쳐버렸다. 혼자만의 생각에 빠져 눌러 앉아 있을 게 아니라, '주만 잘 보내라' 고 인사하고 올라왔어야 했다. 그녀들보다 먼저 정신을 차리고, 별거 아니라는 듯이 맥주를 마시며 여유 있는 척 했지만 갑자기 토샤가 들어와 서로의 얼굴을 똑바로 쳐다볼 수 없음을 느끼고 '아차!' 하고 가야할 때를 놓쳤다는 걸 알았다. 아무 일도 아닌 것처럼 대하려 했지만 그가 먼저 나의 시선을 피했다. 그의 얼굴이 갑자기 붉어졌다. 내가 있을 거라고 생각하지 못한 것 같았다.

있는 속을 다 감추고 토샤에게 맥주를 건넸다. 그것은 절대 '리따와 함께 고생했지?' 하는 뜻으로 따라주는 맥주가 아니었다. 쓸데없이 여유잡고 있다가 갑자기 그와 마주쳐, 순간적으로 어찌해야 할 바를 몰라 나도 모르게 튀어나온 위기모면용 행동이었다. 그도 우물쭈물하면서 맥주를 받았다. 그러나 그것은 누가 봐도 '너의 고된 일과를 깨끗이 마무리하도록 축하해 주는 잔' 의 의미로 보였을 거다. 넌센스. '너도 토샤처럼 그러고 싶은 거냐? 그가 부럽냐?' 누군가 비난할 것 같았다. 방안 누구도 나의 정신 나간 행동을 이해하지 못했으리라. 그는 얼떨결에 잔을 받아 단숨에 마셔버렸다.

'정말 젠장이네…'

속으로 중얼거렸다. 무슨 할 짓이 없어서 이런 수발을 드나. 어이없는 웃음이 나왔다. 토샤를 쳐다보는 게 어려웠다면, 잠시 후에 들어온 리따를 쳐다보는 것은 백배는 더 불편했다. 그녀 또한 내가 아직 방에 있으리라고 생각지 못했던 것 같았다. 그녀는 나를 보고 흠칫 놀랐다. 멈칫하는 그 짧은 순간에 그녀의 얼굴이 불그스레 달아오르는 것이 보였다. 아마도 내가 없었다면 붉어지지 않았을 거라는 느낌이 들었다. 나는 슬그머니 눈길을 돌렸다. 맥주와 컵이 보였다. 그러나 토샤에게는 맥주를 따라 줄 수 있었어도 리따에게는 그럴 수 없었다. 그녀는 잠시 우물쭈물 거리다 책상에서 수첩을 꺼내 전화하러 간다며 방을 나갔다.

"말라제쯔!(잘했어)"

나도 모르게 중얼거렸다. 그게 편하지, 그런 불편함 속에서 방에 계속 있어봐야 어찌하겠나. 리따가 방을 나가자 토샤도 가겠다며 따라나섰다. 그제서야 모두가 한숨을 푹 내쉬는 듯했다. 나도 긴장이 풀렸다. 마치 냄새나고 끈적거리는 거적을 뒤집어쓰고 있다가 벗어버린 느낌이었다.

갈리나는 방을 치운다고 부산을 떨었고, 두냐와 마샤는 장난을 치기 시작했다. 마치 적의 공습으로 지하 대피소에 숨었다가 공습이 끝나자 언제 그랬냐는 듯이 밖으로 나와 뛰노는 애들 같았다. 나도 가겠다고 나왔다. 경비데스크를 지나 3층으로 올라오는데 전화기 앞에는 아무도 없었다.

책상 앞에 앉아서 생각해 보니 참 어처구니없는 일을 당했다는 생각이 들었다. 우리들이 모두 방에 있는데 바로 옆방에서 반공개적으로 그랬다는 것도 이해할 수 없었고, 뻔히 무슨 일이 벌어지고 있는지를 알면서 필요도 없는 물건을 찾는다며 그 방을 드나든 마샤의 행동도 이해하기 어려웠다. 오늘 일은, 그들에 대한 포괄적 관용 방침으로 무조건 받아들이기에는 너무 한계를 벗어난 상황이었다. 세상에는 공개돼도 상관없는 일이 있고, 공개되어서는 안 되는 일이 있다. 남녀의 성관계가 공개 되어도 괜찮다고 생각하는 것은, 이브가 선악과를 따 먹고 부끄러움을 알게 되었다는, 인간이라면 반드시 지니고 있어야 할 원칙을 무효화하는 것이나 다름없다. 군이 종교적 원리를 빌리지 않더라도, 부끄러움은 종교 이전부터 지니고 있던 인간 본성 중에 하나다. 부끄러움을 모르기 때문에 개가 길거리에 배변을 하는 거다. 그러나 사람은 그렇지 않다. 그럴 수 없다. 만일 그럴 수 있다면 그때부터는 공유가 되는 것이다. 원하든 원하지 않든….

몸에 퍼져있던 긴장과 혼란스러움에 잠을 이룰 수 없을 것 같았다. 있을 수 없는 일은 아니었지만, 쉽게 이해하고 넘어갈 수 있는 일도 아니었다. 다시 매점에 내려가 맥주를 한 병 사왔다.

66

칼리굴라의 목욕탕

아침 일찍 토샤가 찾아왔다. 며칠 간 마주치지 않아 한동안 잊고 있었는데, 얼굴을 보자 이번엔 또 뭔 일인가 싶었다. 리따 일을 변명하러 온 건 아니겠지. 뭔 일인지는 몰라도 쉽게 변명이나 할 친구는 아니다. 이유가 뭐든 찾아온 손님을 놔둘 수 없어서 코코아를 한 잔 대접했다. 이곳은 추워서 그런지 따뜻한 코코아를 마시는 게 제법 괜찮았다.

그가 책상 앞에 붙여 놓은 러시아어 격변화표를 보고 웃었다. 복잡한 표를 구분하기 쉽게 하려고 형광펜을 칠해서 한글 배우는 어린 애들 글자판 같다. 알록달록. 웃는 이유를 알고 내가 말했다.

"외국인에겐 격변화가 너무 어려워."

우리말에는 남성, 여성, 중성에 따른 격변화가 없다고 하자 그는 내가 러시아말이 많이 늘었다고 추켜세웠다. 어느 정도 인정할 수는 있었지만 반갑게 들리지 않았다. 책상 위에 있던 사전에 '露韓辭典(로어 사전)'이라고 써있는 한문이 무슨 뜻이냐고 물어 설명해줬다. 신기하다는 표정을 지었다.

"노마는 한문을 잘 아나?"

우리말에는 한문이 섞여 있어서 한국 사람들은 어느 정도 한문을 안다고 설명하면서 내 이름과 한국, 중국, 일본, 미국 등을 한문으로 써 보였더니 눈이 휘둥그레졌다.

차를 다 마실 무렵 그가 엉뚱한 제안을 했다. 다음에 날짜를 정해서 두냐 일당과 함께 사우나에 가자는 거였다. 정말 끝이 없다는 생각이 들었다. 그는 열심히 설명했지만 내가 부분적으로 알아듣지 못하자 의미를 정확히 전달할 셈으로 영어를 섞어 말했다. 평소 그의 영어실력으로는 문장을 길게 말하거나 문법에 맞게 말을 할 수가 없었는데, 오늘은 알아들을 수 있게 제대로 말했다. 설명하기 위해 준비를 많이 한 것 같았다. 맹랑한 놈.

그의 설명은 이랬다. 한 시간에 1000루블을 내고 사우나실 하나를 통째로 빌린다. 우리처럼 일인당 얼마씩 입장료를 내고 대중사우나에 들어가는 것이 아니다. 그 안에는 간이수영장, 사우나실, 당구장, 주방, 침실 등이 있는데 다른 사람들은 들어오지 않고 일행들만 사용하고, 남녀가 함께 들어가도 상관없다는 거다.

그의 비밀스런 설명은 더욱 가관이었다. 사우나실에는 오직 두냐 일당과 자기, 나 등 6명만이 들어 갈 것이고, 다른 옷은 다 벗고 큰 수건으로만 몸을 가린단다. 함께 사우나에 가자고 제안했을 때 비슷한 짐작을 했었는데 바로 맞았다. 사우나에서 옷 입고 있는 놈도 있냐고 비아냥거리고 싶은 생각이 들었다.

"가고 싶지 않아."

내가 두 손을 가로 저으며 말했다.

"기숙사나 선생님이나 아무도 몰라."

그는 마치 내가 주변을 의식해서, 특히나 스베틀라나 선생님을 의식해서 사우나 가기를 거부하는 것으로 생각했는지 선생님을 들먹였다.

'무슨 짓을 하기에 남들은 모른다는 거냐? 두냐 일당과 무슨 짓을 하고 싶은 건데?'

속이 뻔히 들여다보였다. 그가 눈싸움을 하다 말고 리따와 함께 숲속으로 사라졌을 때도 그녀에게 같은 말을 했을 거란 생각이 들었다. 여기는 오직 우리 둘뿐이고, 아무도 모른다고.

"여자애들하고 같이 가면 아주 재미있을 거야. 건강에도 좋고."

내가 동의하지 않자 기어코 설득하고야 말겠다는 듯이 재미를 빌미로 다시 파고들었다.

"한국 사우나에서는 남녀가 옷을 벗고 같이 있지 않아. 재미있다는 게 무슨 뜻인지 알겠는데 난 안 갈래."

내가 단호히 거절하고 얼굴을 돌리자, 한국의 관습이 반드시 좋은 게 아니라고 반박했다. 끈질겼다. 더 들을 필요가 없을 것 같아 외출해야 한다고 자리에서 일어섰다.

"노마, 저녁 때 다시 얘기하자."

그는 끝까지 포기하지 않고 꼬리말을 남긴 채 우물쭈물 방을 나갔다. 잘 가라는 말도 해주지 않았다.

'맹랑한 놈. 끝까지 포기하지 않고 결정을 미루네.'

그는 빅토르나 알렉산드르, 니꼴라이와는 정말 달랐다. 이게 토샤만의 생각일까? 아니. 그들 모두는 아닐지라도 리따에게는 미리 얘기했을 거란 생각이 들었다. 적어도 지금은 토샤의 모든 행동에 리따가 결부되지 않을 수 없다. 토샤는 나뿐만이 아니라 두냐, 마샤, 갈리나까지 모두를 묶어둘 방안을 생각한 것 같다. 사우나에 함께 가는 게 성공한다면, 그 자체만으로도 모두에게 족쇄 채우는 효과를 발휘할 수 있다. 기숙사에 개인교습 하러 오는 소피도 몸 파는 여자로 간주하는 풍토니 사우나에서 목욕만 하다가 나왔을 거라고 생각하는 사람은 아무도 없을 것이다. 그렇게만 되면 모스크바 생활에서 비밀이 있는 자와 없는 자를 구분 지을 필요가 없다. 물론 그럴 필요가 있는 건지 조차도 잘 모르겠지만.

토샤가 나에게 집요하게 군것은, 내가 두냐 일당에게 어느 정도 신뢰가 있었기 때문에 그 점을 이용하려 한 것 같다. 늘 내가 걸림돌이었으니 나를 먼저 설득하고, 그런 다음 나도 나서서 두냐 일당에게 권유한다면 그녀들도 따라 나설 가능성은 상당히 높아진다. 그 정도 구도는 충분히 생각할 수 있는 일이다. 평소 그녀들이 자신들의 일정 속에 굳이 나를 포함시키려 했던 것은 그만큼 나에 대한 신뢰가 있었기 때문이었고, 토샤는 그런 사실을 잘 알고 있었다.

이들 모두가 토샤의 제안을 받았다면 어떤 반응을 보였을까? 아마도 신중한 갈리나는 반대했겠지. 사우나에 가면 어떤 일이 벌어질지 잘 알 테니까. 마샤는 노는 거라면 가리지 않고 좋아하니 나서서 반대하지는 않았을 것 같고, 두냐에게는 추억의 대상이 될 수도 있겠다. 리따는 망설여도 거부를 못할 입장이었을 거고….

아무리 생각해도 맹랑한 녀석이다. 자기가 굳이 '두냐 일당과 함께 가면 재미있을 것'이란 말을 하지 않으면 내가 상상하지 못할 것 같은가? 그들 모두는 고향에 있는 다차에서 남녀가 함께 사우나하는 경험을 충분히 한 사람들이다. 내가 직접 경험하지 못해 구체적으로 예를 들 수는 없지만, 이제까지 그들의 행동으로 봐서 상상도 못할 별 기발한 게임이 다 있을 거다.

　아무려면 거기까지 가서 순진하게 단어 게임이나 하다가 오겠나. 물론 처음에는 단어 게임 같은 단순 게임으로 시작하겠지만, 그게 농도 짙은 게임으로 바뀌게 되면 누군가로 시작해서 결국엔 모두가 타월을 내리게 되는 벌칙을 받게 된다. 처음 내리는 게 어렵지 그 뒤로는 쉽다. 애초부터 타월 내릴 목적으로 갔기 때문에 그 단계까지 가지 않으면 함께 하는 사우나의 의미가 없다. 그러다가 또 다른 게임으로 강도를 높여 누군가가 누군가를 껴안고 뒹굴기 시작하면 나머지도 원하든, 원하지 않든 결국 분위기에 휩쓸려 졸지에 칼리굴라의 목욕탕이 재현된다. 내 상상이 좀 심한 건가? 여하튼 그런 훌륭한 기회를 순진하게 건강만 도모하다가 올 애들이 아니라는 것쯤은 이제는 충분히 안다. 어쩌면 순진을 떨고 있는 내가 외계인만큼이나 그들의 호기심의 대상인지도 모르겠다. 토샤라는 놈은 내 생각보다 더 많은 유희를 머릿속에 그리고 있겠지. 오히려 다음에 한 번 더 가자는 말이 나올지도 모를 일이다.

　낮에 종덕, 천석과 돌아다니는 동안 토샤의 제안을 잊고 있다가 기숙사에 도착해서 갑자기 그의 말이 생각났다. 저녁때 다시 얘기하자고 했는데, 난 더 이상 내 의견을 말할 필요 없이 그가 스스로 계획을 취소해 주기를 바랐다.

　경비데스크 앞을 지나다 전화하고 있던 두냐와 마주쳤다. 그녀는 나를 보더니 자기네 방으로 가라고 손짓을 했다. 토샤의 제안 때문에 그런 것 같다는 생각이 들었다. 토샤와 리따, 갈리나는 시내 구경을 나가고, 방에는 마샤만 있었다. 갈리나는 그날 그렇게 곤란을 겪고도 토샤와 시내 구경 갈 마음이 생겼는지 이해를 못하겠다. 내가 너무 옹

졸한 건지. 전화를 끝내고 돌아온 두냐가 말을 꺼냈다.

"토샤가 사우나에 가자고 했는데, 시험이 있어서 가고 싶지 않아."

시험만 아니면 갈 수 있다는 건가? 이유는 좀 이상했지만, 어쨌거나 그녀의 말이 너무 고마웠다. 갸우뚱은 나중에 하기로 하고, 반가운 표정으로 잘 결정했다고 칭찬해주었다. 저녁 준비로 계란을 사왔다고 하자, 마샤는 자기들도 배고픈데 식사 당번인 리따가 오지 않아 기다리고 있다고 했다. 사우나에 가지 않겠다고 결정한 것에 대한 보상으로 계란탕을 만들려던 계획을 취소하고 그녀들과 함께 토스트를 만들어 먹었다.

차를 마시며 TV를 보고 있는데 토샤 일행이 돌아왔다. 그는 시내 구경을 하면서 얻어온 관광 자료를 보여주며 호들갑을 떨었다. 모두가 소란을 떨며 얘기하는 동안 리따는 큰방, 작은방을 왔다 갔다 하며 대화에 끼어들지 않았다. 나를 멀리 하고 있다는 느낌이 들었다.

아주 오래 전에 읽은 「베로니카의 손수건」에서 봤던 한 구절이 생각났다.

'진실로 고귀한 영혼은 순종할 줄 안다.'

베로니카의 할머니가 베로니카에게 해준 말이었다. 난 오랫동안 그 말의 의미를 새겼었다. 순종이라는 단어가 그렇게 마음 깊이 다가온 건 그때가 처음이었다. 그리고 지금까지도 잊지 않고 있었다. 리따에게 말해주고 싶었다.

'그것은 네 이웃의 요구에 대한 순종이 아니라 진실에 대한 순종이야. 고귀한 영혼은 그렇게 시선 회피할 일을 하지 않아…'

67

부적절한 관계와 방조자

종덕이 회사에서 일찍 끝날 것 같다며 천석과 함께 저녁식사를 하자고 연락을 해왔다. 사실 요즘 며칠은 꾀가 나서 기숙사를 빠져나갈 기회만 있으면 어떻게든 나가고 싶었기 때문에 그의 제안이 고마웠다. 낮 동안 음악도 듣고, 책도 보고, 예술회관에서 사온 그림도 살펴보면서 오랜만에 한가로운 시간을 보냈다.

천석이 먼저 와서 지낸 얘기를 하던 중에 종덕이 도착했다. 아를료녹에서 한국 음식을 먹기에는 시간이 늦어 '갈릴리레스토랑'으로 갔다. 한국 음식은 아니었지만 이들과 함께라면 어떤 음식이라도 좋았다.

식사 후에 맥주를 마시면서 그간 기숙사에서 있던 일을 얘기하게 됐다. 리따와 토샤 얘기, 빅토르와 마샤의 관계, 눈싸움, 토샤의 사우나 제안 등 끝도 없었다. 둘은 내 얘기를 듣고 많이 놀랐다. 그럴 수밖에 없는 것이 종덕과 천석은 나를 찾아왔다가 그녀들과 여러 번 마주쳤지만, 늘 주방이나 내 방에서 잠깐 잠깐 얘기를 했지 그런 상황을 목격할 기회는 없었다. 나도 이따금 종덕과 천석을 만나도 털어놓고 애기를 해야 할 정도로 심각성을 느끼지 않았었다. 심각하게 인식되기 시작한 건 모두 최근의 일이었다.

젊은 남자와 젊은 여자가 사귀는 것, 그건 아무 문제가 아니다. 젊은 남녀가 서로 관심을 갖지 않는다면, 오히려 그게 문제라면 더 문제다. 거기까지는 정말 자연스러운 일이다. 심지어는 부적절한 관계라 하더라도, 그것조차도 피할 수 없는 자연의 섭리다. 내가 정말 이해할 수 없는 부분은 배우자가 있는 것을 서로 아는데 반공개적으로 일을 벌이고, 또 그 옆에서 동조하듯이 바라보고 있는 사람들은 무엇인가다. 이들의 관계 또한 단순치 않기 때문에 모든 것을 어떻게 해석해야 하는가에 답을 못 내겠다. 그저 남의 일? 나하고 아무 관계없는 일? 여기 사람 모두가 그렇게 생각하는 건지. 그렇게 공공연하게 배신을 드러내고 그걸 뻔히 지켜보면서도 사회가 유지될 수 있나? 부적절한 관계를 유지해야 했다면, 차라리 숨어서 해야 하는 게 정상 아닌가?

지난번에 토샤와 빅토르가 처음 만난 날, 빅토르와 마샤가 살갑게 구는 걸 토샤가 지켜 봤다. 그게 무슨 행위였는지 토샤는 잘 알 거다. 과연 토샤는 마샤에게 남편이 있다는 걸 의식하고 지켜본 건가? 아니면 남편 존재에 대한 의식 없이 단순히 그 행위만을 지켜본 건가. 물론 나 역시 마샤의 남편을 만나도 아무 말 하지 않을 것이다. 아니, 하지 못한다. 그렇다면 세상 비밀은 결국 그렇게 유지된다는 건가? 자기가 본 걸 다 말하고 살 수는 없다는 이유로 세상 비밀이 지켜진다는 건가?

나의 복잡한 의문에 종덕과 천석도 답을 주지는 못했다. 물론 답을 바라고 얘기한 것도 아니었다. 어쨌거나 그동안 겪었던 일을 얘기하고 나니 속이 후련했다. 연거푸 맥주를 몇 잔이나 늘이켰다. 종덕과 천석은 나를 보고 정말 마음고생이 많았다고 위로해 주었다. 불편한 사람들과 떨어져 있으니 천국에 있는 기분이었다.

68

전지전능한 밈(Meme)과 그의 추종자들

어젯밤에 종덕의 아파트에서 자고, 아침에 그가 출근할 때 아래층에 있는 천석의 아파트로 내려갔다. 종덕은 저녁 늦게 오지만 천석은 오후 두 시만 되면 귀가하기 때문에 조금만 더 자면서 게으름을 피우면 그와 함께 점심도 할 수가 있었다.

오늘 수업은 빠졌다. 처음이다. 선생님은 왜 수업에 들어오지 않았는지 궁금해서 방에 찾아왔다가 경비데스크에서 내가 귀가하지 않은 걸 알았을 거고, 내일은 숙제검사로 맹렬히 공격을 해오겠지. 선생님 입장을 생각해서 폭격을 당해줘야 한다.

두 시가 조금 넘자 천석이 귀가했다. 게으름을 피우며 자고 있던 나를 위해 새로 밥을 지어 점심을 차려주었다. 쌀밥과 김치도 좋았고, 오랜만에 가만히 앉아서 차려주는 식사를 하는 것도 정말 좋았다. 집에서라면 늘 있던 일인데….

눈이 오려는지 날이 어두웠다. 천석은 저녁 먹고 천천히 가라고 말렸지만 어차피 기숙사에 갈 거라면 늦지 않게 출발해야 했다. 한 번

느슨해지기 시작하면 앞으로의 생활이 더 힘들어진다. 발걸음이 무거웠다. 택시도 타지 않고 터벅터벅, 걸음을 늦춘다고 늦췄는데 오늘따라 기숙사가 왜 그렇게 가까운지 이내 도착한 것 같았다. 경비데스크에서 키를 받아 마치 잠자는 고양이 톰 옆을 지나는 생쥐 제리처럼 아무도 만나지 않으려고 살금살금 방으로 올라왔다. 뭘 하는 것도, 생각하는 것도 귀찮아서 다시 침대 위에 쓰러졌다.

얼마를 또 잤을까. 밖에는 이미 짙은 어둠이 깔려 있었다. 식사 준비로 매점에 가다가 주방에서 두냐를 만났다. 그녀는 낯선 청년과 함께 식사준비를 하고 있었다. 얼마 전에 인도 학생이 자기에게 관심을 보이는 것 같다며 인도사람이 어떠냐고 물었는데, 그 학생이라는 생각이 들었다. 나라고 인도사람에 대해서 아는 게 뭐 있나?

두냐의 소개로 악수를 했다. 흔히 보듯이 까무잡잡한 피부와 눈이 큰 보통의 인도인 인상이었다. 돌아서면 큰 눈 말고는 얼굴 기억이 잘 안 나는 민족이다. 아주 서툰 영어를 했다. 단어 몇 개를 나열하는데 차라리 러시아말을 알면 러시아말로 하는 게 더 나을 것 같다는 생각이 들었다. 어쨌거나 얘기를 길게 할 게 아니라서 몇 마디만 주고받았다.

"마샤가 사진을 주려고 몇 번이나 네 방에 갔었어."

두냐가 갑자기 생각났다는 듯이 말했다. 마샤는 모스크바 생활을 자랑할 양으로 앰게우에 갔던 일이나, 한국식당에서 음식을 먹은 것, 자기네 방에서 파티를 한 것 등을 열심히 찍었다. 며칠 전에 그 사진을 한 장씩 빼와 필요한 사진을 선택하라고 해서 몇 장 골랐는데, 아마도 그 사진을 인화해서 내 방으로 가져왔던가 보다.

마샤가 기다리고 있다는 말에 아래층으로 먼저 내려갔다. 호실 문을 열고 들어가 아무 생각 없이 큰방 문을 두드렸다. 마샤가 방에 있다고 했는데 들어오라는 소리가 들리지 않았다. 마샤가 있을 텐데? 다시 노크를 하면서 문을 밀어보니 안으로 잠겼다.

아래층에 내려왔다가 방문이 잠긴 것은 오늘 처음 보았다. 리따와 토샤가 작은방에서 뒹굴 때도 문을 안 잠갔었는데, 도대체 무슨 일로 문을 잠갔나? 마약 제조라도 하나? 방문을 잠가야 할 만큼 이들에게 비밀이라는 게 있기는 한가? 내가 다시 문을 미는 것과 동시에 안에서 키를 돌려 문 여는 소리가 들렸다. 누군가 있긴 있었다.

마샤가 방문을 조금만 열었다. 그녀는 문 앞에 서 있는 날 보더니 깜짝 놀라며 흐트러진 상의 단추를 다급히 채웠다. 이내 그녀의 얼굴이 붉어졌다. 누군가 문을 잠그고 있었다는 것에 이상하다고 생각은 했지만, 그녀의 얼굴 붉어질 일이 벌어지고 있었다는 것에 궁금증이 일었다.

네가 문을 잠글 일이 뭐지? 이전에 네가 빅토르와 뒹굴 때 내가 문을 열고 들어가도 아예 쳐다도 안 봤고, 리따와 토샤가 옆방에서 뒹굴 때는 네가 일부러 그 방에 들어가 지켜보고 왔으면서 너는 뭐가 대단하다고 문을 잠가? 볼이 달아오른 그녀 뒤로 누군가 있는 게 살짝 보였다. 어라? 문을 잠글 수밖에 없었겠다. 토샤였다. 그가 바지를 추스르고 있는 게 보였다. 아니, 이것들… 어이가 없어서 순간 몸이 굳었다. 또다시 어찌 대처해야 할지 답이 떠오르지 않았다. 얘네들 참 끈질기게 사람 놀라게 하네….

더 이상 이들 문제에 대해서 문화적 차이니, 이해니 하는 따위의 단어조차 생각하지 않기로 했었다. 리차드 도킨스는 문화적 유전 단위로 밈(meme)을 정의하면서, 유전자가 종(種)이라는 틀을 이용해 자신을 유지하고 번성해 가듯이, 문화에도 유전자가 있어 문화라는 틀을 이용해 자신을 유지하고 번성시켜간다고 했다. 도킨스의 주장에 일리가 있다고 생각해 왔다. 문제는 유전자가 나름대로 합리적으로 행동해도 그게 반드시 종에게 번영을 가져다주는 것은 아니라는 점이다. 유전자가 인간이라는 틀을 이용해 번식하고, 인간은 유전자의 의지에 따라 행동하지만, 잘못되는 경우에는 유전자의 번성 의지가 인간 자체를 몰락시킬 수도 있다는 것이다. 멸종 생물이 그런 것처럼.

이곳 소녀들은 평균 14세면 첫 경험을 한다는 말을 들었다. 사실 그런지 어떤지는 모른다. 그러나 사실일 것이라는 생각이 점점 짙어진다. 오늘날 내 눈에 보이는 두냐 일당의 행태가 이 나라에서 이들이 처음 만들어낸 풍속은 아닐 것이다. 문화 유전자가 문화라는 틀을 이용해 자신을 유지하고 번성시키는 과정에서, 이들도 문화 유전자의 의지에 따라 앞 사람에게서 배운 대로 따라했을 거다.

문제는 첫 경험이 언제인가가 중요한 게 아니라 일찍부터 몸에 밴 이런 뒤섞임 속에서, 돌아서면 배반이 이루어지는 이런 상황 속에서, 과연 미래에도 사회가 정상적으로 유지되겠는가 하는 점이다. 헌팅턴은 서구 몰락의 제 1 원인을 도덕적 타락이라고 지적했다. 그 도덕이 성적인 것을 말하는 건지, 경제적인 것을 말하는 건지 너무 오래 돼서 기억이 잘 나지 않는다. 만일 성도덕의 타락 때문에 서구가 몰락할 거라고 지적한 거라면, 서구의 성문화 유전자는 서구의 존속 발전에 긍정적으로 작용하고 있지 않은 것 같다는 생각이 들었다. 물론 끝까지 지켜봐야 알 수 있는 일이지만.

어디를 갔는지 리따와 갈리나는 외출하고 없었다. 마샤와 두냐만 남았는데 두냐는 인도친구와 주방에서 식사 준비를 했고 자의인지,

타의인지 방에 남게 된 토샤와 마샤는 자투리 시간과 공간을 유용하게 활용하고 있던 중이었다.

마샤는 내가 그런 타이밍에 찾아오리라고는 전혀 예상치 못했겠지. 나 역시 그렇다. 아니, 그런 순간에 찾아간 것만이 문제가 아니라 마샤와 토샤가 그런 관계가 될 거라고도 상상치 못했다. 그녀가 빅토르와 얽혀 있던 중에 갑자기 남편 스웨터를 자랑하기에 빅토르와의 관계가 끝났나 보다 해서 복잡했던 내 머리가 정상으로 돌아왔었다. 전후는 모르겠지만, 일단 정리는 됐구나 싶었다. 게다가 남편까지 온다니 싫든 좋든 정리가 되는 게 맞는 다고 생각했다. 그런데 그게 끝이 아니었다. 대체 언제 눈이 맞은 건가? 카드놀이?

내가 방에 들어가지 못하고 문 앞에서 머뭇거리자 그녀가 이내 정신을 차리고 들어오라고 했다. 꺼림칙했지만 이제 뭘 가리겠나. 차라리 일은 다 끝낸 거냐고 위로를 해주면 해줬지, 새삼스레 돌아설 건 아니었다. '니들이 뭔 짓을 하든 관심 없다' 가 내가 취할 태도였다. 이미 일당의 많은 비밀을 알고도 입을 다물고 있지 않는가.

방으로 들어갔다. 토샤가 나를 보고 빙그레 웃었다. 짜식… 마샤만 자리에 없었다면 리따는 어디 갔느냐고 묻고 싶었다. 엊그제 리따와 뒹굴던 자식이 오늘은 마샤야? 정말 재주도 좋네. 사실 마샤도 똑같지. 며칠 후면 남편이 온다고 들뜬 목소리로 얘기한 지 얼마나 됐다고, 그 기분 가라앉기나 했나? 그녀는 방안을 정리하는 척, 왔다 갔다 하면서 아직 방안에 남아 있던 밀회의 어색한 기운을 지우려고 애썼다.

"마샤가 내 방에 왔다고 해서 사진을 보러 왔어."

나도 이젠 뻔뻔스러워졌다. 아니, 이미 이 정도면 충분히 방조하고 있는 셈이니 새삼 뻔뻔해졌다고 표현할 일도 아니다. 의자에 털썩 앉아 어제 종덕과 술을 많이 마셔서 기숙사로 돌아오지 못했다고 능청스럽게 한마디 더했다.

"마샤가 세 번이나 네 방에 갔었어…."

마샤 대신 말을 받은 토샤의 얼굴에는 비굴함이 가득했다. 녀석의 얼굴이 붉어졌다. 그의 얼굴이 붉어지는 게 신기하게 느껴졌다. 그게 부끄러워 할 일이었군.

잠시 후 마샤가 무슨 일이 있었냐는 듯이 웃고 떠들고 있는데 리따와 갈리나, 두냐가 들어왔다. 두냐의 인도인 친구는 가고 없었다. 리따가 시선을 피했다. 엊그제 일로 나를 의식하고 있다는 생각이 들었다.

두냐가 밥상을 차리고 나에게 앉으라고 권했다. 같이 식사할 기분이 아니었다. 어제 술을 많이 먹어서 그냥 올라가겠다고 하자 마치 엄마가 아이 타이르듯이 그럴수록 더 먹어야 한다고 붙들었다.

식사가 끝나고 차를 마시는 동안, 자연스럽게 자리를 잡는 게 눈에 보였다. 리따가 TV 건너편 침대에 올라가 비스듬히 눕자 잠시 후 토샤가 리따의 뒤로 가서 슬며시 몸을 기댔다. 마샤는 이들을 쳐다보기 좋은 맞은편 의자에 가서 앉았다. 그녀가 우연인 척 그 의자에 자리 잡고 은밀히 그 둘을 쳐다보는 게 내 눈에 들어왔다. 토샤와 리따는 마샤가 자신들을 쳐다보고 있다는 사실을 인식하지 못했다. 토샤가 슬며시 리따의 허리를 쿡쿡 찔렀다. 토샤의 수작을 마샤가 곁눈질로 힐끔 힐끔 쳐다보았다. 그걸 훔쳐보는 마샤의 심정은 어땠을까?

갈리나는 책상 앞에 앉아 생각 없이 낙서를 했고, 두냐는 조용히 TV 앞에 앉아 있었다. 그 다음에 진행될 일이 무엇인지 모두가 알고 있는 듯 했다. 자리를 피해줘야 할 시간이었다. 낮은 목소리로 인사하고 방을 나왔다. 아무도 나를 붙잡지 않았다.

며칠 후면 리따가 먼저 고향으로 돌아가고, 마샤 남편이 이곳으로 온단다. 마샤와 남편이 어떤 모습으로 지낼지 궁금하다. 내 머리로는 상상하기 어렵다. 이들에게 난 미개 국가에서 온 비문명인이다.

69

리따의 고별 파티

 점심 무렵 두냐로부터 내일 리따가 떠난다는 말을 들었다. 오늘 저녁에 파티라도 하자는 것 같은데 불편한 마음이 들어서 가고 싶지 않았다. 리따가 나를 피하는 눈치였는데 굳이 피하려하는 사람을 찾아가 힘들게 할 게 뭐 있나. 그냥 나중에 인사나 하자 했다.

핑계거리를 생각해봤다. 그럴듯한 게 떠오르지 않았다. 천석이나 종덕에게 전화해 볼까 생각했지만 그것도 마땅치 않았다. 천석은 수요일에 개인교습이 있기 때문에 선생님과 공부하고 있을 거고, 종덕은 출근하는 평일이니 그의 스케줄도 모른 채 갑자기 만나자고 하면 부담이 될 것 같았다. 평소 그들이 나를 많이 염려해 주기는 했지만 오늘 같은 이유로 전화하는 건 유난을 떤다고 생각할 것 같았다.

그렇다고 무작정 나가면 해 떨어진 오후에 어딜 가나. 니꼴라이에게 미리 얘기해서 구경이라도 갈 걸, 리따가 떠난다는 걸 이미 며칠 전에 들었음에도 핑계거리를 미리 준비하지 못한 것이 후회가 됐다. 외출을 하려면 이네들이 파티 준비를 하기 전에 나가야 했다. 누군가 올라와 준비가 끝났다고 하면, 그때는 피할 수 없게 된다. 어디를 헤매고 다닐지 몰라 옷을 단단히 챙겨 입고 가방을 둘러맸다.

아래층으로 내려갔다. 방안이 깜깜했다. 어둠속에서 짐을 싸고 있는 검은색의 리따가 보였다. 또 다른 검정색들은 종이그림처럼 의자와 침대에 놓여 있었다. 그녀를 도와줘야 할 토샤조차도 움직이지 않았다. 리따의 느린 움직임과 정적. 더듬거리는 리따를 위해서 불을 켜 줘야 했지만 '떠난다'는 현실이 모두를 정지시킨 것 같았다. 오늘은 리따, 내일은 자신들.

잠시 후 두냐가 자리에서 일어나 더듬더듬 스위치를 올렸다. 방안은 환해졌지만, 아무도 입은 열지 않았다. 정적을 깨고 내가 말을 꺼냈다.

"약속이 있어서 나가야 해… 우리… 다시 보기는 어렵겠지…."

모두가 알면서도 끝까지 피하고 싶었던 말이었다.

"두냐에게 메일 주소를 줄게… 나중에 메일이라도 주고받자…."

"그래…."

리따의 목소리가 들릴 듯, 말 듯했다. 쓰러질 듯한 그녀의 느린 움직임을 느낄 수 있었다. 오늘이 지나면 살아 있어도 이 세상에서는 영원히 이별이었다. 다시는 잡을 수 없는, 마지막이 될 악수를 청했다. 리따가 천천히 손을 내밀어 악수하고 나를 가볍게 포옹하며 말했다.

"잘 지내…."

그녀의 가느다란 목소리가 떨렸다. 나도 그녀에게 행복하라고 말해주었다. 고개를 끄덕이며 억지로 미소 짓는 리따의 눈에 눈물이 고여 있었다. 그녀는 이내 얼굴을 돌렸다. 눈물이 흘러 더 이상 나를 쳐다보지 못하는 것 같았다. 다시 침묵을 깨기가 너무 어려웠다.

시간을 지체할수록 발길을 돌리기가 어려워진다. 마음을 냉정히 가다듬고 방을 빠져 나왔다. 도망치듯 나왔지만 섭섭한 마음은 감출 수가 없었다. 이역만리에서 몇 달을 함께 보낸 인연인데 이렇게 보내는 게 솔직히 마음 아팠다. 그러나 뒤돌아 볼 수 없었다. 아내를 떠나 올때, 내가 먼저 무너질 것이 두려워 뒤돌아보지 못했던 것처럼 오늘도 돌아볼 자신이 없었다. 이별이 너무 익숙지 못했다.

착잡한 마음으로 기숙사 계단을 내려가는 데 갈리나가 쫓아왔다.

"노마… 일찍 돌아오면 방으로 와…"

그녀의 목소리에 간절함이 담겨있었다. 똑바로 쳐다보지 못한 채 고개를 끄덕였다. 차라리 날 잡아주었으면. 이게 내 진정한 뜻은 아닌데… 리따가 내게 무엇을 잘못 했다고, 이제 살아평생 다시 보지 못할 사람을 이렇게 보내야 하나. 돌이킬 수 없는 발걸음이 원망스러웠다. 찬바람이 얼굴을 때렸다.

시간을 오래 보내려면 음반점과 마트, 식당이 있는 유고자빠드늬 쪽으로 가야 할 것 같았다. 가로등 하나 없는 어두운 밤길이었지만 군데군데 아직 녹지 않은 눈이 그나마 발길을 옮길 수 있게 해주었다. 넋 빠진 사람처럼 기운 없이 걸었다. 여기저기 널린 흰 눈과 검은 흙길 때문에 눈앞이 어질어질했다. 대학 앞에는 오가는 사람도 없고, 오라는 곳도, 찾아 갈 곳도 없었다. 또다시 세상에 나 혼자라는 생각이 들었다. 어디로 가는 건가. 이 먼 나라까지 와서 난 도대체 뭘 하고 있는 건가. 갑자기 눈물이 핑 도는 걸 막을 수가 없었다.

식구들 얼굴이 하나씩 하나씩 떠올랐다. 이러지 말자고, 아무 생각 하지 말자고, 무감각해지려고 애썼지만 마음대로 되지 않았다. 나도 모르게 눈물이 주루룩 흘렀다. 아내 그리고 아이들. 너무도 그리운 얼굴들이 떠올랐다가 이내 사라지고 다시 떠올랐다가 이내 사라졌다. 붙잡고 싶었지만 손을 뻗을 수가 없었다. 손을 내밀면 그 환영마저 사라질 것 같았다. 이 바람에 실려 날아갈 수 있었으면… 약해지는 내가 싫어서 눈물을 닦지 않으려고 하늘을 봤다. 도대체 하늘은 내게 뭘 가르치고 싶어서 이러나. 왜 내 스스로 세상을 야멸차게 돌아서게 하고 이토록 가슴 아프게 하나. 더 이상 걸을 수 없어서 길옆에 주저앉았다. 얼굴을 무릎에 파묻었다. 시간이 얼마나 지났는지 모르겠다. 아무것도 할 수 없어서 한참을 앉아 있었다. 모든 게 너무 힘들다는 생각이 들었다.

센트럴호텔에 도착했다. 6시. 10분이면 올 거리를 한 시간은 걸렸나 보다. 호텔 로비의 밝은 불빛을 보며 한동안 멍하니 서 있었다. 지금의 내 처지와 로비의 밝은 불빛이 너무나 대조를 이루고 있었다. 난 어둠 속에, 세상은 휘황찬란한 불빛 속에… 그렇게 어둠 속에 갇혀서는 아무 데고 갈 자신이 없었다. 도저히 혼자 있지 못하겠다는 생각에 호텔 로비에서 종덕에게 전화를 걸었다.

"내일 리따가 고향에 간다고 파티를 한다길래 같이 있기 싫어서 나왔어…."

"잘 하셨어요, 형님. 모시러 갈 테니 기다리세요."

어둠 속에서 한줄기 빛을 본 것 마냥 기뻤다. 호텔에서 기다리겠다고 말하고는 출입문 앞에서 서성대며 기다렸다.

퇴근 시간이라서 그런지 종덕의 도착이 늦어졌다. 담배를 피우며 지나는 차들을 의미 없이 바라봤다. 시간이 지나 점차 마음이 가라앉자 눈물 고인 리따가 생각났다. 돌이켜 생각하니 내가 너무한 게 아닌가 하는 생각이 들었다. 어차피 오늘만 지나면 영원히 못 볼 텐데…

있지도 않은 약속이 있다고 빠져나와 이렇게 길거리에서 서성대는 게 할 도린가.

뒤따라 나오던 갈리나가 떠올랐다. 역할이 크던 작던, 그간의 인연이든 간에 내가 있어야 한다고 생각한 것 같은데, 리따가 나를 피한다고 너무 차가운 결정을 한 건 아닐까? 모든 사정이야 어찌 되었건 리따는 언제라도 좋은 친구가 돼주겠다고 몇 번이나 내방을 찾아왔었는데… 모든 것이 끝나는 마지막 순간에 나 자신을 믿을 수 없는 사람으로 만들고 있는 것이 아닌지, 후회가 들기 시작했다.

한참을 망설였다. 담배를 또 피워 물었다. 다시 호텔로 들어가 종덕에게 전화했다. 그는 전화를 받자마자 길이 많이 막힌다는 말을 먼저 했다.

"다시 생각해 보니까 돌아가야 할 것 같아. 마지막인데… 그게 도리가 아닐까?"

"형님이 그렇게 생각하시면 그렇지만요… 굳이…"

그는 내 마음이 변한 것을 이해하지 못하는 눈치였다. 그러면서도 내가 가야겠다고 결정한 것에 염려스럽게 동의했다. 호텔을 나왔다. 부리나케 대학 앞 슈퍼에서 토샤와 내가 마실 보드카 한 병과 그녀들에게 줄 와인 한 병, 마른 오징어, 과자를 사고 기숙사로 뛰다시피 걸었다.

방문을 노크하자 누군가의 목소리가 들렸다. 그러나 평소처럼 내 별명을 호칭하지는 않았다. 내가 돌아오지 않을 사람으로 되어 있기 때문인 듯 싶었다.

"노마!"

침대위에 있던 마샤가 놀라며 소리쳤다. 마샤가 날 부르는 소리에 작은방에 있던 리따가 달려나와 내 목을 꼭 끌어안았다. 그녀는 또다시 눈물을 글썽이며 울먹이는 목소리로 고맙다고 했다. 나도 좋았다. 갈리나가 나를 보고 빙그레 웃고 두냐가 침대 위에서 껑충껑충 뛰었다. 모두가 기뻐했다. 나는 약속이 취소돼서 시내까지 갔다가 돌아왔다고 거짓말을 했다.

이들은 파티 준비를 전혀 안하고 있었다. 이미 시작했을 시간이었건만, 아마도 내가 파티를 망쳐 놓았던 것 같았다. 책상 위에 술과 안주를 꺼내 놓자 이들도 준비했던 생선과 이끄라, 치즈, 햄, 과일 등을 꺼냈다. 졸지에 송별파티 준비가 끝났다. 모두 들뜬 마음으로 책상에 둘러앉았다. 술을 한 잔씩 따라 들고, 언제 우울했냐는 듯이 돌아가며 건배사를 하고 리따의 행복을 빌어주었다.

밤 11시쯤 송별회가 끝나갈 무렵 종덕과 천석이 찾아왔다. 종덕은 내가 별일 없는지 걱정돼서 왔다고 말했다. 그리고는 리따가 고향으로 돌아간다는 말을 듣고 늦은 시간이지만 작별 인사를 하러 왔다고 모두에게 말했다. 환호성을 질렀다. 다시 파티 분위기가 살아났다. 종덕과 천석이 찾아올 거라고는 생각지 못했는데 고마웠다. 그들은 시간이 너무 늦어 잠시 머물다 돌아갔다.

종덕과 천석이 돌아가고 파티를 끝낼 줄 알았더니 갑자기 두냐가 춤을 추겠다며 CD플레이어를 가져오라고 했다. 난감했다. 도대체 시간이 몇 신데 음악을 틀고 춤을 춘다는 말인가. 그것도 소리나 작게 하는 것도 아니고. 시간이 늦었으니 파티를 끝내자고 말렸지만 갈리나까지 나서서 CD플레이어를 가져오라고 성화를 부렸다.

"밖으로 나가자!"

시간이 늦었다는 내 말에 토샤가 갑자기 밖으로 나가자고 소리쳤다.

"이 시간에 어딜 나가?"

내가 다시 안 된다고 하자 토샤는 한술 더 떠서 내가 춤을 추는 걸 봐야겠으니 빌랴예보 쪽에 있는 디스코장으로 가자고 부추겼다. 모두가 이구동성으로 소리를 질렀다. 리따가 옷 갈아입고 오라고 내 팔을 끌어 당겼다. 더 이상 버틸 수가 없었다. 도대체 이런 막무가내가 한두 번이 아니다.

자정이 다 된 시간에 옷을 갖춰 입고 기숙사를 나섰다. 그 시간에 기숙사에서 시끄럽게 하는 건 경비에게도, 이웃에게도 너무 미안한 일이다. 이래도 난처하고, 저래도 난처했다. 내가 집안에서는 춤을 안 춘다고 말 했지만 사실 춤을 피하려고 한 말일 뿐, 실제로 난 춤을 출 줄 몰랐다.

디스코장은 기숙사에서 10분쯤 거리에 있었다. 빌랴예보 마트 방향으로 외딴 건물 앞에 작은 불이 켜져 있었는데, 평소 마트에 가다가 그 건물을 여러 번 보았지만 디스코장인 줄 몰랐다. 성냥갑 같이 볼품 없는 낡은 시멘트 건물이 달랑 한 채가 있어서 무슨 건물을 저렇게 쓸모없이 세웠을까 하고 생각했었다. 길가에 간판이 있었지만 유흥업소 간판처럼 보이지도 않았고, 낮에만 보았기 때문에 이렇게 늦은 시간에 등을 켜놓는지도 몰랐다.

토샤는 우리들에게 주차장에서 기다리라고 하고 혼자 건물 쪽으로 다가갔다. 그가 입구에 다다르자 건장한 남자 두 명이 안에서 나왔다. 007영화처럼 CCTV 모니터로 우리를 보고 있었나보다. 토샤가 그들에게 뭐라고 설명하면서 주머니에서 뭔가를 꺼내주었다. 입장료를 내나? 잠시 후 토샤가 멀찍이 떨어져있던 우리에게 오라고 손짓을 했다.

토샤는 초행길이 아닌 듯 두리번거림 없이 건물 지하로 내려갔다.

좁고 긴 복도를 지나자 한쪽에서 형광등 불빛이 새어나왔다. 디스코장에 형광등 불빛. 에펠탑의 검은고양이. 세상에는 서로 연관성 없어 보이는 단어가 조합돼도 머리가 끄덕여지는 게 있고, 그렇지 못한 게 있다. 너무했다. 아무리 변두리 디스코장이라지만 울긋불긋 유혹의 불빛이 아니라 밝은 형광등이 켜져 있던 거다. 나도 모르게 웃음이 나왔다. 내가 생각한 디스코장과는 아주 달랐다. 거기에는 춤 못 추는 부끄러움을 감출 수 있는 어둠이 없었고, 한 번쯤 술기운을 빌려 일탈하고 싶은 유혹의 분위기가 없었다. 모스크바의 어느 장소보다도 이성을 찾아야 할 것 같은 차분한 조명. 밖에서 술 마시고 술 깰 곳을 찾아다니다가 이곳에 와서 독서토론하고 술 깨서 나갈 것 같은 학구적 분위기다. 출판기념회를 하면 맞겠다.

어울리지 않는 조명과는 달리 홀 안에는 제법 손님이 있었다. 한 쌍의 중년 남녀가 밝은 형광등 밑에서 춤을 추었는데, 조명이 너무 밝아서 춤을 안 추고 보는 것만으로도 재미있겠다는 생각이 들었다. 이층으로 안내됐다. 우리는 이미 술을 마시고 왔기 때문에 많이 마시지 않을 요량으로 맥주 몇 병만 시켰다. 맥주가 나오고, 건배를 하며 한 모금 마시자 갈리나와 두냐가 내게 춤을 추러 가자고 졸라댔다. 몸을 빼면서 춤출 줄 모른다고 했지만 그녀들은 내 말을 믿지 않았다. 억지로 끌려 나가 그녀들을 따라 흔들거리다가 음악이 바뀌는 틈을 타서 자리로 돌아왔다. 두냐와 갈리나는 아쉽다는 표정을 보였다. 내 몸이 굳어 있는 걸 바로 알았겠지. 자리에 앉아 있던 마샤와 리따가 빙그레 웃었다. 나도 따라 웃어주었다.

토샤가 리따와 마샤를 데리고 춤을 추러 나갔다. 리따는 토샤와 맞춰 춤을 췄고, 마샤는 흥이 없는 사람처럼 건성으로 흔들흔들 했다.

모두가 기숙사 방에서처럼 마음껏 흔드는 형색은 이니었다. 이들이 낯선 장소를 의식하고 있다는 느낌이 들었다.

리따가 새벽에 나가야 하기 때문에 오래 있을 수가 없었다. 남은 맥주를 모두 따라 건배하고 자리에서 일어섰다. 비록 짧은 시간 이었지만 리따에게 좋은 추억이 될 거라는 생각이 들었다. 건물 밖으로 나오자 리따가 떠난다는 것을 의식해서 그랬는지 디스코장에서 보였던 들뜬 분위기는 이내 사라졌다. 칠흑 같은 어둠속을 아무 말 없이 걸었다. 앞이 잘 보이지 않아 땅에 끌리는 발자국 소리만이 이따금 들렸다. 떠날 시간이 다가오고 있다는 피할 수 없는 현실과, 떠나는 사람과 남는 사람이라는 의식만이 머릿속에 꽉 찬 느낌이었다. 조금 전까지 우리가 어디에 있었는지 까맣게 잊은 듯 했다.

토샤와 리따가 어떤 이별 이야기를 나눴을까. 고향에 가서도 잘 될거라는 토샤의 편지는 이 순간 리따에게 어떤 의미로 남아 있을까.

70

사랑스런 남편은 고양이

엊그제 리따가 떠나는 걸 못 봤다. 무심하게도 그녀가 몇 시에 출발하는지조차도 물어보지 않았다는 걸 나중에 깨달았다. 그 전날 너무 늦게 기숙사로 돌아와 리따가 빨리 자도록 해야 한다는 생각에만 차있었다. 못 봐서 섭섭하기도 하고 미안하기도 했다. 마음속으로나마 그녀의 행복을 빌어주었다.

리따가 떠난 후에도 두냐 일당의 생활은 별로 달라지지 않았다. 원래 일행이 세 명이었다는 듯한 분위기였다. 나도 리따를 생각할 겨를이 없었다. 선생님은 방학이 가까워 오자 주어진 진도를 반드시 마치고야 말겠다는 식으로 수업을 빨리 진행했다. 매일 매일이 변함없이 힘들었다. 이따금 토샤를 보면 리따가 고향에서 어떻게 되었을까 궁금했지만, 아무도 리따에 대해 언급하지 않았다. 내가 먼저 꺼낼 얘기도 아니라고 생각했다.

낮에 종덕과 이즈마일로보에 있는 풍물시장에 갔다. 기념품 시장이라고 들었는데 입구에서 입장료를 받았다. 시장구경을 하는데도 입장료를 받다니, 무슨 시장이기에 입장료를 받나? 조금 어리둥절했다.

시장 안은 아르바트거리와는 전혀 다른 형태였다. 아르바트거리가 모스크바의 명동이라면 여긴 개발 중인 신도시에 임시로 차린 풍물시장 같았다. 전체가 가건물인데다가 이제 막 짓고 있는 가게도 있고, 천으로 진열대를 가리고 문을 열지 않은 가게도 있어서 정리되지 않았다는 느낌이 들었다. 때마침 시장 길이 녹은 눈으로 진흙탕이 돼서 서울에서 흔히 보았던 신도시를 연상케 했다.

"이게 언제 생긴 시장이야?"

입장료까지 받는 시장이 길이 왜 이 모양인가 해서 내가 물었다.

"그건 몰라도 아주 유명한 시장이에요."

종덕이 물구덩이를 피해 이리저리 발길을 옮기며 말했다. 엉망인 길과는 달리, 가게에는 온갖 수공예품으로 넘쳤다. 한국에서는 전혀 보지 못했던 공예품들이었다. 신기한 게 많아서 모스크바 여행객이 기념품을 사려면 반드시 들러 구경해야 할 것 같았다. 러시아 역사에 등장하는 장군들 미니어처인형을 샀다. 정교해서 아주 귀해보였다. 막내 녀석 선물로 줘야겠다.

오늘은 마샤의 남편이 오는 날이다. 며칠 전 마샤는 큰방 한쪽 벽에 '마야 까또뇩(나의 고양이)'이라고 남편의 기숙사 방문을 환영하는 글을 써서 붙였다. 마치 유치원에서 어린이 재롱잔치 하는 날 벽에 붙인 장식 같다. 다 큰 어른이 그런 장식을 한다는 게 재미있기도 하고, 이들에겐 이런 순수한 면도 있구나 하는 생각도 들었다.

"왜 남편을 고양이라고 하지?"

이해가 안 된다는 표정으로 묻자 마샤는 남편이 귀여우니 당연히 그렇게 표현한단다. 남편이 귀엽다. 고양이다….

하샤뷰르트에서 출발한 열차는 밤새 달려 새벽에 모스크바에 도착한다. 마샤는 역으로 마중을 나갈 거라고 했다. 아직까지 별다른 말이 없는 걸 보니 잘 도착했나 보다. 그가 어떤 행색일지 궁금하다. 아프다고 했는데 여기까지 제대로 온 건지 모르겠다. 마약을 했다면 혹시 감옥까지 갔다 왔을 정도인가? 젊고 예쁜 마샤를 봐서는 남편이 그렇게 폐인 수준일 거라고 생각하기 어려운데, 마샤 본인이 스스로 그렇다고 설명하니….

이미 저녁시간이 지났지만 내려오라는 말이 아직 없다. 마샤 본인이 연락해주겠다고 했으니 조만간 얘기가 있겠지. 연락을 직접 해주겠다는 것은 불쑥 찾아오지 말라는 뜻인 것 같은데, 남편이 없을 때와 있을 때가 많이 다른가 보다. 그녀의 남편을 궁금하게 만든 건 그녀 자신이었다.

71

치킨 한 마리에 천국과 지옥을…

종덕이 서울에서 본 것과 똑같은 치킨 구이 집을 봤다면서 퇴근 후에 바로 만나자고 전화를 했다. 그의 말을 듣자 몹시 흥분됐다.

"정말 서울 것하고 똑같아?"

"아이, 정말 그렇다니까요. 똑똑히 봤어요…."

나도 모르게 웃음이 터졌다. 여기 와서 여러 가지 음식을 먹었지만, 한국에서 먹던 것처럼 감칠맛 나는 음식은 먹어보지 못했다. 생선을 사와도 장기 보관을 위해 훈제를 했거나 상하지 않을 만큼만 소금에 절여 제 맛이 나지 않았고, 고기도 대부분 훈제였기 때문에 늘 뭔가 부족하다는 느낌을 받았다. 그러던 차에 '서울과 똑같은 치킨'이라는 소리를 들으니 흥분하지 않을 수가 없다. 노릇한 껍데기의 고소한 맛을 상상했다. 아무것도 손에 잡히지 않아 온종일 빈둥빈둥했다.

연말이 가까워지자 나라 전체가 축제 분위기에 쌓였다. 여기서는 새해맞이가 아주 큰 축제다. 성탄절은 서유럽과 날짜가 다르기도 하고, 사회주의 시대에 종교를 멀리하던 관습이 남아 있어서 그런지 사람들이 큰 축제일로 여기지 않았다. TV에도 성탄절 방송은 별로 없다가 하루, 이틀이 지나자 갑자기 특별 오락방송을 연거푸 해대는데 방송사마다 난리였다. 이쪽, 저쪽을 틀어도 다 마찬가지였다. 그리 나쁘지는 않았다. 가수들이 계속 나와서 유명 가수들을 모두 볼 수 있었고, 최근에 유행하는 노래는 나도 알기 때문에 같이 흥얼거릴 수도 있었다. 얼마 전에 '가요 베스트20'이라는 CD를 사서 거의 매일 듣고 있는데, 그 노래들이 고스란히 TV에 나오는 거다. 러시아 노래 정서가 우리와 아주 비슷하다.

온 나라가 들떠있는 연말 축제기간이라고 해서 우리들까지 들뜨지는 않았다. 종덕과 천석을 만나 한 번쯤은 서울을 잊어보자고 술도 한잔 하면서 애써봤지만, 속마음까지 속일 수는 없었다. 헤어질 때면 셋이 모두 우울한 소외감을 가슴에 한줌씩 안고 돌아갔다. 호(胡)나라 말은 북풍이 불 때마다 고향을 생각한다고 했던가. 인력으로는 어쩔 수 없는 일이다. 어쩌면 오늘 저녁 서울 맛 치킨이 우리를 한 번 건져줄지도 모르겠다는 생각을 했다.

천석과 내가 먼저 장을 보겠다고 종덕에게 전화했다. 우리가 먼저 움직이는 게 나을 것 같았다. 사실 들떠서 가만히 기다릴 수도 없었다. 천석도 좋아했다.

언제부터인지 조금씩 눈이 내리고 있었다. 또 눈이 오는가 보다 했는데, 10분도 안돼서 걷기가 힘들 정도로 눈이 내리기 시작했다. 이번 눈은 지난 어느 때보다도 심했다. 그냥 펑펑 정도가 아니라 소나기 물 폭탄처럼 쏟아 부었다. 털모자를 쓰고 있었지만 눈보라가 너무 세차 파카에 달린 모자를 그 위에 덮어쓰고, 마주 불어오는 눈보라를 피하려고 뒷걸음질로 걸었다. 삽시간에 거리가 아수라장이 됐다. 사람들은 갑자기 몰아치는 눈폭풍에 어쩔 줄 몰라 했고, 차들도 제대로 움직이지 못했다. 날짜를 잘못 잡았나 싶었다. 몰아치는 눈보라 속을 한 걸음, 한 걸음으로 뒷걸음질 치며 빌라예보까지 갔다. 빌라예보 사거리는 차들로 뒤엉켜 있었다. 앞도 보이지 않고 제동도 어려워지자 그 자리에 그냥 멈춰선 것이다. 종덕이 제대로 올 수 있을지 걱정됐다. 20~30분 만에 거리가 그야말로 엉망이 되었다.

시간이 다 됐기 때문에 다른 곳으로 피하지도 못하고 약속장소에 서서 이 방향, 저 방향으로 부는 바람을 등지려고 몸을 틀었다.

'접촉사고 없이 잘 올 수 있을까? 정말 날을 잘 못 잡았나보네…'

걱정하며 기다리고 있는데 누가 어깨를 툭 쳤다. 종덕과 천석이었다. 정말 반가웠다. 종덕이 천석을 태우고 오다가 눈 때문에 운전을 할 수가 없어서 길가에 세워놓고 걸어왔다는 것이었다. 정말 다행이다 싶었다.

그야말로 영화 속 한 장면처럼 어렵게, 어렵게 눈폭풍을 헤치고 치킨가게에 도착했다. 잘 익은 전기구이 통닭이 보였다. 한국에서 본 치킨과 모양이 똑같았다. 맛있어 보였다. 욕심을 내서 큰 것으로 두 마리 샀다. 넷이 먹고도 남을 분량이라고 했지만, 워낙 치킨을 좋아하는 나는 오히려 모자랄지도 모른다고 생각했다.

치킨가게를 나와 빌라예보에 새로 생긴 현대식 대형마트로 갔다. 이 대형마트는 서울의 백화점과 슈퍼의 중간단계쯤 되는 할인점이다. 마트가 커서 물건 종류가 다양했고, 서울에서 보던 식제품도 많았다. 치킨과 함께 먹을 채소도 사고, 집안에 필요한 물건을 사느라고 여기 저기 돌아보다가 생선 코너에서 소금에 절이지 않은 고등어를 발견했다. 난 너무 기뻐서 소리를 쳤다.

"고등어다!"

종덕과 천석도 너무 좋아했다. 다 팔리고 두 마리만 남아 있었다. 치킨처럼 맛있게 튀겨 주겠다고 큰소리를 치고 아파트에 도착하자마자 장바구니를 풀었다. 저녁 시간이 지나서 음식 준비를 빨리 해야 했다. 오랜만에 초대한 이고르 아저씨가 오면 미안해진다. 아뿔싸. 그런데 이게 웬일인가. 장바구니를 다 털어 봐도 고등어가 보이지 않았다. 모두 망연자실했다. 이게 어찌 된 일인가. 프라이팬에 고소하게 튀겨서 안주하려고 했는데… 고갈비가 날아갔다. 보드카를 한 병 사면서 다른 안주를 더 사지 않아도 될 거라며 그냥 왔는데.

혹시나 하고 종덕이 차에 내려갔다가 빈손으로 올라왔다. 머리를 맞대고 경로를 역추적해 봤다. 계산대를 통과해서 푸시카트를 반납하려고 비닐 봉투에 물건을 옮겨 담을 때 그곳이 몹시 혼잡했는데 아마도 거기서 빠진 것 같았다. 찾기는 다 틀렸다. 그게 아직 거기에 있겠나. 허탈했다.

셋은 너무 어이가 없어서 한참을 웃었다. 이런 멍청이들 같으니라구. 아저씨까지 불러놓고 어떻게 하냐. 천석이 밥을 짓고 그 사이에 종덕과 내가 나가서 안주를 마련해 오기로 했다. 밖에는 아직도 사정없이 눈이 몰아쳐 길거리와 차에 눈이 수북이 쌓여있었다. 시간도 없고, 눈 때문에 멀리 갈 수도 없었다. 부근에 있는 깐꼬보 재래시장으로 향했다. 종덕이 그 시장에서 삼겹살을 판다는 얘길 들었다는 거다. 난 다시 기대에 부풀었다.

종덕도 그 시장은 처음이었다. 지붕이 있는 재래시장인데 엄청 컸다. 가장자리 빙 둘러 상점이 입점해 있고, 광장처럼 넓은 중간에는 좌판들이 자리잡고 있었다. 한 바퀴 돌다가 고깃집에서 삼겹살을 발견했다. 서울에서 보던 것과 똑같았다. 신이 났다. 삼겹살을 사고 여기 저기 기웃거리다 또 다시 생물 고등어를 발견했다. 이게 바로 전화위복이다. 누가 채가기라도 할세라 얼른 사서 꼭 쥐고 돌아왔다.

음식을 다 만들 즈음, 집에도 못 들렀다며 아저씨가 허겁지겁 들어왔다. 준비한 음식을 벌여 놓고 무엇보다도 먼저 닭다리를 하나씩 들고 기대에 차서 뜯기 시작했다.

'이상하다? 나만 그런가?'

잠시 후 다른 사람들 표정도 일그러졌다. 이상하다고 한마디씩 했다. 냉장을 못하니 장기간 보관하려고 닭고기를 소금에 절인 거다. 기름기가 쪽 빠져 눈물 나게 고소한 맛은 어디로 사라지고, 밥반찬도 못할 만큼 찝찔한 맛만 있었다. 아저씨도 이런 맛은 처음이라고 했다. 어찌해서라도 먹어보려다가 모두 내려놓았다. 실망이 컸다. 삼겹살로 달려들었다. 치킨은 잊고 삼겹살과 고등어 안주로 보드카를 한 잔씩 주거니 받거니 했다. 아쉬움은 있었지만 그래도 훌륭한 저녁식사였다. 모스크바에 있는 동안에는 치킨 생각은 접어야 하나 보다. 창밖을 보니 눈발이 가늘어졌다.

72

헤어질 수 없으면 용서해야지

 며칠간 조용히 보냈다. 마샤 남편이 온 지 나흘이나 됐지만 아무도 내게 내려 오라는 말을 하지 않았다. 마샤가 만날 시점에 알려주겠다고 했기 때문에 궁금

해도 내 발로 찾아가려 하지 않았고, 한편으로는 이것저것으로 바쁘 기도 했다.

저녁에 주방에서 음식을 만들고 있는 갈리나와 토샤를 보았다. 오 랜만이라는 생각에 반갑게 인사했다. 마샤와 남편의 안부를 물었다. 갈리나는 모두 잘 있다고 하면서 내일 저녁에 송별파티를 할 예정이 라고 꼭 오라고 했다. 내일 저녁에 송별파티를 할 거라면 굳이 지금까 지 만나지 못하게 할 이유가 뭔가. 마샤 남편이 방에 있느냐고 물으니 갈리나는 그제서야 생각이 났는지 지금은 외출했다고 하면서 내려와 서 기다리라고 했다. 갈리나가 내려오라고 한 것에 마샤도 같은 생각 인지 궁금했지만 별 의미를 두지 않았다.

미리 내려간다고 뭐 그리 신경 쓸 문제인가? 기다렸다가 오면 인사 하고, 나 때문에 자리가 불편해 보이면 올라오면 그만이다. 깊이 생각할 문제도 아니었다.

그들이 식사를 마치고 차 마실 즈음에 아래층으로 내려갔다. 방에는 갈리나와 두냐, 두냐의 인도인 친구, 그리고 토샤가 있었고 마샤와 남편은 아직 외출에서 돌아오지 않았다. 인도 친구와 인사했다. 내가 러시아말이 서툴다고 하자 그가 피식 웃었다. 그 녀석이 왜 날 보고 비웃듯이 웃었는지 모르겠다. 속으로 기분이 조금 상했다. 그렇게 날 비웃을 처지가 아닌 것 같은데? 오히려 그 녀석을 보니 두냐가 안됐다는 생각이 들었다. 그는 그리 영민해 보이지도 않았고, 행색도 그저 그랬다. 그런 식으로 사람을 평가해서는 안 되겠지만, 이 방을 찾아온 어떤 남자들과 비교해도 한참 떨어지는 건 확실했다. 그런 녀석에게 이유도 모르고 비웃음을 당하다니, 참….

그들과 대화하고 있던 중에 마샤와 남편이 돌아왔다. 그녀의 남편은 나를 보자마자 내 별명을 부르며 마샤에게 얘기 많이 들었다고 반갑게 인사했다. 나 역시 얘기를 많이 들었다고 말했다. 우리는 이전부터 잘 알고 지내던 사람들처럼 친하게 굴었다. 마샤가 뭐라고 했는지는 모르겠지만 나에 대해서 좋은 얘기를 많이 해준 것 같았다. 물론 그녀가 나에 대해서 나쁜 말을 할 소지는 별로 없었다. 난 이제까지 그들에게 예의를 충분히 갖췄고, 그것이 허식이 아님을 여러 날에 걸쳐 확인시켜 주었다. 내 입장에서는, 그녀들이 아무리 성숙해도 나이가 어려 같이 어울리는 데 한계가 있었고, 다른 측면으로는 행동을 막해서 '외국에 혼자 있는 처지니 너라고 별수 있겠느냐' 하는 식으로 취급되는 것도 싫었다.

그의 이름은 알렉세이였다. 그는 내가 러시아에 온 지 얼마 되지 않았는데도 그들의 말을 잘 알아듣고 대화하는 것을 보고 훌륭하다고 칭찬했다. 내가 그녀들을 가리키며 선생님이 많아서 그렇다고 했더니 모두가 웃었다.

맹랑한 계집애. 이렇게 멀쩡하게 인물 좋고 태도 좋은 신랑을 몹쓸 놈으로 표현했다니. 그는 키 185cm 정도에 몸무게 80kg 정도는 되어 보였다. 어디 가서 눈 씻고 찾아봐도 이렇게 좋은 신랑감을 찾기는 쉽지 않을 것 같았다. 착하고 귀엽게 생긴 얼굴에 발그스름하게 혈색이 돌았고, 좋은 성격이라는 것이 얼굴에 쓰여 있는 긍정적 인상이었다. 이따금 농담을 하면서 몸짓을 할 때는 그가 유머도 있고, 재미있는 사람이라는 생각이 들었다. 마샤의 행실에 비하면 남자는 정말 잘 골랐다. 물론 내가 알렉세이의 생활을 지켜본 것은 아니지만, 적어도 마샤가 그동안 그에 대해 거짓말을 해온 것 자체가 그의 아내로서 부족하다는 생각이 들었다. 차라리 남편과 멀리 떨어져 있으니 핑계 김에 노는 거라고 하지… 때마다 위기모면용으로 말도 안 되는 변명을 하면서 자기 행동을 합리화시키려 했다니, 거짓말이 거짓말을 낳은 거였다.

내가 알렉세이와 러시아 생활이나 그의 고향에 대해서 얘기하고 있는 동안 두냐와 인도 친구는 작은방으로 건너갔고, 갈리나와 토샤는 한 침대에 비스듬히 기대고 누워 TV를 보고 있었다. 이따금 토샤가 갈리나를 희롱하는 게 알렉세이와 나의 눈에 들어왔다. 토샤는 우리의 시선을 의식하지 않고 갈리나에게 수작을 걸었다. 알렉세이가 눈짓으로 그들을 가리키며 '쟤네들 봐라' 했다. 그의 얼굴에는 '이것들 정말 웃기네' 하는 빛이 역력했다. 난 그냥 슬며시 웃어주었다. 난 속으로 '그전엔 더 웃겼어'라고 했다.

'며칠 전까지만 해도 토샤가 리따와 뒹굴었고, 그 다음은 마샤였

지. 지금은 갈리나 인가봐. 갈리나가 어떻게 나올지 아직은 모르지만 시작된다면 지금은 양반일지도 몰라.'

방안 정리를 하면서 부산을 떨던 마샤가 작은방을 갔다 와서는 깔깔거리며 침대에 뒹굴었다. 무슨 내용인지 알 수 있었다. 두냐와 인도 친구가 작은방에서 한바탕 일을 치루고 있는데 마샤가 뻔히 알면서 그 방에 들어갔던 거다. 인도 친구가 당황했겠지.

놀랍지도 않다. 두냐가 인도 친구에게 눈짓하며 건너갈 때부터 이미 알고 있었다. 마샤 역시 그것을 알고 이리저리 부산을 떨다가 그 방으로 들어간 거였다. 마샤의 속셈까지도 보였다.

"나르말리노?(별것 아니지?)"

마샤는 알렉세이의 뺨에 얼굴을 비벼대며 자기 말을 인정하라고 간드러지게 요구했다. 알렉세이는 얼굴을 피하면서 답하기를 거부했다. 그러자 마샤는 기필코 답을 듣고야 말겠다는 듯이 알렉세이의 무릎 위에 앉아 그의 목에 팔을 두르고 연신 뽀뽀를 해대면서 더욱 집요하게 졸라댔다. 알렉세이는 계속되는 마샤의 요구에 못 이겨 마지못해 고개를 끄덕였다. 무혐의. 그렇게 해서 마샤는 모스크바에서 자신의 행적에 대한 불신의 여지를 없앴다.

앞에서는 토샤가 갈리나를 희롱하고 있고, 옆방에는 두냐가 인도놈과 뒹굴고 있는데 그걸 '나르말리노'라고 졸라대다니. 바보가 아닌 다음에야 어떻게 이런 상황을 별것 아니라고 인정할 수 있겠는가. 그걸 요구한다는 자체가 어이없는 일이다. 한편으로는 맘이 편했다. 과거에는 나 혼자 다섯 명과 싸워야 했으나 지금은 알렉세이가 있어 적어도 두 명이 네 명과 싸운다. 아니, 이제는 마샤도 빼야겠지. 남편이 있으니까.

2~30분쯤 지났을까. 두냐와 인도 친구가 얼굴이 벌게져 큰방으로 건너왔다. 웃긴다. 애네들은 도대체 왜 일만 끝내면 큰방으로 건너오는 걸까? 그냥 거기 있든지, 아니면 그냥 가든지 할 것이지.

대화가 일순간 끊어졌다. 알렉세이가 그들을 말끄러미 쳐다봤다. 비난하는 얼굴도 아니고 이해한다는 표정도 아니었다. 무슨 생각을 했을까? 그의 표정을 읽을 수가 없었다. 잠시 후 인도 친구는 돌아갔고, '알렉세이, 너 혼자 해결해 봐' 하는 심정으로 나도 방으로 올라왔다. 모든 건 그들 몫이었다.

73

장미는 이름만 남기고

 12월 31일. 새해맞이로 나라 전체가 난리다. 저녁에 두냐 일당이 붉은 광장에 가서 새해축제를 보자고 했으나 마음이 내키지 않았다. 사람 많은 곳은 반갑지 않다. 갈리나가 다녀와서 송별파티를 하자고 했다.

TV에서 축하공연을 했다. 재미있게도 이들은 방송 진행 중에 술을 마셨다. 30대쯤으로 보이는 젊은 여자가 방송 중에 마신 술로 얼굴이 불그스레했고, 자신도 취했다는 것을 알았는지 행동거지가 조심스러웠다. 축제 방송이니 그럴 수도 있겠지. 실수만 안한다면….

자정이 넘어간다. 크레믈린 광장에서 연이어 폭죽이 터졌다. 오, 사, 삼, 이, 일… 시민들이 환호성을 질렀다. 종각 앞 종로거리 같다. 젊은이들이 환호하며 기뻐하는 모습이 보였다. 무엇이 그리 기쁜 걸까? 지난해가 넘어가서? 아니면 새해가 와서? 지나간 시간은 뭐고, 새로 오는 시간은 뭔가?

한 시가 한참 넘어서 두냐 일당이 돌아왔다. 오늘 밤이 이들과의 마지막 파티를 하는 밤이었다. 갈리나가 음식준비가 끝났다고 내려오라고 했다. 난 미리 준비했던 맥주 몇 병을 가지고 내려갔다.

알렉세이가 함께 가지 못한 것에 안타까운 표정을 지었다. 사진도 찍고 노래도 부르고 했는데 내가 없었다는 거다. 고마웠다. 두냐는 사람이 너무 많아서 지하철 안에서 죽을 뻔했다고 엄살을 떨었다. 내가 사람이 너무 많을 것 같아서 가지 않았다고 하자 마샤가 가지 않은 것이 잘한 거라고 나를 위로했다.

책상 두 개를 가운데로 모아 붙이고, 가장자리로 빙 둘러 앉았다. 마샤는 알렉세이 옆에 바짝 붙어 앉고, 토샤가 갈리나와 두냐 사이에 앉았다. 두냐의 인도 친구는 오지 않았다. 나는 두냐 옆에 자리했다. 모두들 광장의 열기가 가시지 않아서 맥주잔을 들고 소리치며 마셨다. 늦은 시간이었지만 세상 누구도 잠들지 않은 것 같았다. 알렉세이는 나를 향해 몇 번이나 잔을 들었다. 나도 그를 따라 잔을 높이 치켜들었다.

알렉세이 덕분에 그녀들에게 아무런 불편한 감정이 없었던 처음처럼 편안하게 자리를 함께 할 수 있었다. 마샤는 남편 옆에서 너무나도 행복해 보였다. 마샤가 살갑게 굴자 알렉세이가 만족한 듯이 나를 보고 빙긋이 웃었다. 나도 보기 좋다는 듯이 웃어주었다. 그녀에 대한 지난 모든 일이 기억 속에서 사라진 것처럼 느껴졌다.

토샤가 갈리나에게 몇 번 말을 던졌지만 그녀는 간단히 대답만 할 뿐 더 이상 그의 질문에 관심을 보이지 않았다. 두냐는 크레믈린에서 있었던 폭죽 얘기며, 전철 안에서 사람들 틈에 끼어 있었던 얘기 등을 흥분해서 말했다.

방은 그렇게 안정을 되찾았다.

'지난날의 장미는 이름 뿐, 우리에게 남은 것은 덧없는 그 이름뿐.'

옴베르토 에코가 생각났다. 지난 날 화려했던 장미는 그렇게 이름
만 남기고 있었다.

74

방종한 여행의 끝

오늘 두냐 일당이 고향으로 떠났다. 이 것으로 주체할 수 없는 젊은 육체의 방 종한 여행이 모두 끝났다.

아침부터 짐을 싸기 시작해서 저녁식 사를 마치자 꾸려놓은 짐을 내려가기 시작했다. 그들의 방에서 짐이 하나씩 하나씩 빠져나갈 때마다 내 마음 속에서도 뭔가가 하나씩 빠 져나갔다. 빠져나간 것이 무엇이었는지 모르겠다. 사랑인가 미움인 가, 기쁨인가 슬픔인가….

빅토르가 일곱 시까지 봉고차를 가지고 오기로 했는데 약속 시간이 넘도록 오지 않아 조마조마하다가, 인내심이 거의 바닥을 보일 때쯤 이 되어서야 도착했다. 모두 안도의 숨을 쉬었다. 급히 날아가야 할 판이었다. 작별인사를 길게 할 수가 없었다. 갈리나가 기차역까지 가 자고 했지만, 이별이 더 어려워 질 같아서 그만두었다. 그녀는 내 마 음을 이해하는 것 같았다. 모두에게 포옹하고 행복하라고 했다. 알렉 세이는 웃으며 내게 좋은 친구라고, 영원히 잊지 말자고 했다. 운전석 에 앉은 빅토르가 어서 타라고 소리쳤다.

용감한 두냐가 울었나. 내 손을 잡고 바라보는 그녀의 눈에서 눈물이 뚝뚝 떨어졌다. 손으로 눈물을 닦아주었다. 갈리나가 발길을 떼지 못했다. 어스레한 등불 아래 그녀의 눈자위가 붉게 물들어 있었다. 그녀를 다시 안아주었다. 어서 가야지… 살며시 등을 도닥거렸다.

"행복해야 돼…."

그녀를 놓아주며 마지막 인사를 보냈다. 진정으로 행복하기를 빌어주었다.

어둠 속에 그들을 보내고 허전한 마음으로 올라왔다. 복잡한 머리가 쉽게 진정되지 않을 것 같았다. 지금 이 마음이 무엇인지 정의할수 없었다. 뭔가 생각하는 게 너무 힘들어서 가만히 침대에 누웠다. 피곤이 몰려왔지만, 아무 것도 생각할 수 없는 머릿속은 멍한 채로 점점 깨어만 갔다. 차라리 잠이라도 들었으면… 한참을 누워 있다가 책상 앞에 앉았다. 스탠드를 낮게 켰다. 책과 CD, 문법표들이 눈에 들어왔다. 늘 하나의 그림처럼 앞에 놓여 있던 물건들이 새삼스레 하나씩, 하나씩 무슨 의미가 있는 듯이 보였다. 두냐 일행은 내게 뭘까? 그들은 내 인생에 무슨 의미를 남기고 떠난 것일까? 고향으로 돌아가는 야간열차. 그들은 무슨 생각에 잠겨 있을까. 모스크바는 그들에게 무엇을 남겼을까….

75

정적을 지키는 것은 나를 지키는 것

 머릿속을 비우려고 애썼다. 두냐 일당이 기숙사에 있는 상태에서 내가 그들과 마주치지 않으려고 피했던 것과, 그들이 떠나서 영원히 볼 수 없는 것은 확실히 달랐다. 그래서 그랬는지, 그렇게 힘들어 했으면서도 나도 모르게 기억 속에서 그녀들을 끄집어내고 있는 나 자신을 발견하고 움찔움찔 놀랐다. 그래야만 할 명백한 이유가 있기 전까지는 그들에 대한 기억을 끄집어내지 않겠다고 다짐했다.

기숙사에 있는 사람이 몇 명 안 된다. 러시아 남자 한 명, 나이지리아 남학생 한 명, 그리고 최근에 주방에서 자주 보이는 30대 중반의 러시아 아줌마, 그리고 나. 이게 기숙사 관계자를 제외하고 남아 있는 사람 전부다. 기숙사 안에서는 나를 찾아오는 사람도 없고, 내가 찾아갈 방도 없다. 낮이고 밤이고 기숙사가 조용했다. 그 정적을 깨고 싶지 않아서 살금살금 다녔다. 그렇게 나를 지키고 싶었다.

76

두냐 일당에게 얻은 것

이따금 복도에서 사람을 만나도 대화하지 않았다. 아니, 하지 않은 것이 아니라 또 다른 문제라도 생길까봐 아예 피했다. 그렇게 영역을 그어 놓고 혼자임을 즐기고 있는데 오후에 노크소리가 들렸다.

'찾아 올 사람이 없는데, 누구지? 내 방문 노크 소리가 맞나?'

잘못 들었나 싶어 갸우뚱 하는 순간 다급한 노크소리가 이어졌다. 문 앞에는 처음 보는 동양여자 둘이 서 있었다. 한국말을 해야 할지, 러시아 말을 해야 할지, 잠시 멈칫 했다.

"한국 여학생들인데요, 아래층에서 여권을 뺏겼는데 안 줘요…."

한 여학생이 울듯 말 듯한 표정으로 말했다. 내가 한국말을 모른다고 했으면 울었을 것 같다. 오랜만에 듣는 한국말에 반갑기는 했지만 얼핏 상황이 이해되지 않았다.

"러시아학과 학생인데, 방학이라 왔거든요. 경비가 신분증을 보자고 해서 여권을 줬더니 돌려주지를 않아요."

웃음이 나왔다. 그렇게까지 난감해 할 일은 아닌 것 같은데, 대화가 잘 되지 않자 놀랐나 보다. 당황해서 2층에 올라 왔다가 한국 사람이 있다고 하니까 찾아온 거였다. 걱정 말라고 안심 시키고 아래층에서 여권을 찾아왔다.

"여기서 살 거라고 말했으니까 앞으로는 달라지 않을 거예요."

여권을 돌려주자 그녀들은 내가 러시아말을 잘하는가보다 하고 부러워하면서 얼마나 오래 공부했는지, 여기에 산 지는 얼마나 됐는지 등을 물었다. 껄껄 웃음이 나왔다. 두냐 일당과 함께 한 것이 정말 영향이 컸다는 생각이 들었다. 러시아어를 전공했으니 조금만 적응하면 곧 나보다 나아질 거라고 위로 해주고 아를료녹과 샬루트호텔 한식당, 마트와 식품점 등을 알려주었다. 설명을 듣기는 했지만, 얼굴에는 걱정스런 표정이 역력했다. 아무것도 모르고 와서 이렇게 살고 있는 사람도 있는데 전공까지 하고, 게다가 둘이서 왔는데 뭐가 걱정이랴. 찾아온 사람이 외국인이 아니라 한국인인 것은 정말 다행이었다. 많이 돌아다녀보라고 조언을 해줬다.

77

질서가 지켜지는 사회

음악을 듣거나 책을 보고, 기회가 생기는 대로 수영장에 다녀오는 일과를 반복했다. 다른 이들이라면 이런 생활을 지루하다고 느꼈을지 몰라도 나 자신은 정말 좋았다. 물론 더 좋은 거야 한국으로 돌아가는 거지만, 돌아가려면 아직 시간이 많이 남아있어서 고향 생각 근처에는 얼씬거리지 않았다.

두냐 일당이 떠난 후 내가 외로울 거라고 생각했는지 경비데스크 아저씨들은 내가 외출할 때면 수영장에 가느냐, 마트에 가느냐고 친근하게 물어보고 가끔 중요한 뉴스 얘기도 해주었다. 동네 아저씨들 같아서 굳이 피하지 않았다. 이따금 모자를 꼭 쓰고 다니라는 말도 해주었다. 고마운 생각이 들었다.

오늘도 외출하려는데 나이 많은 경비 세르게이가 진지한 표정으로 나를 불렀다.

"혼자 있어서 외롭지 않아?"

잘 못 들었나 싶었다. 무슨 뜻으로 하는 말인지, 질문 의도를 얼른 알아채지 못했다. 의아한 표정으로 괜찮다고 했더니 느닷없이 기숙사에 혼자 있는 아줌마를 소개시켜 주겠다고 했다. 그 말을 듣자마자 머리가 띵하고 등에서 식은땀이 났다. 혼자 있는 아줌마란 복도에서 몇 번 마주친 적이 있는 30대 러시아 여자다.

러시아 아줌마? 얼마나 더 고생을 하라고? 이렇게 생각하는 게 나의 과민반응인가? 아니, 그건 절대 아니다. 정말 고생할 만큼 했다. 큰 소리로 외치고 싶었다. 내가 두냐 일당 때문에 얼마나 고생을 했는데, 그것도 모르면서 무슨 소리를 하는 거냐고. 누굴 소개받느냐고.

그간 그들이 나를 어떻게 생각해왔는지를 얼핏 깨닫게 됐다. 그렇게 수없이 아래층을 왔다 갔다 했어도 그런 시각이 있으리라고는 전혀 의식하지 못했다. 그러나 지금 와서 돌이켜 생각해 보니, 내가 두냐 일당 방을 수시로 드나들었으니까 당연히 유희가 벌어졌을 거라고 생각한 거다. 짝 맞춤의 유희. 짝을 지어서 뭘 했든. 짝을 이루지 못한 갈리나와 아무도 선택하지 않은 내가 있었지만 유희 속에 있었던 건 사실이고, 그게 사실이면 더 이상의 긍정도 부정도 필요없는 일이다. 빈틈이 있을 수 없는 인식이다.

이들에겐 정연한 질서가 있다. 1순위자가 누군가와 관계를 유지하고 있으면, 그 1순위자 앞에서는 절대 2순위자가 도전하지 않는다. 그러다가 어떤 이유에서든 2순위자에게 도전의 기회가 오면 그 기회를 아낌없이 사용한다. 서로 마음에 맞으면 성공할 수도 있고, 반대로 실패할 수도 있다. 실패하면 다음 기회는 3순위자에게 넘어간다. 실패한 1, 2순위자는 깨끗이 물러나는데, 그런 룰이 잘 지켜지고 있기 때문에 이들에게서 다툼은 벌어지지 않는 것 같다. 정말 존경스러울 정도로 정연한 질서 의식이다.

주방처사 예브도끼아는 내가 자기를 멀리하고 두냐 일당과 어울리자 일찌감치 물러났고, 이제 두냐 일당이 떠나자 30대 아줌마가 다음 순서로 다가왔다. 그 아줌마는 두냐 일당이 고향으로 돌아간다는 사실을 알고 순서를 기다리고 있던 건가? 아줌마 다음엔 누구야?

세르게이가 엉뚱한 일을 진척시키지 못하게 확실히 막아야겠다고 생각했다.

"소개시켜줄 필요 없습니다."

"왜? 그 사람 아주 좋은 여자야."

세르게이는 예상치 못했다는 듯이 놀란 표정으로 말했다. 더 이상 말을 않는 게 최선이라 생각하고 부리나케 방으로 올라왔다. 이 사회는 나이 지긋한 세르게이가 내게 그런 제안을 해도 된다. 전혀 잘못된 일이 아니다. 세상이 달라도 정말 다르다.

78

친구가 필요하지 않습니다

 이젠 경비데스크를 지날 때도 조심해야 했다. 수영장에 가면서 경비데스크를 보니 자리가 비어 있었다. 누가 근무하는 날인지 모르겠지만 잠깐 화장실에 갔나보다 했다. 세르게이가 근무하는 날을 달력에 표시해야겠다는 생각이 들었다. 다른 경비들은 말이 많지 않았기 때문에 내게 여자친구를 소개해준다는 따위의 제안을 할 것 같지 않았다.

요 며칠간 이상 기온으로 날씨가 따뜻했다. 길거리에는 눈이 녹아 질퍽거리기도 했다. 얼마 전에 선생님은 이런 이상기온은 자기도 처음 겪는다고 하면서 얇은 옷 얘기를 했다. 1월인데, 이따금 낮 기온이 영상으로 올라가서 마치 봄처럼 느껴졌다. 따뜻한 날씨에 활기가 넘쳐 수영장까지 걸었다. 꽤 먼 거리였지만 산책하기에 정말 좋은 날씨였다.

왜 이렇게 조금만 방심하면 엉뚱한 일이 벌어지는 건지 모르겠다. 수영장에서 돌아와 아무 생각없이 경비데스크 앞을 지나는데 바로 그 러시아 아줌마가 세르게이와 대화를 나누고 있었다.

'아, 잘못 걸렸구나….'

모른척하고 지나려는데 그녀가 잎을 막아서며 말했다.

"네가 걔들하고 같이 지내는 걸 봤어."

'그래서? 그게 당신과 무슨 상관인데?'

뜻밖의 말에 어이가 없었지만, 대화를 안 하는 게 상책인 듯싶어 러시아 말을 알아듣지 못하는 표정으로 지나치려하자 다시 핀잔을 주듯이 말했다.

"왜 못 알아듣는 척해? 너 매일 걔들하고 있었잖아?"

사귀자는 거야? 싸우자는 거야? 이어지는 엉뚱한 말에 뭐라고 해야 좋을지 몰랐다. 답이 궁색해서 잠시 머뭇거리다 아무 말 않고 그냥 방으로 올라왔다. 아니 그걸 계속 지켜보고 있었다는 거야? 두냐 일당이 돌아갈 걸 알고 자기 순서가 오기를 기다린 거야? 어이없다고 생각하면서 침대에 벌렁 누워 있는데 전화가 걸려왔다.

"그녀가 산책하려고 기다리고 있어. 내려와."

세르게이는 마치 아무 일도 없었던 것처럼 편안한 목소리로 말했다. 순간 말문이 막혔다. 그녀가 왜 날 기다려? 내 태도를 보지 않았나? 망설일 것도 없이 가고 싶지 않다고 대답했다. 화가 날 지경이었다. 거의 같은 순간 전화기에서 그녀의 목소리가 들렸다.

"싫대?"

끔찍했다. 지난날의 악몽이 되살아나는 것 같았다. 전화를 바로 끊었다. 사는 게 왜 이렇게 어렵나. 이건 갈수록 태산이네. 씩씩 거리고 있는데 다시 전화가 왔다. 이번에는 마샤에게서 전화가 왔단다. 무슨 이런 타이밍에 전화가 오는지, 어찌해야 할지 망설였다. 두냐 일당이 떠날 때 고향에 도착하면 전화하라고 했었다. 그리고는 내 전화 카드에 돈이 많이 남았으니 전화를 주면 내가 다시 전화하겠다고 했다. 경제적으로 넉넉지 않은 그들을 배려한 마음이었는데, 그 배려가 엉뚱한 모양으로 나타난 거다.

마샤는 내가 방에 있는 걸 확인하고 전화를 끊었을 테니 기다리고 있을 게 분명했다. 피할 수가 없었다. 차라리 이 기회에 내 태도를 확실히 보여주자는 마음이 생겼다.

아래층에는 그녀가 세르게이와 대화하고 있었다. 본 척도 않고 전화를 걸어 모두의 안부를 물었다. 마샤는 아주 기뻐하는 목소리로 잘 있다고 하면서 알렉세이와 갈리나, 리따, 두냐의 근황을 얘기했다. 모두들 집으로 잘 갔고, 잘 지내고 있으며, 서로 잊지 말자고 당부하면서 메일을 통해서 계속 소식을 주고받자고 했다. 전화가 끝날 때까지 그녀는 세르게이 옆에서 내 말을 모두 듣고 있었다. 내 표정과 목소리에는 반가워하는 기색이 역력했다. 더 이상 러시아 말을 모르는 척 연기할 수 없었다. 무시하는 게 최선이라 생각하고 관심 없다는 듯이 바로 3층으로 올라가려고 하자 그녀가 앞을 가로막았다. 순간적으로 내가 먼저 말을 꺼냈다.

"산책하고 싶지도 않고, 친구가 필요하지도 않습니다."

그녀를 똑바로 쳐다보고 정중히 말했다. 그 정도면 충분히 알아들었을 거라는 생각이 들었다. 돌아서 계단을 올라오는 동안 그녀는 아무 말도 하지 않았다. 그녀로부터 비아냥이나 비난 받을 이유가 없다. 내가 두냐 일당과 가깝게 지냈거나 혹은 누구와 가깝게 지냈다 하더라도 그건 가깝게 지낸 것이지 그 이상, 그 이하 아무것도 아니다. 설사 부적절한 관계가 있었다 해도 마찬가지다. 그런 이유로 러시아 아줌마와 친구가 되어야 할 의무나 책임이 있는 것도 아니다. 이런 논리를 생각하고 있는 상황 자체가 너무 웃긴다.

79

기숙사를 떠나기로 결정

며칠간 다시 평온을 되찾았다. 세르게 이도 내 눈치만 볼 뿐 이전같이 말을 걸 지 않았고, 복도에서 그녀와 몇 번 마주 쳤는데 그녀에게서 시베리아 냉기가 퍼 져 나옴을 느낄 수 있었다. 인사는커녕 사람이 지나가는 것도 인식하 지 않는 듯했다. 유령 취급. 잘됐다는 생각이 들었다. 이 기회에 그녀 뿐만이 아니라 이곳 모든 사람을 향해 이렇게 말하고 싶었다. '제발 날 이대로 놔둬주세요.'

저녁에 토샤가 찾아왔다. 그렇게 내 속을 썩이던 녀석이었는데 그 래도 며칠 안보니까 반가웠다. 무엇보다도 이제는 내가 그와 신경전 을 벌일 일이 없다는 생각에 마음이 편했고, 더 이상 날 귀찮게 할 일 도 없을 거라는 생각에서 편했다.

"하샤부르트에 전화는 해봤나?"

일당들의 안부가 궁금해서 내가 물었다. 그는 가끔 안부 전화를 한 다면서 내 이메일 주소를 되물었다. 그녀들이 내 이메일 주소가 맞는 지 확인하는 것으로 여겼다. 메모지를 꺼내 차분히 적어주면서 리따뿐만 아니라 다른 친구들에게도 전해 달라고 했다.

"마샤가 컴퓨터를 사갔으니까 메일을 보낼 수 있겠지?"

"응, 그런데 그동안 너를 찾아온 손님이 있었나?"

"나를?"

날 찾아 온 손님을 그가 왜 묻는지 이해가 되지 않아 되물었다.

"일 때문에 찾아 온 손님? 아니면 친구?"

"아니, 누구라도…."

내가 아주 모자라는 것 같은 느낌이 들었다. 별것도 아닌 질문에 대답을 할 수가 없었다. 무슨 질문이 이래? 어디까지 말해 주어야 하는 거야? 일 때문에 찾아 온 손님을 묻는 거야, 아니면 친구들을 묻는 거야. 누가 됐든, 그걸 일일이 다 말해 달란 거야? 어떻게 대답해야 할지를 몰라 잠시 머뭇거리다가 종덕과 천석 외에는 찾아 온 사람이 없다고 하자 그가 의자를 바싹 당겨 앉으며 말했다.

"노마, 내가 아는 여학생들이 있는데 같이 사귀자. 오랫동안 혼자 지내는 건 건강에 좋지 않아."

그는 진정 내 건강을 염려한다는 듯이 진지한 표정으로 말했다. 잠시 할 말을 잊었다. 이놈을 신고하면 궁형에 처해 주나? 너란 놈은 그새 누군가를 또 건드리고 있었다는 말이지? 이메일 주소를 알고 싶어 찾아온 게 아니네. 리따와 통화나 했겠나. 며칠 전에 마샤와 통화할 때 마샤가 메일 주소를 제대로 알고 있음을 확인했는데 새삼 메일 주소를 왜 다시 묻는가 했다. 정말 영악스런 놈이라는 생각이 들었다.

대화를 끝냈다. 그런 얘기라면 더 듣고 싶지 않다고 잘라 말했다. 실망하는 눈치였다. 그는 언젠가 처럼 '더 생각해보고 대답을 해달라'고 말미를 뒀다. 더 이상 마주하고 싶지 않아서 자리에서 일어섰다. 그는 우물쭈물 방을 나갔다.

아무래도 여기에 남아 있으면 안 되겠다. 며칠 후에 다시 개강을 하면 또 어떤 유학생들이 기숙사에 올지 알 수도 없고, 그런데다가 팜므파탈의 예브도끼아도 다시 마주치게 될 거다. 그 후로도 제2, 제3의 예브도끼아가 계속 나타나겠지. 얼마 전에 종덕이 기숙사 계약기간이 끝나면 자기네 아파트로 오라고 했었는데, 그게 정답일 것 같다. 더이상 망설일 필요가 없다. 이 모든 굴레에서 벗어날 수 있는 길은 오직 여기를 나가는 방법뿐이다. 마침 기숙사 계약 기간도 끝나가니 내일 이고르 아저씨한테 전화해서 같은 아파트에 방을 구해달라고 해야겠다.

단절이 필요하다. 내 머리가 그걸 요구하고 있다. 모스크바에서 다시 마음이 열릴지 모르겠다.

80

볼쇼이 극장

 오늘 볼쇼이 극장에서 '호두까기 인형'
공연을 봤다. 말로만 듣던 볼쇼이 극장
과 그야말로 '호두까기 인형'이라는 대
작을 직접 본 것이다. 안타깝게도 나 혼
자였다. 종덕이 회사 관계자의 요청으로 표를 한 장 구했다가 관람을
취소하는 바람에 내게 차례가 돌아왔다. 볼쇼이 극장에서 공연을 보
는 것은 여러 가지로 의미가 깊어, 무슨 공연이고 간에 꼭 한 번 가보
고 싶었기 때문에 비싼 표였지만 기꺼이 값을 치렀다.

극장은 마치 '그리스 로마 신화'에 나오는 신전 건물처럼 웅장하게
컸고, 내부 장식도 금색과 붉은색으로 치장되어 아주 선명하고 아름
답게 보였다. 발레에는 문외한이었지만 극장 안의 황홀한 분위기만으
로도 충분히 감동스러웠다.

1층 관람석 가장자리 위로 화려하게 장식된 박스석이 몇 층 보였다.
치장이 너무나 화려해서 한편으로는 부러운 자리로, 다른 한편으로는
가서는 안 될 자리라는 생각이 얼핏 들었다. 갑자기 왜 그런 생각이
들었을까? 곰곰이 생각해보니 그 박스석은 흔히 영화에서 백성의 고

혈을 짜던 고관대작과 귀부인들이 작은 망원경을 들고 우아를 떨며 앉았던 자리였거나 그런 게 아니면, 자신들의 악행을 고상한 예술 애호가로 포장하고 고결을 떨던 악당들이 앉아 있던 자리였다. 이중인격자들. 안타깝게도 그렇게 좋아 보이는 좌석이 이중인격자들의 자리로 기억되고 있던 거다.

영화〈언터처블〉에서 알 카포네로 분장한 로버트 드니로가 2층 박스석에 앉아서 공연을 관람하는 동안 그의 부하들은 조직 비리를 추적하는 숀 코네리를 찾아가 총으로 살해했다. 그리고 잠시 후 로버트 드니로가 가수의 노래에 감동해서 손수건으로 눈물을 닦고 있을 때, 부하 한 명이 다가와 귓속말로 '방해자 제거에 성공했다'고 보고했다. 귓속말로 전해들은 악당의 승전보와 무대에 울려 퍼지는 천상의 아름다운 노래 소리의 대조. 같은 시간, 같은 자리에서 천당과 지옥이 교차했다. 조그마한 감동에 눈물을 흘리던 여린 로버트 드니로가 바로 그 박스석에 앉아 있던 것이다. 그 자리에 대한 기억은 그런 것뿐이니 안타까운 일이다.

공연이 시작됐다. 창백하리만큼 하얀 의상의 발레리나들이 무대 위를 총총 뛰어 다녔다. 눈이 부셨다. 나도 모르게 탄성이 나왔다. 분명 인간들이었지만 인간이 아닌 것처럼 보였다. 말로 표현하기 어려울 정도로 아름다운 광경. 비취빛인지, 사파이어 빛인지 발레리나를 비추는 조명과 발레리나가 너무 아름답게 조화를 이뤄 '인간이 만들어 낸 게 맞나?' 하는 생각이 들었다. 인간이 만든 작품 중에 이보다 더 아름다운 광경은 없으리라. 공연 안내서를 보지 못해 내용을 모두 이해할 수는 없었지만, 넋을 잃기에는 충분했다. 작곡가가 그렇게 피땀을 흘려가며 곡을 쓰고, 발톱이 빠지는 고통을 이겨가며 무대에 서는

데는 다 이유가 있었다. 하얀 발레리나가 너무나 순결해 보여서 인간 세계의 오욕(五慾)에 젖지 않을 것 같다. 이 생각에서 헤어나지 않았으면 좋겠다. 영원히 잊지 못하겠다.

장미와 마뜨료시카

초 판 1쇄 인쇄일 2015년 1월 8일
초 판 1쇄 발행일 2015년 1월 15일

지은이   오규원
펴낸이   이정옥
펴낸곳   평민사
         서울특별시 서대문구 남가좌2동 370-40
         전화 (02)375-8571(代)
         팩스 (02)375-8573

         평민사(이메일) 모든 자료를 한눈에 ―
         http://blog.naver.com/pyung1976

등록번호 제10-328호

  값   13,000원

ISBN 978-89-7115-600-1   03800